목심

최초의 제주어 장편소설(개정판)

목심

양전형

한그루

작가의 말

1.

따뜻한 피를 온몸에 돌리며 살아가는
사람들의 심장을 읽어 내고 싶었다.
이 소설 속 모든 시공과
상황설정마다 읽히는 스토리를
나 혼자 생각으로 꾸미며 옮겨 쓰다 보니,
이 작품 속에 등장하는 모든 캐릭터가
어쩌면 '나'일지도 모른다는 생각이 들곤 했다.

2.

자아의 욕망이 경이로울 만큼 가득 차 있고
남은 미련이 산더미 같다 하더라도
죽음 앞에선 한갓 허무일 뿐이겠지만,
자기 목숨의 끝이 언제라고 정해졌을 때
사람들은 남은 생을 어떻게 행동할 것인가?
이 소설이
세상에다 던지고픈 질문이기도 하다.

3.

제주 땅과 제주 문화와
제주 사람을 담아내고 싶어서
온전히 제주어로만 쓴 『목심』을
2021년 6월 한정판으로 발간하고
2022년 2월 표준어 판을 냈다.
그 후 '제민일보'에 제주어 작품으로
22개월간 연재하는 과정에서
전개 순서를 약간 수정하고
내용 일부를 가감하고 정리하여
본 개정판을 낸다.

차례

목숨 본능

뒷녁날 징심 ᄀᆞ리.

준기삼춘이 좋아라ᄒᆞ는 소주 ᄒᆞᆫ 펭에 오매기떡 다ᄉᆞᆺ 개영 종이컵 두 개광 참치캔 ᄒᆞ날 사들런 용강동 목장에 신 공동묘지를 ᄎᆞᆽ아가멍 두터운 잠바는 입엇주마는 가베또롱ᄒᆞ게 출련 나삿다.

눈이 하영 묻언 차를 몰기도 에려왓고 준기삼춘광 술 ᄒᆞᆫ 잔 ᄒᆞ민 아메도 찰 운전ᄒᆞ지 못 ᄒᆞᆯ 거난, 드문 빼스에 제우 시간을 맞촨 용강 ᄆᆞ을에 ᄂᆞ리고 비크레기 진 목장질을 걸언 올랏다. 민치로완 멧 번 휘틀랑휘틀랑 ᄒᆞ멍도 삼십분쯤 올라가난 반조롱ᄒᆞ게 눈이 둮어진 봉분덜이 ᄀᆞ득 봐진다.

영ᄒᆞᆫ 날에도 영장을 묻은 듯, ᄒᆞᆫ 펜 구석에 사름덜 발자곡광 복친덜이 남안 낭불도 피와난 생인고라 헌헌ᄒᆞᆫ 동고량 ᄒᆞ나영 그스렁광

ᄒᆞᆫ디 ᄀᆞ노롱ᄒᆞᆫ 내도 나온다.

일구는 어가라 준기삼춘 묘비 앞이 간 손발로 눈을 헤쓰멍 테역 바닥이 나오게 ᄒᆞᆫ 후제, 떡의 비닐봉다리를 칮고 참치캔도 ᄋᆢᆯ아놓고 종이컵에 술 ᄒᆞᆫ 잔 ᄀᆞ득 비완 올리고 큰 절을 두 번 ᄒᆞ엿다.

"준기삼춘! 그 소곱인 얼지 안ᄒᆞ지양? 오랜만이 완 미안ᄒᆞ우다. 이로후젠 ᄌᆞ주 오쿠다예."

일구는 중은중은ᄒᆞ멍 ᄄᆞ난 종이컵에 술 ᄀᆞ득 비완

"자, 삼춘, ᄒᆞᆫ 잔 ᄒᆞ십서"

ᄒᆞ고는 이녁 손에 들른 잔을 괄락괄락 뎁번에 드르쓴다.

"준기 삼춘! 나 어떵ᄒᆞ민 좋으코양? 죽을 날이 오년은 남아신디도 뭣산디가 날 자꼬 따올리는 거 닮안 죽어지쿠다게."

그때다.

"까옥, 까옥!"

"캉, 캉!"

부럭시가 큰 봉분덜 ᄉᆞ이로 가냐귀덜이 수룩짓언 놀아오고 들개 대ᄋᆢᄉᆞᆺ ᄆᆞ리가 눈을 헤쓰멍 ᄃᆞᆯ려오는 게 아닌가.

"아이코, 저게 뭣고?"

어물쭈물 ᄒᆞ는 ᄉᆞ이 개덜광 가냐귀덜이 앞이ᄁᆞ지 건줌 왓다.

경헷다. 이디 영장일 때마다 가냐귀영 들개덜은 음식 남은 것덜을 봉가먹으멍 그 주벤이서 살아가는 것이다. 먹을커 나왓덴, 사름덜이 하민 멀리서 여사다그네 사름덜이 가불민 음식을 춪아먹는 것이다. 경ᄒᆞᆫ디 지금은 배도 고프고 사름도 ᄒᆞ나뿐이다.

기십이 과짝ᄒᆞᆫ 짐싱덜이 ᄒᆞᆫ 사름쯤은 ᄆᆞ숩지 안ᄒᆞᆫ 생이다.

가냐귀 두 ᄆᆞ리가 준기삼춘 무덤 우터레 앚더니 "까옥, 까옥." 웬 후제 발로 눈을 긁어댄다.

"캉 캉!"

가망ᄒᆞᆫ 개 ᄒᆞᆫ ᄆᆞ리가 일구신더레 죾은다. 몸피가 큰 헤양ᄒᆞᆫ 개 ᄒᆞ나도 으름장으로 크르릉거린다. 서너 ᄆᆞ리 ᄄᆞᆫ 개덜은 그냥 허천더레 ᄇᆞ레멍 죾으는 게 아메도 ᄆᆞᆫ저 나산 개덜을 펜벡ᄒᆞᆷ으로 경ᄒᆞ는 것 ᄀᆞᆮ앗다.

"아불쌍, 큰일낫네. 손에 몽둥이라도 들렁 오컬."

등골이 오싹ᄒᆞ다. 선똠이 발락 나고 심장이 탕탕거린다. 이것덜이 똑 이녁을 공격ᄒᆞᆯ 것 ᄀᆞᆮ은 생각에 엄창난 공포가 밀려든다.

〈제주양공 학생 준기 지표〉

준기삼춘 묘비가 눈더레 들어온다.

"일구야, ᄒᆞᆫ저 도망치라!" ᄒᆞ는 것 ᄀᆞᆮ으다.

거쓴, 일구는 앒이 신 빵조각광 참치캔을 멀리더레 데끼멍 사농꾼덜이 사농개신디 꿩 ᄀᆞ리치듯 "칙, 칙칙!" 소리쳣다. 가냐귀광 개덜이 ᄆᆞᆫ 그펜더레 ᄃᆞᆯ려간다.

ᄃᆞ투멍덜 먹는다.

"이때다."

일구는 심껏 ᄃᆞᆯ리기 시작헷다.

묻은 눈이 하노난 ᄃᆞᆮ기가 심들어도 ᄃᆞᆫ당 푸더지곡 ᄃᆞᆫ당 푸더지곡 닝끼령 ᄂᆞ려지곡 ᄒᆞ단 보난, 공동묘지 무뚱 펜이 아닌 반대펜 골째기더레만 가 지는 거랏다.

"캉 캉!"

"까옥 까옥!"

개영 가냐귀덜이 좇아온다.

"안뒈, 살아사 뒈!"

눈에 빠진 ᄂᆞ단착 발을 들르는 순간 웬착 종애가 써넝ᄒᆞ다. 돌아보난 어느 여이에 ᄄᆞ라와신디사 몸피가 질 큰 헤양ᄒᆞᆫ 개가 일구의 종애를 물언 싯다. 넘이 짚이 물언 개 니빨이 꽝을 거찐 모냥이다.

ᄂᆞ단착 뒤치기로 개의 대가리를 심껏 찻다. 대가리를 직통으로 맞인 개가 "커억" ᄒᆞ멍 털어져 나간다.

"살아사 ᄒᆞᆫ다."

물린 종애의 아픔 따운 아무것도 아니고 그자 “살아사 ᄒᆞᆫ다!”는 생각 벡인 안 난다.

ᄃᆞᆯ렷다. 무장 ᄃᆞᆯ렷다.

겐디 또시 짚은 눈에 발이 빠젼 앞더레 폭 박아진다. 등뗑이가 또시 실렵다. 뒤터레 풀굽으로 씨게 박안 보난 가망ᄒᆞᆫ 개가 헹끌랭이 갈라진다. 또시 일어난 ᄃᆞᆯ렷다.

개덜이 눈 우이를 ᄐᆞᆯ락ᄐᆞᆯ락 튀멍 다ᄃᆞᆯ린다.

하늘 우틴 가냐귀덜이 “까악 깍” 울르멍 ᄂᆞᆯ아온다.

죽금살금 ᄃᆞᆮ단, 비크레기진 디서 발이 닝끼려지멍 몸이 둥굴어 간다. 아무거나 심어보젠 하우작거려봐도 허공만 줴여진다. ᄒᆞᆫ참을 닝끼리멍 둥굴어가단 보난 짚은 골째기 바닥에 ᄆᆞᆫ 오란 지냥으로 멈촤졋다.

뒤돌아 보난 높은 동산 우티 개덜이 이녁신더레 캉캉 죾없고 가냐귀덜은 하늘 우이를 벵벵 돌기도 ᄒᆞ고 주벤 낭가젱이레 주랑주랑 돌아지멍 ᄑᆞ닥ᄑᆞ닥 ᄒᆞᆫ다.

어는제 저것덜이 또시 뎀벼들지 몰른다. 안전ᄒᆞᆫ 딜 ᄎᆞᆽ단 보난 잡목 숨풀 ᄉᆞ이에 왕시랑ᄒᆞᆫ 가시자왈이 싯고 그 소곱에 큰 조록낭 멧 줴가 폭ᄒᆞᆫ 모십을 뷔와준다.

숨풀진 디난 ᄉᆞ망일이 눈이 하영 안 묻언 일구는 그레 들어가기로 ᄆᆞ음먹고 그 자왈을 손으로 헤쓰멍 들어가는디 두터운 잠바 소곱으로 가시덜이 꽉꽉 찔르고 손광 홀목이 볼나우웃이 긁히고 칮어진다.

그 조록낭 아래 들어산 보난 온몸에 피가 ᄀᆞᆯ랑ᄒᆞ고, 뒷다리광 등땡이광 하간디가 와직와직 아프다.

다행이 동산 우티 신 개덜은 알더레 ᄂᆞ려올 기미가 읏엇고 가냐귀덜도 주벤만 감장돌 뿐 사름이 살아둠서 오몽ᄒᆞ는 걸 봐지난 그 가시자왈더렌 안 온다.

“어떵ᄒᆞ코….”

아무거라도 헤산다. 에염에 신 눈광 낭썹덜을 치와 본다. 무기가 뒘직ᄒᆞᆫ 훍은 낭막뎅이나 돌셍기라도 손에 줴여사 ᄒᆞᆫ다. 이레저레 손을 놀리는 ᄉᆞ이 뭣산디 거쪄진다. 훍은 막댕이 답다. ᄌᆞᆸ아뎅겻다. 질다. 가젱이가 한 훍은 낭 ᄃᆞᆲ다. 심을 내연 ᄌᆞᆸ아뎅겻다.

순간,

“헉!”

비멩인지 한탄인지 몰를 소리가 나오멍 손에 심언 신 건, 꽝만 왕상ᄒᆞᆫ 사름 유골이랏다.

입이 ᄌᆞᆼ가지멍 아뭇소리도 안 나오고 니빨이 닥닥 다덱여지고 온몸에 ᄃᆞᆨᄉᆞᆯ이 과상ᄒᆞ게 돋으멍 사시낭추룩 달달달 떨린다.

누게산디 이녁추룩 이 소곱이 들어왓단 죽언 오몽ᄒᆞ지 못ᄒᆞ난 가냐귀덜이 눈이영 ᄉᆞᆯ덜을 ᄆᆞᆫ 옴파먹은 생이다. 그 염에 족수까락광 벌러진 물박이 비죽이 나온다.

눈물이 나왓다.

"아, 어머니!"

무사 이 어이에 어멍을 불러졈신고. 나가 불효헷던 어멍이 영도 그려운고.

"어머니 나가 잘못헷수다."

막연ᄒᆞ게 후회와 토패ᄒᆞ멍 "어엉 엉, 엉엉." 큰소리로 우는 일구.

눈 소곱이 신 눈물이 ᄆᆞᆫ 젭질아질 만이 ᄒᆞᆫ참을 울엇다. 머리를 드러낸 유골이 똘롸진 눈으로 ᄀᆞ만이 붸린다.

그 유골을 보멍,

"어머니, 따신 경 안ᄒᆞ쿠다."

밋도 끗도 읏이 이녁도 몰르게 빌고 이섯다. 누게가 "무신 걸 잘못ᄒᆞ연디?" 들으민 이녁도 대답 못 ᄒᆞᆯ 하간 후회가 ᄃᆞᆯ려드는 것이랏다.

높은 동산을 올려다 봣다. 개덜은 그냥 이레 붸리기만 ᄒᆞ였고, 동산 뒤티로 봐지는 구름 ᄉᆞ이 준기삼춘이 손을 흥그는 거 답다.

"일구야. 살아사지." ᄒᆞ는 것 ᄀᆞᇀ으다.

"맞다. 살아사주. 아, 나 휴대폰!"

갑제기 휴대폰 셍각이 난다.

"맞아, 휴대폰이 이섯지."

두터운 외투주머니 양착 다 문져본다. 읎다. 준기삼춘 산소에서 쓰단 남은 상껍만 싯다. 아까 도망칠 때 털어진 생이다. 아, 눈앒이 왁왁ᄒᆞ다. 골째기난 볼써라 햇빗은 문 읏어져가고 얼메 읏엉 어둑아짐직ᄒᆞ다.

“게도 오년이나 남아신디 이디서 죽어사 ᄒᆞ나? 왁왁ᄒᆞ여지믄 나는 끗이다.”

또시 고개 들런 이레저레 ᄉᆞᆯ폇다.

“아, 저디!”

이 자왈 소곱으로 들어오기 전이 업더져 잇던 자리에 뭣산디 거멍ᄒᆞᆫ 게 봐진다. 휴대폰인지도 몰른다는 셍각이 들엇다. 가시덤불을 심들게 기어나완 보난 ᄉᆞ망일케 이녁 휴대폰이랏다.

“아, 살앗저.”

또시 자왈 소곱으로 들어간 휴대폰을 ᄋᆞᆯ앗다. ‘1%!’가 ᄁᆞᆷ막거린다. ᄀᆞᆫ 정지퉤어 불지도 몰른다. 확ᄒᆞ게 ‘112’를 누루떳다. 경ᄒᆞ여 ᄂᆞᆫ 신호가 감신가 보젠 귀에 댄 어이에 휴대폰 불이 왁왁헤진다. 꺼지고 만 것이다. 막막ᄒᆞ다. 갯ᄀᆞᆺ디 번번ᄒᆞ게 든 바당물추룩 웨로움이 ᄀᆞ득ᄒᆞ다.

“아, 인간 강일구가 ᄋᆞᆼ 죽는구나. 아, 애삭ᄒᆞ다.”

경헤도 ᄒᆞᆫ 번 웨울러 보자. 시상신더레 날 살려줍셍 울러나 보자. 일구는 기신을 다내연 웨울렷다.

"양~ 이디마씀. 사름 살려줍서~"

골째기라, 또 다른 일구도 "살려줍서!" 뒈울렝이친다.

"양, 양, 사름 살립서~~~"

"캉, 캉, 캉캉~" 이번인 개덜 죾으는 소리ᄁ장 골째기에 퍼진다.

죽금살금 동산 우티로 올라강 돌아보카 ᄒ는 생각도 낫주만 몸을 오목거리기가 심들다. 얼고 독독 털어지고 나갈 ᄌ신도 읏다.

경ᄒ디 조랍다. 영ᄒ 정우에도 '무정 눈에 줌이여'렝 조랍는가. 그자 막 조랍기만 ᄒ다. 온몸에 쏘왁쏘왁ᄒ는 통징도 탕탕 튀단 심장도 이 졸음 앞이서는 베량 몰르겟다.

"우리집 마당에 돔박꼿은 발강케 피여서라마는 그 에염에 히야신스가 핀 걸 못 봔 나와젼저. 이 눈 녹을 ᄀ리에 히야신스가 봄이 왓수덴 ᄒ멍 피어나는디…. 아, 불고롱ᄒ 우리 히야신스!"

이몽지몽간에 준기삼춘이 봐진다.

소곱이사 못ᄌ디든 아명ᄒ엿든갑세 웃이멍 ᄀ던 모십.

"일구야 ᄀ건 들어볼탸? 갈련 간 각시가 수물 싯 분쉬웃일 때 나신디 와신디, 나가 돔박꼿을 질 좋아ᄒ덴 ᄒ난 이녁도 돔박꼿을 경 좋아ᄒ노렌 문질문질ᄒ 말로 나신디 돌아지멍 시집을 완게마는 집을 기여날 ᄀ리엔 꺼끌꺼끌ᄒ게 ᄀ는 말이…."

"돔박꼿은 향기가 베량 웃어양. 준기오빠가 시를 쓰는 게 잘도 멋

져벨 땐 동박꼿이 고와벱데다마는 '시'는 쏠통개도 못 체와주고 뭐센 사 골암신디 허지랑만 ᄒᆞ연 이젠 익고정도 안헤마씀.”

“영 나 가심 꼬주우고 뒈우데기멍 골아라게. 나가 맛가시ᄒᆞ여불엇젠 ᄒᆞᆫ 말이주기. 게민, 이젠 무신 꼿이 좋아붸여? 들으난, '히야신스'가 질 좋아마씀. 히야신스는 정신이 혀뜩ᄒᆞᆯ 만이 향기가 좋아양? ᄒᆞ여라게.”

“일구야 게난이. 나 시 소곱엔 향기가 읏덴 말로 들어젼 씁쓰롱ᄒᆞᆫ 나 가심에 불껑만 남은 거 답고 ᄒᆞᆫ동안 글을 안 쓰기도 ᄒᆞ여낫저. 아메도 우리 각신 히야신스가 하영 핀 집이 가실 거여. 하하하. 느네 마당 구석이도 해년마다 히야신스 ᄒᆞ나가 피는 거 봐젼게 그거 잘 술피멍 키우라이. 그거 읏이민 각실 여불티사. 하하하.”

준기삼촌이 웃임소리영 ᄒᆞᆫ디 ᄉᆞ라진다.

“까옥, 까옥!”

“캉 캉!”

개덜광 가냐귀덜이 제만썩 울르는 소리가 골째기 ᄀᆞ득 메와지는디,

“살아산다! 살아산다!”

살아사 뒌다는 일구의 셍각 소곱으로 좀이 쏠쏠 들어산다.

일구의 온몸에 들어산 좀은 일구를 ᄃᆞ리고, 일구가 시상에 나온 후 제 질 먼먼ᄒᆞᆫ 추억으로 ᄃᆞ려간다.

탄생과 청소년 시절

일구 아방도 한량이랏다. ᄆᆞ을에선 알아주는 ᄒᆞᆫ문 선싱이고 농시 ᄒᆞ는 밧도 하영 이신 촌부제엿다.

1950년대초, 그땐 절혼도 ᄒᆞ고 ᄌᆞ식덜이 시멍도 돈냥이라도 들른 사름덜은 한량덜 벗부쪙 술도 먹곡 놀음도 ᄒᆞ곡 이레저레 젓어뎅기멍 과부덜토 꾸실룹곡 ᄒᆞ멍 뎅겨노난 제주섬 안엣 살렴살이로 '일부다처'가 하영 생겨낫주마는 사름덜은 그자 여점ᄒᆞᆫ 일이렌 크게 구숭도 안ᄒᆞ고 지날 때랏다.

일구 아방광 어멍도 그중 ᄒᆞ나다. 일구 어멍도 그 젊은 나으에 혼차 살기가 에려와실 거다.

"놈이 대동으로 누게라도 이지ᄒᆞ영 살아사 ᄒᆞᆫ다."고 생각ᄒᆞ여실지도 몰른다.

일구 어멍은 나이 서른에 청상과부가 뒛다.

4·3광 6·25를 지나멍 전 남펜을 잃고 혼차 살아가사 ᄒᆞᆯ 시상을 만나게 뒌 것이다. 일구광은 각성바치인 니 ᄉᆞᆯ짜리 ᄄᆞᆯ ᄒᆞ나 ᄃᆞ령 나상 하간 날일로 살단 말짜엔 어느 시장통서 ᄊᆞᆯ장시를 ᄒᆞ게 뒈엿다.

곡석덜 장만ᄒᆞ는 밧디나 큰 도매장시신디 ᄎᆞᆽ아뎅이멍 ᄊᆞᆯ만이 아니고 콩이영 ᄑᆞᆺ이영 하간 서숙덜을 띠여오랑 ᄑᆞ는 것이다. 제우제우 입구입ᄒᆞ멍 살단 일구 아방을 만낫다.

그 ᄀᆞ리 돌아섬 제주 소곱인 젊은 과부덜이 잘도 한한ᄒᆞ엿다. 4·3광 6·25를 지나멍 남제덜이 하영 죽어분 따문이다. 사름덜은 먹엉 살기가 에려운 때란 벨벨 곱은오멍ᄁᆞ지 ᄆᆞᆫ ᄒᆞᆯ 때라신디, 살아남은 남제덜은 그 넘치는 여제덜을 구완사 ᄒᆞ여준 건지 이녁 욕심을 채운 건지는 누게가 뭐셍 대답을 ᄒᆞ랴.

그 히어드렁ᄒᆞᆫ ᄀᆞ리에 일구 아방이 일구어멍을 어떵 구실려신진 몰라도 하여간이 일구를 시상 바깟더레 나오게 멘들앗다.

게도, 오라리 사는 일구 아방은 무주웨도 아닌 일구가 시상에 나오게 뒈난 일구어멍신디 시장통 잡곡장시도 설러불게 ᄒᆞ고 오라리로 ᄃᆞ련 완,

“일구어멍, 이디서 일구 ᄃᆞ령 벌어먹으멍 살아이? 나가 메날 멕여 살리진 못ᄒᆞᆯ 거난….”

영 ᄀᆞᆯ으멍 헌헌ᄒᆞᆫ 아옵 펭짜리 초집광 그 에염에 부뜬 닷말지기 우

영팟을 주멍 그디서 농시ᄒᆞ멍 살게 ᄒᆞ엿다.

아방사 지세어멍광 살멍 군식구덜을 집더레 들여놓진 못 ᄒᆞ여실 거난, 일구광 일구어멍이 살아가는 건 이녁네 냥으로 알앙 살렝 ᄒᆞᆫ 것이다. 게난 일구는 아방광 펭승 ᄒᆞᆫ 번토 ᄒᆞᆫ디 살아보들 못ᄒᆞ엿고 어멍이 말짜에 난 누이덜쾅만 살아온 거다.

어멍은 ᄒᆞ나뿐인 아ᄃᆞᆯ 일구를 잘도 애끼멍 오양ᄒᆞ엿주만 살렴이 에려와노난 졸바로 멕이지도 못ᄒᆞ고 ᄒᆞᆨ교도 잘 시기들 못ᄒᆞ엿다.

그 보릿고개가 느량 ᄃᆞᆼ사던 시철, 데가리가 ᄒᆞᆫ쏠 커가난 일구도 벗덜이영 부떵 못뒌짓도 ᄒᆞ여지곡 어멍을 못ᄌᆞᆫ디게 ᄒᆞ여지기도 헷주만 일구는 덜랭이도 돌퉁이도 둔충다리도 아니랏고 옹통ᄒᆞ지도 안ᄒᆞ곡 천성이 착ᄒᆞ멍 순ᄒᆞᆫ 아이랏다.

ᄃᆞ린 때 ᄒᆞᆫ 방에 어멍영 자는디, ᄒᆞᆫ밤중이 무신 소리가 낭 눈 텅 보민 어두룩ᄒᆞᆫ 구들에 아방이 왕 어멍영 소곤닥ᄒᆞ는 걸 멧 번 봣다. 이녁은 저 구석더레 밀려젼 싯고….

어떵ᄒᆞ당 생기는 일이라노난 일구는 또시 ᄌᆞᆷ들기가 에려완 눈을 끔막끔막 ᄒᆞ멍도 돌아눤 자는 체 ᄒᆞ기도 ᄒᆞ엿다. 경ᄒᆞ영 생긴 누이덜 업게는 일구 직시랏다.

어멍이 놈이 밧 검질도 메곡 하간 일쿰을 버실젱 물아긴 업엉 뎅기곡 홀 때도 셧주만 국민ᄒᆞᆨ교때 일구는 아기업게로 ᄒᆞᆨ교에 못 가는 날이 핫다. 오족ᄒᆞ여시민 ᄒᆞᆨ교엘 가고정 ᄒᆞ연 다ᄉᆞᆺ ᄉᆞᆯ 난 누이를 손심엉도 걷곡 업곡도 ᄒᆞ멍 ᄒᆞᆨ교엘 ᄃᆞ련 간, 운동장이서 놀암시렌 ᄒᆞ여둰 교실에 갓주마는 ᄆᆞ음은 톡톡ᄒᆞ여지멍 누이가 ᄌᆞ들아젼 선싱이 ᄀᆞᆮ는 말이 귀에 들어나 오카 운동장더레만 자꼬 바력바력 ᄒᆞ여져노난 공부가 될 쉬 읏엇다.

"어~ 쑤어나라! 쑤어나라!"

일구가 ᄒᆞᆫ 일곱 ᄉᆞᆯ 쯤이 아래 누이 ᄒᆞ나가 죽엇다.

그땐 빙완도 읏어나신가 몰르주마는 빙완이나 약이나 어떵 ᄒᆞ여볼 내기가 읏어난 거 닯다.

무신 빙인지도 몰르고 히영ᄒᆞᆫ 종이ᄆᆞ자에 무당옷 출려입은 심방ᄒᆞ나이를 못아당, 아파그네 문 소들소들 ᄀᆞᆮ 눈곰음직 ᄒᆞ여가는 아기를 앒더레 눅져놩 풀춤도 이레 저레 추어밧닥 중은중은ᄒᆞ멍 손에 쥔 ᄒᆞ꼴락ᄒᆞᆫ 종을 똘랑똘랑 소릴 내와가멍,

"아이고 할마님, 할마님 손지 살려줍서. 정성으로 빌엄시메 아픈 거 확 낫게 ᄒᆞ여줍서."

이영, 심방이 비념ᄒᆞ는 소릴 ᄒᆞ여가민 일구어멍은 에염에 꾸러앉아둠서 양착손 비비멍 아기신더레 곱삭곱삭 절을 ᄒᆞ곤 ᄒᆞ엿다.

"어~ 쑤어나라! 쑤어나라!"

심방이 춤을 추당 ᄀᆞ노롱ᄒᆞᆫ 눈으로 쏠을 이레저레 휫휫 삐여가민, ᄆᆞᄉᆞ왕 ᄒᆞ는 일구신더레 어멍이

"ᄒᆞᆫ저 저레 가불라." ᄒᆞ여도 멀리 사둠서 비룽이 붸리단 일구. '쑤어나라'가 죽을 쑤는 건지 뭣산딘 몰라도 그 모십덜이 일구 눈 소곱에 콱 박아젓다.

ᄒᆞᆫ 사을을 그 심방 못아단 비념을 ᄒᆞ염선게

"흐~흑, 흐흐~흑!"

어멍이 바농질ᄒᆞ멍 흘착흘착 울엄섯다.

일구가 보난, 아기구덕이 장항뒤에 내쳐젼 싯고, 어멍은 그레 바력바력ᄒᆞ멍 ᄒᆞ루헤원 우는 것이다. 그때ᄁᆞ지도 일구는 슬픔이 뭣산디 죽음이 뭣산디 번찍 몰를 때랏다.

중혹생땐 집이서 퉤께도 질루곡 고고고~ 불르는 ᄃᆞᆨ도 질루멍 풀앙 잡기장도 사고 책도 사곡 ᄒᆞ엿다. 퉤께는 암컬로 상 질루당 ᄒᆞ꼼 크민 다른 집이서 질루는 좋은 수컷 퉤께영 빽부쪙 왕 새낄 내왕 풀곡,

씨암ᄐᆞᆨ이 깨운 빙애기도 ᄃᆞᆨ수룽이 잘 출리멍 키왕 ᄒᆞ꼼 크민 오일장이 강 ᄑᆞ는 것이다.

경ᄒᆞ고 웃드르 소낭밧디 솔똥 봉가당 가멩이에 담앙 강 풀기도 ᄒᆞ곡 우영팟 농싯일로 통시에 돗걸름을 해년마다 팡 내치곡 ᄒᆞ엿다.

그때부떠 일구는 생각ᄒᆞ엿다.

"나가 어멍광 동싱덜을 ᄃᆞ령 살곡 가장이 뒈여사 ᄒᆞᆫ다." ᄒᆞ는 ᄆᆞ음을 미릇 ᄀᆞ지게 뒌 거랏다.

"일구야, 이거 ᄒᆞᆨ비 나오게시리 잘 질롸보라."

일구가 중ᄒᆞᆨ생때 아방이 다간 송애기 ᄒᆞᆫ ᄆᆞ릴 사주멍 ᄀᆞᆮ는 말이다.

일구는 중ᄒᆞᆨ생때 쉐테우리가 뒈엿다.

저슬에 멕일 쉐촐 ᄒᆞ레도 뎅기곡 ᄒᆞᆨ교 갓당 오민 쉐촐 주는 것부떠 시작ᄒᆞ영 내창에 쉐물 멕이레 뎅겨와산다. 게고, 쉐를 목장에 곶몰덜광 ᄒᆞᆫ디 방목ᄒᆞᆯ 때ᄁᆞ진 둔쉐에 쉐를 놩 목장에도 보내산다. 경ᄒᆞ고, ᄎᆞ례로 돌아오는 쉐번 날은 쉐영 ᄒᆞᆫ디 나가산다.

"날랑 쉐번을 공일날로 심어줍서양? ᄒᆞᆨ괄 가사ᄒᆞ연양."

둔주 입장으로 ᄒᆞᆫ번토 주주쌈 읏이 경 ᄉᆞ정ᄒᆞ멍, 공일날은 둔쉐멕이레 쉐덜을 둔짓엉 오라목장에 강 쉐덜을 멕이당 어두와가민 또시 쉐덜을 몰앙 ᄂᆞ려오곡 헷다. 둔쉐 당번은 보통 두사름씩 돌아가멍 ᄒᆞᆫ다.

목장에 풀이 하영 돋으민 방목을 ᄒᆞᆫ다.

장림 때쯤 ᄒᆞᆫ 두번 목장에 신 쉘 강 봥 오곡 ᄀᆞ슬틀민 또시 집잇 쉐왕이서 질루는 거다. 귀페왓디 간 쉐에 낵인치기ᄁᆞ지 다 ᄒᆞ고도 말짜엔 쉐가 넘이 커가난 버쳔 일구아방이 폴아불긴 ᄒᆞ엿주마는….

국민ᄒᆞᆨ교 때부떠 일구는 그런대로 공부도 ᄒᆞ쏠 ᄒᆞ여나신디 질 잘ᄒᆞ는 건 산수랏다. 중ᄒᆞᆨ교도 중고등ᄒᆞᆨ교가 인문계인, 시염도 에려운

딜 합격ᄒᆞ연 들어갓다. 대ᄒᆞᆨ에 가젱 ᄆᆞ음을 먹어시민 그 동일계인 '하나고등학교'를 그냥 ᄌᆞ동으로 입학ᄒᆞᆯ 수도 셧주만 일구는 직장엘 ᄒᆞᆫ저 가젠 상업고등ᄒᆞᆨ교로 바꽌 들어갓다.

일구는 먹지 못ᄒᆞ연 잘도 줄엇다.

고등ᄒᆞᆨ교 ᄀᆞ리엔 키가 175센치라도 몸무긴 55키로랏다. ᄇᆞ름이라도 불민 불려분덴 친구덜이 놀릴 정도랏고 바당에라도 강 그 와상ᄒᆞᆫ 갈비뻬를 내놓젱 ᄒᆞ민 잘도 부치럽곡 헷다.

먹을케 귀ᄒᆞᆯ 때난, 어떵ᄒᆞ당 재수가 좋앙 동네에서 돗추렴 ᄒᆞ는 거 알아지민 그시린 돗궤기 싸게 갈라당 아끼멍 먹곡도 ᄒᆞ주마는, 궤기에 곤밥은 식게 멩질 때나 꼴을 봐낫고, 그날을 동동 지드리당 절 ᄆᆞᆫ ᄒᆞ영 끗나민, '마, 이건 느 반이여' ᄒᆞ멍 ᄒᆞᆫ 사름썩 ᄄᆞ로ᄄᆞ로 음복ᄒᆞᆯ 거 갈라준다. 궤기도 ᄒᆞᆫ 점 묵도 ᄒᆞᆫ 점 침떡이영 생선이영 실과는 ᄒᆞ쏠썩 ᄐᆞᆫ곡 ᄍᆞ르곡 ᄒᆞ영 갈라 논다. 밥도 ᄒᆞ꼼썩만 떠주곡 ᄒᆞ민, 무사 놈이 밥광 반은 높으곡 커붸여신디사 무사 나만 족게 줨신디사 ᄒᆞ는 생각이 나기도 ᄒᆞᆫ다.

예점인 보리쏠에 좁쏠 섞은 밥 먹곡, 보리쏠도 에끼젱 밥더레 감저나 지슬도 썰엉 섞어 먹곡, 밥 대신 모멀범벅 강냉이범벅 감저범벅도 ᄒᆞ여 먹곡, 어떵ᄒᆞ당 생선이나 ᄃᆞᆨ새기 반찬은 소풍때 ᄒᆞ곡 집이 큰 손님이나 이시민 봐진다.

집은 무사 경 헐언 문착덜이 ᄆᆞᆫ ᄐᆞ라져심광 구들더레 ᄇᆞ름이 쌀쌀 들어오곡, 웃드르라노난 눈이나 족영 와시카 사름 지레만이 ᄂᆞ릴 때도 싯다.

눈이 하영 ᄂᆞ령 오몽이 어려울 땐, 통절엉 올레 바꼇더레 못 나강 좁작ᄒᆞᆫ 구들에 헤ᄒᆞᆫ 꾼데져 이시멍 ᄋᆢ름날 ᄃᆞᆯ코롬ᄒᆞ던 사탕대죽 ᄒᆞᆫ ᄆᆞ작이 튼나기도 ᄒᆞ는디, 쉐똥 ᄆᆞᆯ륜 거나 석은 낭덩체기 봉가당 ᄆᆞᆯ륜 걸로 굴묵을 짇으민 구들바닥이 모오롱ᄒᆞ기도 ᄒᆞᆫ다.

일구가 고등ᄒᆞᆨ교 뎅길 ᄀᆞ리가 뒈여사 공동수도영 전기가 들어왓고, 그 전인 등피에 불을 싸곡 등핏병것에 묻은 끄으름을 메날 닦으멍 살앗다.

ᄀᆞ물 ᄀᆞ리엔 물을 미릇 질어다 두지 안ᄒᆞ민 고생이랏다. 미리셍이 지슬물 받아놧당 서답도 ᄒᆞ곡 내창에 강 얼음 벌렁 질어오곡도 ᄒᆞ엿다.

ᄂᆞᆾ 싯칠 물이나 하영 셔시카 비누도 읏이 제우 물 두어 번 양지에 블랏당 닦으민 걸로 끗이다. 그 물도 아까왕 식솔덜 ᄆᆞᆫ 돌아가멍 쓰곡 말쩨엔 그 물로 그릇도 싯치곡 서답도 ᄒᆞᆫ다.

오래 ᄀᆞ물아불민 가차운 내창에 물이 엇엉 웃터레 산더레 멀리 올라강 일구는 물지게로 여제 동싱은 대배기에다 에렵게 물을 질어오곡 ᄒᆞ엿다. 그땐 촘말 어떵어떵이라도 살아보젱 몸질쳐사만 ᄒᆞᆯ 때랏다.

저을인 불나는 집도 핫다. 짚은 밤중에,

“꼿낫저!”

웨울르는 소리 나민 자당도 금착ᄒᆞ멍 확 일어낭 집이 잇인 물통덜 들렁 불난 집더레 동네 사름 다 둘려간다. 수도가 셔나시카 가차운 구릉물이나 내창물 화륵화륵 날라당 ᄀᆞ찌 불을 꺼주곡, 말쩨엔 지붕도 ᄒᆞᆫ디덜 일어주곡 ᄒᆞᆫ다.

카름 안에 잔치라도 시민, ᄒᆞᆫ디덜 도세기도 잡아주곡 소낭광 대낭덜 그차당 잔칫집 올레에 세왕 곱닥ᄒᆞᆫ 종이광 풍선을 돌아메멍 잔칫집 테도 내와준다.

어느 집이 영장이라도 나민 또 문딱 모도와들엉 부름씨도 ᄒᆞ여주곡 ᄀᆞ찌 울어도 주곡 달레여도 주곡, 상여 메영 ‘행상 놀레’ 불러주멍 눈 팡팡 오는 영장밧디 강덜 묻을 자리 파주곡 흑 날라당 봉분 멩글아주곡 태역 테여당 봉분 덖어주곡 영장일 끗ᄁᆞ장 ᄀᆞᇀ이덜 ᄒᆞ여줬다.

식게 ᄒᆞ여나민 퉤물 들렁 강 이웃덜신디 갈라주곡 밧일도 ᄒᆞᆫ디 수눌어가멍덜 ᄒᆞ곡, 웃이 살아도 인심덜은 참 좋아낫다.

안적도 트멍트멍 일구 생각 소곱으로 그 엿날 일덜이 들구 나온다.

음력 유월 스무날을 ‘ᄃᆞᆨ 잡아 먹는 날’로 ᄃᆞᆨ을 잡아 먹는 풍습이 셧다. 그 ᄃᆞᆨ으로 몸보신을 ᄒᆞᆫ뎅 ᄒᆞ는 거다. 일른 봄이 빙애기를 깨우거나 사다그네 집 마당이서 유월ᄁᆞ장 잡아먹기에 마직ᄒᆞᆫ 중ᄃᆞᆨ으로 키와낭 잡아먹는다.

ᄃᆞᆨ 잡는 방벱이 크게 두가지라나신디, 터럭 잘 빠지게 꿴 물에 ᄃᆞᆨ을 들이쳣당 터럭 벳기는 방벱광, 보릿낭에 불부쳥 터럭 다 캐와둥 잡는 방벱이 싯다. 그 중이서 꿴 물에 ᄃᆞᆷ갓당 큰 터럭덜 빠곡 남은 ᄌᆞᆫ털덜은 보릿낭불에 그슬리는 게 좋은 방벱이다.

남제는 암톡, 여제는 수톡을 먹어사 보기가 싯넨 ᄒᆞ엿다.

남제덜이 처가칩일 가민 가시어멍이 사우 생각ᄒᆞ영 준비ᄒᆞ는 음식으로 씨암톡이 질이랏다. 엿날 가시어멍덜은 이녁 ᄄᆞᆯ신디 잘 ᄒᆞ여주렌 ᄒᆞ는 셍각으로 사우가 오민 잡아주젱, 씨암톡 잘 멕여 질루멍 미리 셍이 준빌 ᄒᆞ곡도 헷다.

일구가 열 대ᄋᆢᄉᆞᆺ ᄉᆞᆯ 때 음력 유월 스무날쯤일 거다.

일구 어멍이 중혹생인 일구가 넘이 줄언 몸보신이나 ᄒᆞ여주젠 오일장이서 암톡 ᄒᆞᆫ ᄆᆞ릴 산 왓다. 일구 어멍도 어는제 ᄃᆞᆨ을 잡아봐시카 ᄀᆞᆨᄀᆞᆨ ᄒᆞ는 ᄃᆞᆨ을 붸림만 ᄒᆞ단,

"일구야, 이 ᄃᆞᆨ 죽여보라. 느 멕이젠 산 와신디, 어떵어떵 잡앙 ᄉᆞᆱ곡 죽도 ᄒᆞ영먹게."

가달에 새낏줄 매연 담트멍에 묶어둔 씨암톡 ᄒᆞ나 ᄀᆞ리치멍 어멍이 경 ᄀᆞᆮ는 거다.

일구도 그때ᄁᆞ장 ᄃᆞᆨ을 잡아 본 일이 웃어나신디, 일구가 시상에 나

완 체얌으로 ᄃᆨ신디 저싱ᄎᆞ자가 뒈는 거랏다. 웬착 손으로 놀개기 잡아둠서 ᄂᆞ단착 손으로 모게기 휘여감안 ᄀᆞ만이 지드렷다. ᄒᆞᆫ참 시난 ᄃᆨ이 꼬로록 소리내멍 몸뗑이가 느랏ᄒᆞ여진다.

일구어멍은 미리서 정지 큰 솟디 보릿낭불로 물을 꿰완 놔둬시난 그 죽은 ᄃᆨ을 꿰운 물더레 들이쳣다. 꺼럭 잘 빠지게 ᄒᆞ젠 꿴 물에 들이치는 거다.

경ᄒᆞᆫ디, 그 죽은 ᄃᆨ이

"어, 떠바!" ᄒᆞ듯 ᄑᆞ들락ᄒᆞ멍 튀여나오는 게 아닌가.

"아이고멍아!"

넘이 노레연 저싱ᄎᆞ자 간 털어질 뻔 ᄒᆞ엿다.

일구가 또시 놀개기 심고 모게기 씨게 뒈우데기멍 이번엔 발로도 꽉 볼란 오래오래 지드렷다.

"이제사 죽어실 테주." ᄒᆞ연,

꿴 물에 ᄒᆞᆫ참 ᄃᆞᆷ갓단 터럭을 빠기 시작ᄒᆞ엿다. 반착쯤 뽑아져신가? 갑제기 ᄃᆨ이 확 일어산 반은 벳겨진 몸으로 그릇을 엎으멍 튀여나간다.

"아이고, 저싱ᄎᆞ자 간 두 번차 털어질 뻔 ᄒᆞ엿저. 하하하." ᄒᆞ멍,

일구는 가심을 ᄂᆞ리씰엇다.

"이 ᄃᆨ도 ᄒᆞ건 살아보젠 ᄒᆞ는 거라양?"

일구가 ᄀᆞᆮ는 말에 일구어멍은,

“게도 목심이난, 이승ᄒᆞ고 이벨ᄒᆞ는 게 경 칭원ᄒᆞᆫ 거 닮다. 호호. 것도 ᄒᆞ나 못ᄒᆞ커냐? 그 ᄃᆞᆨ 두루 죽어시녜. 잘 죽여보라게.” ᄒᆞᆫ다.

일구가 더 씨게 모게기를 퉤완 그 ᄃᆞᆨ을 잡아먹긴 ᄒᆞ여신디, 그때 ᄃᆞᆨ맛은 이ᄌᆞ불엇주마는 그 ᄃᆞᆨ이 지금도 가당오당 일구 소곱이서 두루 죽은 냥 금착ᄒᆞ게 파들락 ᄒᆞᆯ 때가 싯다.

일구는 고등ᄒᆞᆨ교에 들어간 친구 찬용이가 생겻다.

찬용이는 일구광 비슥ᄒᆞ게 생기고 성질도 닮았다. 몰명진 듯 ᄒᆞ여 붸여도 오시록ᄒᆞᆫ 디 꿩ᄃᆞᆨ새기 나듯, 오도낫ᄒᆞᆫ 고넹이가 부뚜막에 문첨 올라가듯, 말은 웃어도 아모일이나 숭시를 낼 때는 질 제엿다.

잡은 궤기 배ᄇᆞ르는 것도 잘ᄒᆞ고 아카롭진 안 ᄒᆞ여도 아귀차고 부뜸성도 좋다.

찬용이네 집은 갯ᄀᆞᆺ 어영마을에 시난 일구는 틈만 생기민 그딜 놀레 뎅겻다. 가이네 집은 냇독도 세와진 도당칩인디, 그딜 가믄 느량 마당 가운딘 니껍새위가 널어젼 싯고 마당 구석엔 헌 도문내영 사엇대덜광 녹슨 미늘, 헌헌ᄒᆞᆫ 도곰수견덜이영 네덜쾅 틑어진 네좆이 집직ᄒᆞ는 거추룩 싯다.

가이네 아방은 배도 ᄒᆞᆫ 척 싯고 도ᄉᆞ공에다 펭승 보제기이다.

주벤 ᄆᆞ을 보제기덜이 모다진 ‘어몰어촌계’가 이신디, 그디 어촌계 장도 ᄋᆢ라번 ᄒᆞ엿다. ‘어몰’이렝 ᄒᆞᆫ 일름은 어영ᄆᆞ을광 몰레물ᄆᆞ을 앞 글제를 놘 멘든 일름이다. ᄌᆞ끗디 도들오름도 싯고 그 ᄉᆞ방 바당을 막은 갯ᄀᆞᆺ이 빙 퉤와지게 둘러져노난 경관도 좋고 바룻것이 잘도 한 디다.

찬용이 어멍은 물질ᄒᆞ는 상군이고 누인 블락좀녜랏다.

경ᄒᆞ난 그집더레 이 바룻거 사레 오는 사름덜도 이섯고, 인심이 좋아노난 사레 온 사름덜신디 푸지게 주곡 ᄒᆞ는 생이다.

일구는 찬용이네 집이 강 놀당 늦이민 그디서 자당도 오곡 ᄒᆞ엿다. 찬용이 어멍 아방이 잘도 어질고 일구를 좋아라ᄒᆞ멍 애껴주는 덕분이기도 ᄒᆞ다. 그 집인 바룻거가 푸져노난 웃드리서 나는 것만 먹엉 사는 일구는 그 집이 신 먹을컷덜이 ᄒᆞᆼ시 주우릇ᄒᆞ여지곡 ᄒᆞᆫ다.

“일구야, 그 불 이레 비촤봐.”

“그디도 신 거 ᄀᆞᇀ으냐? 자-”

일구가 들럿단 횃불을 비촤준다.

“그레 ᄀᆞ만이 비촴서봐이.”

찬용이가 풀다시를 걷어부치고 손가락을 벌련 지드린다.

ᄒᆞᆫ 일 분쯤 찬용이가 ᄀᆞ리치는 딜 비추왐시난 제벱 큰 물꾸럭 ᄒᆞᆫ ᄆᆞ리가 ᄆᆞᆼ그작ᄆᆞᆼ그작 ᄒᆞ단 물 바꼇디 돌더레 기여나온다.

찬용이가 대가릴 폭 심으난 거멍훈 먹물을 뿌린다. 찬용이가 먹물 나오는 고망을 확 뒈쓴다. 경훈 후제 일구가 들른 양동이레 담는다. 불써 다숫 무리차다.

"히야, 찬용아, 불써라 영 하영 심어졋저. 나 배 소곱이 지꺼젼 난리가 아니여."

"야, 일구야! 다섯 무리는 아무것도 아니여. 요자기 밤인 동네 아이덜쾅 훈 시간 동안 물꾸럭 잡는 시합을 후여신디, 나가 스무 무릴 잡안 일등을 후고 상금도 이만 원을 받앗저. 크크크."

일구가 물꾸럭 훈 무릴 들런 보난 뭉크랑후다. 퀘연 시난 뭉클락훈 물꾸럭이 뭉글락뭉글락후멍 손에서 빠져나간 양동이레 털어진다.

이추룩, 찬용이네 집이 간 땐 왁왁훈 밤이 험벅세길 몽크령 쒜막대기레 묶으곡 후꼴락훈 깡통에 섹이지름 담곡후영 홰불을 쌍 물꾸럭이영 낙지영 심어당 먹곡, 물이 싼 땐 낮이도 구젱기나 점복을 하영 잡아지곡 후엿다.

앗물 때나 물천이 좋을 때쯤인 돌만 우굿우굿 들러도 큰 보말덜쾅 하간 바룻거덜을 양동이로 구득 잡기도 후엿다.

찬용이네 배는 싸움판 밴디, 찬용이 말 들어보난 놈덜이 보기엔 배 후나만 시민 탕 나가그네 궤기 하영 잡앙 왕 돈도 버실곡 맛 존 바당

궤길 실피 먹으멍 부제로 산덴 생각덜을 홀 테주마는 보제기질 ᄒᆞ는 일이 여간 에려운 것이 아니렌 ᄒᆞᆫ다.

배가 갑제기 ᄇᆞ름주제를 만나거나 와사리때 배를 잘못 띄우거나 배가 가당 왕걸에 걸리거나 웅둥개 ᄀᆞ튼 디서 배가 초리ᄒᆞ멍 뒈싸져 불민 사름덜도 죽곡 배도 문 ᄆᆞᆺ아져 불엉 큰 손해도 난다는 것이다.

게고 좀녜질도 쉬운 게 아니랑 물질홀 때 수룩짓은 수웨기덜이라도 만나민

“물알로 물알로!” 웨울르멍 얼른 돌아나사 ᄒᆞ곡, ᄇᆞ름이 칼칼 부는 ᄇᆞ름코지 ‘여’에서 물케기 홀 때에도 고생이 이만저만이 아니렝 ᄒᆞ는 것이다.

성창에 메어 둔 찬용이네 그 배 고물칸이서 놀기도 ᄒᆞ곡, 그때가 고등ᄒᆞᆨ교 때난 벗덜찌레 어울령 돌빌레에서나 넙미역작지서 놀기도 ᄒᆞ주마는 못뒌 짓덜도 하영 ᄒᆞ엿다. 어울려뎅이멍 놈이 수박밧 담넘기, 밤중에 먼 동네에 강 ᄃᆞᆨ을 심어당 잡아먹기, 어멍 아방 몰로로 술광 봉담배도 배우곡 따우….

ᄃᆞᆨ을 도독질 홀 땐 밤이 헤사는디 개가 읏인 집을 골라사 ᄒᆞᆫ다.

“찬용아, 멧 ᄆᆞ리나 시니?”

거왕 아래를 손으로 더듬는 찬용이신디 ᄒᆞ꼼 두이 산 일구가 소곤

닥거린다.

"응. 서너 ᄆᆞ리 신 거 ᄀᆞᇀ는디이. ᄒᆞ나만 심엉 가게."

"경ᄒᆞ여. 와리지 말앙 쏠리 ᄒᆞ나만 심엉 ᄃᆞᆼ기라이…."

일구의 손엔 ᄃᆞᆨ을 담앙 갈 마다리 푸대가 들러젼 싯다.

ᄃᆞᆨ은, 낮인 마당이나 우영팟딜 뎅기멍 발콥으로 땅을 긁으멍 지넹이광 하간 버렝이덜을 잡아 먹고 구석진디 이신 ᄂᆞᆯ곤충덜토 좃아먹곡 ᄒᆞ당 어둑아져가믄 집이 들어왕 앞지붕 거왕 아래 ᄒᆞ쏠 펜펜ᄒᆞ곡 ᄐᆞᆨ진디 올라강 ᄌᆞᆷ을 잔다. 엿날 초집덜은 지붕이 ᄂᆞᆽ아노난 ᄃᆞᆨ덜이 에렵지 안ᄒᆞ게 그 ᄐᆞᆨ더레 튀여오르거나 파드득 ᄂᆞᆯ갤 치멍 오른다.

그 ᄃᆞᆨ을 도독질로 심어다 먹을 땐, 아멩이나 ᄌᆞᆸ아뎅경 들렁오젱ᄒᆞ민 안뒈고 요령이 셔산다.

집 앞 펜 처마ᄐᆞᆨ에 손을 ᄉᆞᆯ리 담앙 ᄃᆞᆨ이 ᄆᆞᆫ져지민 손짐작으로 그 ᄃᆞᆨ 모가지광 ᄂᆞᆯ개를 쏠쏠 ᄂᆞ리씰멍 소리 못ᄒᆞ게 달래당 모개기광 ᄂᆞᆯ갯죽지를 ᄒᆞᆫ꺼번에 꽉 줴영 심어산다. 경ᄒᆞ민 ᄃᆞᆨ이 아무 소리도 못ᄒᆞ게 뒌다.

어떵ᄒᆞ당 잘못뒈영 ᄃᆞᆨ이 울러대거나 ᄂᆞᆯ개를 파들락파들락 ᄒᆞ게 뒈민 그 서리는 걸키거나 설러먹게 뒈는 것이다. 경ᄒᆞ영 그 ᄃᆞᆨ을 심어지민 어멍 아방 읏인 집이나 먼 촌이서 공부ᄒᆞ레 와그네 ᄌᆞ숙ᄒᆞ는 친구네 집이 강 벳겨먹는 거랏다.

하여간이, 경덜 모다뎅이던 아으덜은 술도 먹어지곡 질에 나상 으상으상 뎅기멍 내물심읏이 놈덜신디 시비도 걸어지곡, 어떤 땐 쨍판몰르곡 지녁네 닮은 것덜 만나지민 서로 거심손ᄒᆞ당 두룽싸움이 낭머드럼질 ᄒᆞ멍 다울렷닥 도망쳣닥 ᄒᆞ는 일덜도 하낫다.

나 든 후제, 일구는 가당오당 그때 생각덜이 나믄 어이읏기도 ᄒᆞ주마는 그때 피해를 본 사름덜신디 정말 미안ᄒᆞᆫ 생각이 들곡 ᄒᆞᆫ다. 게고 세월이 ᄉᆞ오십년 지남시난 완전범죄? 공소시효 소멸?

“크크, 일구야, 웃지지 말라게. 나는 그 하간 죄덜을 문딱 쿰언 살암시녜. 또 그만이 벌도 받으멍 살암서.”

일구 심장이 빙색이 웃이멍 발딱발딱 곧는 말이다. 그 바당 동네에서 만낭덜 찬용이네 집이 강 밥도 ᄒᆞ여먹곡 못뒌 짓 여산덜토 하영 ᄒᆞ엿주만 어둑악 볽악 세월이 하영 지난 지금, 저싱 멩부에 족아진 날이 아적 멀어신디사 아모도 저 시상 안 가고 가이덜 문 사회봉ᄉᆞ도 ᄒᆞ멍 잘덜 산다.

심장의 결심

오라오동 ᄆᆞ을은 성안광 가차와도 안적ᄁᆞ진 농바니 ᄆᆞ을이다.

“으랴, 이거 어드레~ 머식게~ 구짝 글라~”

춘식이 넛하르방이 동네 가름 안에 신 우영팟디 콩 싱그젠 밧을 갈고 잇는 중이다.

“와~앙, 또보라 이거~” ᄒᆞ멍, ᄂᆞ단손에 줸 석으로 착 부찐다.

쉐도 귀느렝이 쉐로 나롭 뒌 서툼바치다.

쉐가 젱기를 잡아ᄃᆞᆼ김이 심든 생인고라 망울 소곱 코를 푸륵푸륵 ᄒᆞ멍 식식거린다.

서말지기 족은 밧이라도 밧을 가는 게 경 쉬운 일이 아니다.

사름도 쉬곡 쉐도 쉬우젠 젱기 메운 냥 멈촤네 밧염에 신 썹이 퍼닥ᄒᆞ게 하영 페와진 칙줄광 하간 청촐을 비여단 망울 벳견 쉐를 멕이는디,

"부찐 주멍에 확 갈아붑서게. 멧 고지 안 남아신디…."

질 뎅기단 고등혹생쯤 아이덜이 쉐영 쉐 주연을 건드리는 소릴 ᄒᆞ멍 지나간다.

경 안ᄒᆞ여도 춘식이 넛하르방은 서툼바치 쉐 따문 부에가 난 신디, 그 소릴 들으난 귀가 오짝 일어삿다.

"뭣이 어떵? 너 누게냐? 어, 보난 느 서카름 필추로구나게. 이 더펄개 ᄒᆞ여당…."

"아고게 삼춘! 그자 골아보는 소리로 ᄒᆞᆫ 말이우다게. 확 ᄒᆞ여뒁 쉬는 게 좋음직ᄒᆞ덴 ᄒᆞ는 말입주. 경 부에내지랑 맙서게."

"이 어린 게 말쪼광. 니 애비가 경 골앙 뎅기렝 시기더냐?"

"무사 우리 아방 거느렶수과? 기분 나쁘게, 에이 씨발!"

필추가 질바닥 돌셍기 ᄒᆞ나를 발로 두루찬다.

"에이 씨발? 햐 너! 정말 못생긴 놈이로고나. 너런거는 후제 아모 짝에도 쓸메가 읏다. 밧갈젠 ᄒᆞ난 속앖수다엥은 안 골곡…. ᄒᆞᆫ저 저레 안갈탸? 이걸로 확 후려 뭇아시민 좋으켜원."

춘식이 넛하르방이 밧염 그늘케 아래 신 혹 ᄇᆞ슬루는 곰베를 ᄂᆞ려 쳠직이 들르멍 ᄒᆞ는 말이다.

내불민 두 불초와리 막담이 더 큰 싸움이 뒐직ᄒᆞ연,

"필추야, 느가 어르신신디 경 ᄒᆞ민 쓰나게. 아이구 삼춘 죄송ᄒᆞ우다양.”

영덜 ᄀᆞᆯ으멍 ᄌᆞᆾ디 싯단 아이덜이 필추를 잡아ᄃᆼ기멍 간다.

춘식이 넛하르방이 두이서 풍을랑풍을락 ᄒᆞᆫ다.

삭삭 더운 ᄒᆞᆫ여름 필추네도 웃동네 너른 밧디 모멀을 갈젠 목장에 간 이신 부룽이를 ᄃᆞ려완 ᄒᆞᆫ 이틀 밧을 갈앗다. 겐디, 집 쉐왕에 잘 묶으고 가두와 놔둔 쉐가 이녁냥으로 퀴어난 동네 ᄒᆞᆫ바쿠 돌단 하뜩 춘식이 넛하르방네 콩밧딜 들언 막 ᄐᆞᆮ아먹어불고 ᄇᆞᆯ라불고 ᄆᆞᆫ 헤갈아불엇다.

“이거 필추네 쉐 아니가? 이놈이 쉐새끼 확 안 나갈타?”

춘식이 넛하르방은 그 쉐를 목동이로 ᄄᆞ려가멍 돌셍기로 맞혀가멍 조차내여둰 필추 아방신디 돌려간,

“양, 성님네 쉐가 우리 콩밧 ᄆᆞᆫ 망ᄒᆞ게 ᄒᆞ여놔시난 설어냅서.”

필추아방은 허제비가 세와진 우잣디서 밀낭패랭이 쓰고 갈독지 입고 ᄀᆞᆯ겡이 들런 검질을 ᄒᆞᆫ 손으로 메염섯다.

“아이고 어떵 ᄒᆞ연게. 우리 필추신디 쉐 잘 걸려매곡 쉐막 잘 지키렌 ᄒᆞ여신디게.”

“경 잘 지킨 쉐가 놈이 콩밧 경 멜싸놉네까?”

“경 뒈연 미안ᄒᆞ긴 ᄒᆞᆫ디 그자락 흔다니ᄒᆞ지랑 말아게. 나가 설어내주기. 어떵ᄒᆞ코? 돈으로 설카?”

"예. 오만원만 냅서. 나 그자 건달로 ᄒᆞ는 말 아니우다양."

"오만원? 아니 이 사름아, 아명ᄒᆞᆫ들 그자락 큰 돈 거느림이라? 그 밧 콩 문 장만ᄒᆞ여도 그 돈이 나오카 말칼 건디…."

"건 몰릅주. 밧이 거난 더 나올 티사. 야튼, 오만원 설곡 그 콩밧이랑 알앙 장만ᄒᆞ여 먹든지 말든지 마타납서."

"이 사름 넘이 푸근대였저이."

필추 아방이 손 읏인 풀로 양지에 뚬을 닦은다.

필추아방은 젊은 때 몰방이칩서 산디를 붓단 오꼿 밋돌에 끌련 ᄒᆞᆫ 손이 읏어져 분 불구이다.

어디 젓어뎅기단 이 소식을 들은 필추가 돌려왓다.

쉐는 ᄋᆢ라 사름덜신디 젭현 쉐막에 묶어젼 싯고 필추는 부엣절에 묶어진 쉐를 목동이로 몰록몰록 골겨된 식식거리멍 춘식이 넛하르방신디 갓다.

"아니 삼춘! 거 무신 도독놈 심보우꽈? 우리 쉐가 얼메나 헤갈앗덴, 콩 ᄒᆞᆫ빨 덜 홀 것에 그자락 동뜨게 설렌 홈이우꽈?"

"난 그 콩 문 걲어져 불고 밧 문 헤싸분 거 보민 부에가 낭 더라도 설렝ᄒᆞ고정 ᄒᆞ다."

"이 나쁜 사름 ᄒᆞ여당! 나우사가리 읏이 ᄒᆞ꼼은 ᄒᆞᆫ 밧 놔그네, 그런 못뒌 심보로 경 쳐 먹언 술이 물트락ᄒᆞ게 잘 살앖구나양? 에이 덜

루왕 못살켜. 퉤!"

필추가 춘식이 넛하르방네 마당더레 게춤을 밖안 발로 박박 보빈다.

"어떵ᄒᆞ민 영도 ᄂᆞᆽ이 두터와지는고원."

"이 ᄌᆞ석 보라보저. 야, 이 새끼야! 따웃 것이, 손 빙신 아둘 아니렌 ᄒᆞ카부덴…. ᄒᆞ여가는 게 영도 미우카원! 난디 난 놈 닮은 거 ᄒᆞ여당…."

"양? 손 빙신마씀?"

춘식이가 부에를 내멍 주벤이서 아무거나 심엉 내훈들젠산디 이레저레 ᄉᆞᆯ핀다.

에염에 춘식이 넛할망이영 동넷사름 멧이 웃어시민 큰 싸움이 남직ᄒᆞ엿주만, 말짜에 동네 반장광 어른덜 멧이 완 서로 분제우게 ᄒᆞ멍 달래연 합의를 보게 ᄒᆞ엿다.

이만원 설어내연 합의를 ᄒᆞ엿주마는 영ᄒᆞᆫ 일이 셔난 후제 서로간이 웬수추룩 지나멍 하간 일 때마다 두 집안 간엔 느량 싸움바락질이랏다.

동녁칩 준기삼춘. 시인이다. 그 삼춘은 제주시 동착에 부뜬 봉아름서 살단 장게가멍 오라동으로 이ᄉᆞ를 왓다.

초집을 지붕개량ᄒᆞᆫ 도당칩광 그디 부뜬 우영팟을 아방이 사 주난 각시영 ᄒᆞᆫ디 살렴을 웬긴 것이랏다.

술광 책광 글 씨는 걸 좋아ᄒᆞ는 그 삼춘은 일구가 두린 때부터 ᄌᆞ미진 이왁도 ᄒᆞ여주곡 소나이가 ᄒᆞᆫ 펭승 사는 건 보네나게 열심이 사는 거렌 느량 ᄀᆞ리쳐도 주곡 ᄒᆞ는 ᄎᆞᆷ말 애웃인 선비랏다.

겐디, 이ᄉᆞ 완 오년쯤 퉤도록 아기 소식도 읏고, 주멩기가 휘끈ᄒᆞ게 살진 못ᄒᆞ여도 두갓싸움 ᄒᆞᆫ 번도 안ᄒᆞ고 그자 심드랑이 살아감신디 각시가 오꼿 어떤 세겟놈광 춤ᄇᆞ롬이 난 집을 기여나 불엇다.

부치럼ᄐᆞ는 그 예펜신디 죽사니가 들렷젠, 서방이 벙게렌, 동네 사름덜이 ᄒᆞᆫ동안 입건지를 ᄒᆞ엿주마는 준기삼춘은 그자 속심으로 농시ᄒᆞ멍 혼차 살아오는 것이다.

일구가 고등ᄒᆞᆨ교 졸업ᄒᆞ고 그냥 놂이 이상ᄒᆞ연 ‘삭강데모도’ ‘호리가다’ ‘공구리공’ 따우 노가다판 아모 일이라도 ᄒᆞ멍 일당버으리 ᄒᆞᆯ 때랏다.

ᄒᆞ룬 준기삼춘이 무시걸 ᄒᆞ염신고 굼굼ᄒᆞ연 간 보난 구들 바닥에 업더젼 글을 썸선,

“삼춘, 업더져둠서 무시거 ᄒᆞᆷ이우꽈?”

“으, 하하. 시 ᄒᆞᆫ 펜 썬이. 어디서 원고청탁 들어완 그자 허지렁ᄒᆞᆫ 말, 이 도당칩 지붕에 털어지는 ᄉᆞ라기눈 이왁 써봣저. 이 지붕에 털

어지는 눈짐벵이나 ᄉᆞ라기눈 소린이, 그자 나 가심 두들이는 소리 닮은다게. 그 다닥탁탁 ᄒᆞ는 소리 들으민 나 심장이 탕탕 튀곡이. 하하. 어떵 오널은 한걸ᄒᆞ여시냐? 이레 앚이라. 술이나 ᄒᆞᆫ 잔 ᄒᆞᆯ탸?"

"읏우다. 이땅 누게 만나레 갓당 올 일이 션양."

"기가? 게민…."

ᄒᆞ멍 준기삼춘이 냉장고에 신 시원ᄒᆞᆫ 딸기쥬스를 깡통차 ᄀᆞ져다 준다.

"일구야, 사름 ᄒᆞᆫ 인생이 경 진 게 아니라이? 눈 끔막ᄒᆞ민 이만이 와젼 싯곡 눈 끔막ᄒᆞ민 또시 저디 만이 가불어젼 싯곡이. 게난 일구야, 살앙 실 때가 사름이난, 사름일 때 보네나게 ᄎᆞ려뒹 가사 ᄒᆞᆫ다이? 는 게도 두린 때부터 착ᄒᆞ게 사는 걸 나가 느량 보멍 와시난 걱정이 읏다마는… 으~…."

말을 ᄒᆞ단 준기삼춘이 눈을 징그리멍 웬착 가심을 누루뜬다.

"무사마씸? 갑제기 어디 아프우꽈? 얼굴도 피렁ᄒᆞ여졊수다게."

"아니여게. 요즘은 영 가당오당 웬착 가심이 탕탕 튀곡 쏘왁거린다게."

"아고 삼춘, 그냥 심상ᄒᆞ영 내불게 아니닮수다. 빙완엔 가 봅데가?"

"경 안ᄒᆞ여도 요자기 빙완에 가난 의사선싱님이 혈압도 높으고 심장이 안 좋덴, ᄆᆞ음도 펜ᄒᆞ게 ᄀᆞ지곡 심든 일이랑 ᄒᆞ지말렌 ᄒᆞ여라. 겐디 그때 뿐이주 ᄒᆞ꼼 시민 아뭉치도 안 ᄒᆞᆫ다게."

"아고 아니우다게. 이제랑 술도 멩심ᄒᆞ곡 빙완에 뎅기멍 잘 낫아사 ᄒᆞ여마씀. 게난 어는제부떠 경 가심이 아픕데강?"

"하하. 게메이. 밍 질곡 밍 ᄍᆞ른 건 다 이녁 운멩 아니가. 운멩을 건드리지 말곡 그자 지 인생 지녁만썩 ᄀᆞ닥ᄀᆞ닥 걸어가민 뒈는 거주기. 하하. 셍각ᄒᆞ여보난 각시가 집이서 기여나분 때부터 가심이 영 ᄒᆞᆫ 거 닮긴 ᄒᆞ다마는…. 하여간이 걱정ᄒᆞ여줜 고맙다."

말을 ᄀᆞᆮ단 준기삼춘은 일구가 신경쓰카부덴 말꼭질 돌린다.

"게나제나 느 돈이나 버실켄 대ᄒᆞᆨ도 안 가곡 요즘은 어디 노가다판에 뎅겺젠 ᄒᆞ멍? 넘이 착ᄒᆞᆫ 건 좋다마는 ᄒᆞ꼼 딱ᄒᆞ다게. 나가 돈이나 한 사름이민 늘 대ᄒᆞᆨ에 보내주고정 ᄒᆞ다마는…."

"삼춘, 말만도 넘이 고맙수다. 나가 군인도 확 지원ᄒᆞ영 갓당오곡 열심이 버으리ᄒᆞ영 집도 새로 짓곡 놈부치럽지 안ᄒᆞ게 잘 살아보쿠다."

"기여, 느 두린 때부떠 적관ᄒᆞ여보난 는 오고ᄒᆞ지도 안ᄒᆞ고 막ᄆᆞ심 먹으멍 돈 버실엉 집 짓으켄 꿈버무리는 것도 경ᄒᆞ고 뜨거운 심장으로 촘 잘 살 거여. 게난 느량 술이랑 멩심ᄒᆞ곡 궂인 벗덜광은 사굽지도 말곡, 콜롱 팔십을 살아도 그자 '부지런공'으로 열심히 살라. 에려운 일 싯걸랑 나신디 왕 이논도 ᄒᆞ곡이? 게고, 난 느가 그 새집 짓곡 ᄒᆞ고정 ᄒᆞᆫ 것덜 말로만 ᄆᆞ녀 ᄒᆞ는 게 아니고 똑 경 일루와질 걸로 민어진다게. 아모일이고간에 입말로 ᄆᆞᆫ저 자랑ᄒᆞ지 안ᄒᆞ고 오몽으로 보여줘낭 ᄀᆞᆮ는 사름이 졸바른 사름이주."

"하하. 겐디 삼춘! 나 ᄆᆞ음은 심장광 영ᄒᆞ켜 정ᄒᆞ켜 말로 ᄆᆞᆫ저 ᄀᆞᆯ멍 삽네다게."

"아이고 야이도, 그건 말도 보말도 아니여. 느 혼차 허대이는 소리주기. 우리덜 심장은 시상 ᄆᆞᆫ 알아도 입 딱 ᄌᆞᆷ강 ᄄᆞᄄᆞᆺᄒᆞᆫ 피만 멩그는 오몽으로 살암시녜."

"하하하. 삼춘은 시인이멍도 철학자 닮아마씀게."

술을 좋아라ᄒᆞ는 동녁칩 준기 삼촌.

가당오당 우스겟소리를 털어치왕 둥굴려 놓으민 에염에 신 사름덜토 베슬ᄀᆞ무끄게 ᄒᆞᆫ디 둥굴기도 ᄒᆞ주마는, 그 삼춘은 입이 웬체 ᄃᆞᆫ직ᄒᆞ여노난 웬간ᄒᆞ민 말을 잘 안ᄒᆞᆫ다.

게도 그 삼춘이 말을 ᄀᆞᆯ을 땐 사름 살아가는디 필요ᄒᆞᆫ 이왁덜을 ᄒᆞ여주멍 ᄋᆢ라가지 궁퉁이가 나도록기 알아듣게 ᄀᆞᆯ아주곡 ᄒᆞᆫ다.

누게신디서 먼 후제를 울엉 알아듣게시리 올케로 살아가는 방벱덜을 들어보지 못ᄒᆞᆫ 일구는 두린 때부터 그 삼춘을 잘 ᄃᆞᆯ루왓고, 그 삼춘도 일구를 당조케보담 더 애껴주엇다.

그 삼춘은 제엽 센 아으덜이 에염이서 와자자 들러퀴어도 훈두왁ᄒᆞᆷ이랑마랑 그자 빙섹이 웃이멍 그 아으덜이 아까왕 쿰어도 주곡 맛존 것도 사 주곡 ᄒᆞᆫ다. 이녁이 크게 자랑ᄒᆞᆯ 일에도 벗덜이나 이웃덜신디 야냥도 안ᄒᆞ곡 초난 체도 안ᄒᆞ멍 그 지꺼짐을 쏠리 누루떠 둔 냥 몰른 체 ᄒᆞᆫ다.

일구가 군인 살멍 휴가를 나온 때랏다.

일른 봄 알동네 점방 구석.

ᄀᆞᆫ 틀어짐직ᄒᆞᆫ 탁ᄌᆞ 우틴 한일소주 ᄉᆞ홉들이 ᄒᆞᆫ 펭에 꽁치통조림 족은 거 ᄒᆞᆫ 깡통광 짐끼 ᄒᆞᆫ 젭시.

“일구야, 군인 가난 심들지이?”

“아니우다. 이젠 벵장도 돌아시난 ᄌᆞᆫ딜만 ᄒᆞ여마씀.”

“빳다도 하영 맞앗주이?”

“하하, 예게. 쫄벵 땐 하영 맞아십주기. 할락산서 공 차민 공이 도골도골 둥굴멍 바당더레 털어지는 디 사는 촌놈이렌 내무리멍양. 잘도 언 저슬날 ᄒᆞ룬예, 고참 앞이서 작작ᄒᆞ엾젠….”

‘야 이 새끼덜아, 고참은 느네 하늘님이고 부체님이고 왕하르방이여 이놈덜아.’

“ᄒᆞ멍, 군기 잡아사켄, 지레도 ᄒᆞ꼬만ᄒᆞᆫ 웬둥이 고참이 독장치멍 손아우셍이에 춤 탁탁 밖아가멍 곡괭이 ᄌᆞ록을 심어 놘 ᄆᆞᆫ 업더지렌

ᄒᆞ연게 잠지패길 ᄋᆞ라 대썩 ᄀᆞᆯ겨부난, 입각물언 맞임은 ᄒᆞ여도 피지 가죽광 솔토막이가 치져져 불어나십주. 겐디 메틀 후제부떠 헐리가 난 자리에 부스럼광 닥지가 생기멍 낫아갈 때, 벤소에 가젠 ᄒᆞ난 잘도 못즈답데다. 앗젱ᄒᆞ민 닥지가 체여지멍 막 아파양. 게민 가달만 벌령 산 냥 일을 보곡 ᄒᆞ여나십주. 그자 숫붕테추룩 즈디니 공으로양. 하하하."

"하이고 고생ᄒᆞ엿저게. 게도 그게 ᄆᆞᆫ 약이 뒈영 느 살아가는디 도움도 뒐 거여. 게나제나 느도 올리 구물앙 제대ᄒᆞ민 밥버으리도 ᄒᆞ여살 거 장게도 가살 거, 와려사키여이. 아, 느 잔이 비엿구나게. 그거 누게가 경 확 뻘아먹어 불어시니. 마, ᄒᆞᆫ 잔 더 받으라."

반 홉은 들엄직ᄒᆞᆫ 보시더레 술을 괄괄 비와준 후제 이녁도 괄락괄락 드르쓰는 준기삼춘.

젯가락으로 꽁치 ᄒᆞᆫ 점 호비곡 옴파내연 짐끼에 싼 오몰랙이 먹은 후제 질레레 ᄇᆞ레멍,

"저 질염에 돔박고장덜 보라. 벌겅케 털어젼 벵삭벵삭 웃이는 거 답지 안ᄒᆞ냐? 우리 사름덜토 저영 곱게 털어지민 오족 좋거냐이?"

"겐디 삼춘? 돔박고장덜은 무사 싱싱ᄒᆞᆫ 냥 저영 털어져 불엄신고예?"

"그건, 돔박고장덜이 이녁 ᄌᆞ신을 잘 아난 그거주기. 오래 피영 시

민 소들곡 석곡 보기가 막 궂어지느녜. 게난 돔박고장은 시상을 살 중 아는 거주. 고운 자랑을 오래 안ᄒᆞ곡, 가심이 뜨거울 때 지녁이 정성 ᄒᆞᆫ 만이 살당 가는 거 답지 안ᄒᆞ냐? 겐디, 사름은 욕심만 ᄒᆞᆫ짱웃이 치레덜 ᄒᆞ여노난 어떵ᄒᆞ민 더 오래만 살아지코 ᄒᆞ는 것에 돌아지는 거주기."

"후후. 삼춘! 그 말을 바짝 말ᄒᆞ민 가심이 뜨거와사 산덴 말 답수다양?"

"기주기. 일구야! 사름덜은 뜨거운 심장 덕분에 시상에 살아 이신 거주. 지저운 나 피통이 들구 펌프질을 ᄒᆞ난, 뜨거와진 나 피덜이 ᄉᆞ랑을 ᄒᆞ고 이벨을 ᄒᆞ고 시도 쓰는 거주. 게고 일구야, 시상 하간 일덜이 둘려들민 뜨거운 나 피통이 그 하간 것덜을 쿰어주는 거주. 하하하. 나는이, 느량 ᄆᆞ음 소곱은 펜안ᄒᆞ여붸고이 ᄀᆞ진 건 아무거 읏어도 가심이 요영 뜨거우난 ᄒᆞᆫ펭승 살아가는게 행복ᄒᆞ덴 셍각ᄒᆞᆫ다."

말ᄒᆞ는 준기삼춘 얼굴은 어는제고 펜안헷고, ᄆᆞ음이 그영 너르고 착ᄒᆞᆫ 어룬이랏다.

일구는 두린 때부떠 문 헐언 ᄀᆞᆺ 쓰러짐직ᄒᆞᆫ 초가집에 사는 게 느량 부치러와 붸엿고 잘 사는 벗덜네 집 봐가민 잘도 불룹곡 ᄒᆞ엿다.

"나가 컹 직장에 강 돈 확 버실어당 집을 새로 짓어사주."

일구는 두린 때부떠 그 꿈을 ᄆᆞ음 소곱에 싱건 놔두엇다.

"일구야, 대ᄒᆞᆨ이라도 가고정 ᄒᆞ걸랑 느 우영팟이 느 찍시난 그거라도 풀앙 가라."

아방이 경 ᄀᆞᆯ앗주마는,

일구는 대ᄒᆞᆨ에 갈 생각을 미리셍이 웃이대겨불기도 ᄒᆞ엿고 그 ᄃᆞ르겡이 ᄒᆞ나 신 거 풀아먹어불민 어멍광 식솔덜 먹을커 나올 고망이 웃일 거난 말덴 ᄀᆞᆯ앗다.

"그 우영팟 웃이민 어머니영 동싱덜이 뭘 먹으멍 삽네까게? 난양. 대ᄒᆞᆨ에 안 가쿠다."

"……."

아부지는 속솜혯다.

만약시 아방이라도 일구를 무루쉐영 공뷔만 더 시겨줘시민 좋은 대ᄒᆞᆨ에 강, 공부께나 ᄒᆞᆫ 후제 제라ᄒᆞᆫ ᄒᆞᆫ 인생을 멘들아 놔실지도 몰르주마는 일구는 눈앞이 이신대로 살켄 ᄒᆞᆫ 것이다.

인연

군인을 공군 지원병으로 갓단 제대ᄒᆞᆫ 후제 일구는 직장을 구ᄒᆞ여 보젠 ᄋᆢ라 반디로 이력서를 보냇다. 펭승 직장을 똑 구ᄒᆞ여산덴 셍각으로 취직시염 공부를 ᄒᆞ멍도 시간이 아까완, 전이 ᄒᆞ꼼 ᄒᆞ여봣던 공사판에도 뎅겻다. 조상님이 도웨줘신고라 직장 ᄒᆞ나가 나왓다.

'백록담물산주식회ᄉᆞ'인디 하간 물건 도소매를 ᄒᆞ는 회ᄉᆞ로 육지에 신 물건덜을 도매로 띠여오멍 제주도내 장시덜신디 풀곡 제주도에서 나는 농산물광 수산물 따우 특산물덜을 육지더레 주문배달도 ᄒᆞ여주곡 서월광 부산에는 제주도 농수축특산품을 도소매ᄒᆞ는 지점도 싯고 직원덜이 ᄒᆞᆫ 백 멩쯤 뒈는 제벱 큰 중소기업이랏다.

일구는 그 회ᄉᆞ에 경리직원으로 합격을 ᄒᆞᆫ 것이다.

"찬용아, 바빠시냐?"

"응. 무사?"

"간만이 만나고정 ᄒᆞ연, 후후후."

"낮후젠 아방 배 들어오민 ᄒᆞᆫ디 코거리도 손봐가멍 궤기덜 정릴 헤살 거고 ᄌᆞ냑인 시간이 뒈였저마는."

"기가? 게민 ᄌᆞ냑이 만나카?"

"무신 일 시냐? 전화로 ᄀᆞᆯ민 안뒐 거가?"

"하하하. 무신 일 말고게. 나가 기분이 좋안 늘 만낭 ᄒᆞᆫ 잔 사젠게."

"ᄋᆞ따. 무신 일고? 어떵 장게라도 감샤?"

"큭큭, 야 찬용아, 장게는 느가 새각실 소개시겨줘사 가주게."

"하하. 기여 가키여. 오랜만이 ᄒᆞᆫ 잔 ᄒᆞ게."

"나가이. 백록담물산에 이력설 보내연 놔두난 합격뒈연 다음둘부떠 출근ᄒᆞ게 뒛저게."

"히야, 잘뒛저. 축하ᄒᆞᆫ다. 느 주산광 부기를 잘 ᄒᆞ난 합격시겨실 거여. 게민 ᄌᆞ냑이 어디서 만나코? 일구야 경 말앙이, 느가 우리집더레 오라. 술만 멧 펭 상 오민, 오널 우리 아방 배로 한치가 들어왔저게. 나가 그 싱싱ᄒᆞᆫ 걸로 준비ᄒᆞ커메 ᄌᆞ냑이 썰엉 먹게."

"경ᄒᆞ카? 게민 알아서."

일구영 찬용인 경 ᄀᆞᆯ안 전화를 ᄆᆞ쳣다.

날이 어두와 가난 일구는 한일소주 ᄉᆞ홉들이 다섯 펭 산 들르고 ᄒᆞ

연 찬용이네 집일 갓다. 찬용이 어멍이 막 반진다.

"아이구 우리 일구 왓구나게. 이레 들어오라. 오랜만이여이? 찬용이 곧는 거 들으난 느가 큰 회ᄉᆞ에 취직이 뒛젠이? 잘 뒛저게."

"예, 삼춘네가 ᄆᆞᆫ 걱정ᄒᆞ여준 덕분이우다. ᄋᆢ라 반디레 이력설 보내여신디 딱 ᄒᆞᆫ 반디가 맞안양. 하하하. 월급 받으민 삼춘네신디 맛난 걸 사 안네쿠다양?"

"에이고, 말만도 고맙다. 게고 나도 촘 지꺼지다. 이제랑 그 심든 노가데판에도 가지 말곡 그 회ᄉᆞ에 열심이 뎅기멍 높은 사름도 뒈곡 ᄒᆞ여산다. 월급 받앖젠 그자 돈도 팡당팡당 쓰지 말곡이? 게고, 우리 찬용이도 어디 들어강 서푼버을이라도 헤살 건디원. 말짜에 아진천총 뒈영 족박 차앚이민 안뒈는디게. 느가 회ᄉᆞ에 뎅기멍 이디저디 알아도 보곡 ᄒᆞ여도라."

"예게, ᄒᆞ고말고마씀. 나도양. ᄒᆞᆫ저 돈을 모도왕 집 ᄒᆞ나 새로 짓고정 ᄒᆞ우다게. 찬용이 직장이랑 찬용이영 ᄒᆞᆫ디 ᄌᆞ들아 보쿠다."

찬용이 어머니가 정성드령 출려주는 상은 아무제라도 푸지다. 귀ᄒᆞᆫ 청묵도 ᄒᆞᆫ 젭시 ᄒᆞ여놓고 싱싱ᄒᆞᆫ 한치에다 큰큰ᄒᆞᆫ 촘돔도 ᄒᆞᆫ ᄆᆞ릴 썰어놧다.

"일구야, 느가 회ᄉᆞ에 가게 뒈난 축하ᄒᆞ여 주는 거여이? 호호호."

"삼춘, 잘 먹쿠다 고맙수다양."

일구광 찬용이는 말술덜이라노난 주거니 받거니 얼건ᄒᆞ게 먹은다.

"일구야, 느네 어멍이 잘도 좋아ᄒᆞ염시켜. 이제 직장도 뒈여시난 그딜 철려불지 말앙 펭승 동안 죽장 뎅길 생각ᄒᆞ라이?"

"기여게 에려와도 ᄒᆞᆫ 구녁을 파사주. 찬용이도 어디 취직이 뒈살 건디이? 어떵 공무원시염 공뷘 잘 뒘샤?"

"게메이. 난 쒜데가린 생인고라 아멩 파도 에와지지도 안ᄒᆞ고 똘라지들 안 ᄒᆞ엾저원. ᄒᆞ당 버치민 아방이 ᄒᆞ는 배나 물령 꿍기나 촐리곡 보제기질이라도 ᄒᆞ멍 살주뭐. 느 술안준 걱정을 말라. 하하하."

"야, 게도 그 시염공뷜 잘 ᄒᆞ여봐봐. 이제 나이도 들어가고 절혼도 헤살 거 아니냐게."

"하하 게메, 우리도 ᄒᆞᆨ교 뎅일 때 농땡이치지 말앙 공뷔 ᄒᆞ쑬 ᄒᆞ영 놔두컬이?"

"게메게. 이 농땡이 선수덜 ᄒᆞ여당…. 하하하. 겐디 이 한치도 입에 딱딱 부떲저마는 촘돔도 꼬돌꼬돌ᄒᆞ게 맛 좋다이?"

ᄆᆞ침 찬용이 아방이 어촌계에 간 읏고 ᄒᆞ난 둘이는 ᄌᆞ냑을 푼두룽 홀 만이 먹엇다.

"나 술술 걸엉 집이 가켜. 또시 전화ᄒᆞ마. 경ᄒᆞ고 찬용이 느 어디 젓지 말앙 그 ᄒᆞ는 공뷔 열심이 ᄒᆞ라이? 그 도체비물 술도 하영 먹지 말곡이?"

영 ᄀᆞᆯ으멍 일구가 집이 가젠 신을 신을 때랏다.

“이수광?”

어떤 비바리 목소리랏다. 어디서산디 하영 들어난 목청 ᄀᆞᇀ으다.

“양! 삼춘마씀! 찬용이 오빠!”

“응, 수정이로구나. 어떵ᄒᆞ연?”

찬용이가 일구영 ᄀᆞᇀ이 문을 ᄋᆞᆯ안 나가멍 ᄀᆞᆯ은다. 찬용이를 봐지난 그 여제가 반가운 얼굴을 ᄒᆞ멍 말을 ᄒᆞᆫ다.

“아, 찬용이 오빠 집이 셧구나양. 삼춘은 어디 간?”

이때 정지에 싯단 찬용이 어멍이 누게가 와신고 ᄒᆞ는 ᄆᆞ음으로 나오멍,

“무사 나 이디 싯저. 아, 수정이로구나. ᄀᆞ만시라보저. 느네 아방이 보냇구나이?”

“예, 아버지가 뭣산디 ᄀᆞ졍오렌 ᄒᆞ연양.”

바깟더레 나오단 찬용이 어멍이 얼른 집안터레 또시 들어간게마는 냉장고에서 검은 비닐봉다리를 들런 나오멍 그 여ᄌᆞ신디 준다.

“느네 아방이 넹견 놔두렌 ᄒᆞᆫ 한치여. 큰 걸로 열 ᄆᆞ리난 잘 드십셍 ᄒᆞ라이?”

“예, 삼춘 고맙수다양.”

아까부떠 일구는 입이 ᄌᆞᆼ가진 냥 귀가 오짝ᄒᆞ연 그 비바리만 ᄒᆞᆯ긋

홀긋 붸렷다. 그 여ᄌᆞ도 일구를 붸렷다. 두 사름 눈이 ᄀᆞᇀ이 만날 때 일구는 뭣산디 몰를 느낌광 ᄒᆞᆫ디 심장이 탕탕거렷다.

"어디서 하영 본 사름 닮은디…. 어는제 꿈소곱이서 봐져신가…."

그 비바리가 가분 후제

"찬용아, 저 여자 누게?"

"응, 우리 동네 삼년 후밴디이. 시청에 뎅겺주. 어떵 ᄆᆞ음에 이시냐? 하하하. 나가 말짜에 소개시겨주마."

"잘도 곱다이?"

"막 착ᄒᆞ기도 ᄒᆞ메. 대ᄒᆞᆨ 졸업ᄒᆞ멍 바로 시청공무원 뒈연게. 집안도 막 좋주."

일구는 출근을 시작ᄒᆞ엿다. 밧일이나 노가다판 막일만 ᄒᆞ단 일구는 하간게 ᄆᆞᆫ 생소ᄒᆞ엿주만, "시작부떠 잘 뱁곡 놈보단 더 잘 ᄒᆞ여산다. ᄇᆞᆼᄇᆞᆼ이나 벨락쉬질로 잘ᄒᆞ는 사름 시투ᄒᆞ지도 말곡 졸문다리도 뒈지 말고 자잭이추룩 ᄒᆞ지 말앙 ᄃᆞᆫ직이 까물아둠서 일도 열심이 ᄒᆞ영 승진도 ᄒᆞ곡 이디서 정년ᄁᆞ지 구짝 가산다…."

ᄒᆞ는 절심을 먹엇다.

경ᄒᆞ고, 놈보단 ᄆᆞᆫ저 출근ᄒᆞ곡 놈보단 늦게 퇴근ᄒᆞ고 실프덴 털어치와부는 일도 웃이 정성드련 회ᄉᆞ일에 열심ᄒᆞ난 놉은 사름광 직원덜신디 시통나게 인정도 받고 추그림도 받곡 헷다. 하여간이 일구는 절심ᄒᆞᆫ 대로 최선을 다ᄒᆞ엿다.

“일구야, 느도 이젠 장겔 가살 건디게. 스물 일곱이난 나으도 ᄆᆞᆫ 차시녜. 지 ᄒᆞᆫ에 못가민 막 늦어지기도 ᄒᆞᆫ뎅 ᄒᆞᆫ다.”

“예 어머니, 알앗수다. 나도 생각ᄒᆞ멍 촐려가쿠다. ᄌᆞ들지 맙서. 어떵 뒈여갈 텝주마씸.”

일구어멍이 일구신디 ᄒᆞᆫ저 장게 가렌 다울리는 말이랏다.

어느 날, 일구가 직원덜이영 회식을 ᄆᆞ치고 질에 나산 ᄀᆞᇀ이덜 한걸ᄒᆞ게 걸어갈 때랏다. 앞이 젊은 여ᄌᆞ 싯이서 일구네 욮을 지나간다.

“아?” 일구가 봐난 얼굴 ᄒᆞ나가 싯다.

“맞다. 찬용이네 집이서 시청에 뎅긴덴 ᄒᆞ는….”

그 여ᄌᆞ도 일구를 붸린다.

“아, 오랜만이우다양?”

일구가 ᄆᆞᆫ저 아는 사름추룩 인ᄉᆞ를 헷다.

“예, 오랜만이우다예.”

그 여자도 아는추룩 인ᄉᆞ를 받아준다.

“벗덜영 어디 값구나양?”

“예, 친구덜쾅 ᄌᆞ냑 먹언 나완예.”

“아, 기우꽈? 나도 직원덜이영 회식ᄒᆞ연마씸. 멩심ᄒᆞ영 잘 갑서양.”

"예."

가던 질에서 그자 심상ᄒᆞᆫ추룩 좀시 인ᄉᆞ를 나놧주만 일구는 체얌 볼 때 보단 가심이 더 탕탕탕 튀는 걸 알아진다.

"무산고? 잘 몰르는 사름인디게…."

일구는 직원덜쾅 헤어젼 집이 완 누웟주마는 아까 그 수정이옝 ᄒᆞᆫ 여제 생각만 낫다. 큰큰ᄒᆞᆫ 눈에 고운 얼굴, 일구가 펭승 ᄆᆞ심에 그려 둔 그런 여ᄌᆞ ᄀᆞᇀ으다. 생각만 ᄒᆞ여도 가심이 튄다. 준기삼춘 얼굴이 떠올랏다.

"가심이 뜨겁곡 탕탕 튈 때가 사름이주."ᄒᆞ멍, 술 ᄒᆞᆫ 사발 들으쓰곡 ᄒᆞᆫ 패기 앞이 논 배치짐끼 ᄒᆞᆫ 썹 ᄐᆞᆮ아먹는 준기삼춘이 순간적으로 생각이 낫다.

"가심이 뜨겁고 탕탕 튀난 나도 사름답다이. 후후."

"겐디, 에이 나 이거 뭐꼬? 잘 알도 못ᄒᆞ는 여ᄌᆞᆫ디…. 나 주제에, 생각ᄒᆞ지 말아사주…."

일구는 그 여자 생각을 털어치와불젠 혼차 고갤 ᄀᆞ로젓엇다.

게도, 아멩 경 ᄆᆞ음을 먹어도 그 여제가 이녁 소곱더레 자꼬 들어사멍 ᄂᆞ시 나가들 안ᄒᆞ는 건 어떵 ᄒᆞ여볼 내기가 읏기도 ᄒᆞ엿다.

직장생활에 열심이멍도 일구는 술 좋아ᄒᆞ는 직원덜광 술을 ᄌᆞ주마셧다.

모나지 안ᄒᆞ고 ᄒᆞᆫ디 지내기가 펜ᄒᆞᆫ 일구라노난 ᄄᆞᆫ 사름덜이 일구광 사구곡 지내는 게 펜ᄒᆞᆫ 모냥이다.

퇴근ᄒᆞ멍덜 ᄒᆞᆫ디 어울영 당구도 치곡 탁구도 치곡 ᄒᆞ멍 돈덜 모돠낭 ᄌᆞ녁광 술을 먹는 게 예점 노는 순서다.

경 벗덜광 어울리기를 좋아ᄒᆞ는 일구주마는 가당오당 혼차 젓어뎅기는 걸 좋아ᄒᆞ기도 ᄒᆞᆫ다. 그냥 혼차 싯고정 ᄒᆞ는 ᄆᆞ음이 생기는 거다.

혼차 울렁울렁 뎅기당 두린 때부떠 좋아ᄒᆞ여 온 바당이 생각낭 탑동 바당더레 조질조질 가게 뒌다.

탑동에 엿날 모심은 ᄆᆞᆫ 돌아낫다. 일구가 두린 때 벗덜이영

“앞바당에 가자” ᄒᆞ믄 그 탑동바당을 ᄀᆞᆮ는 거다.

널찍ᄒᆞᆫ 갯ᄀᆞ에는 크고 족은 먹돌덜이 ᄀᆞ득 ᄁᆞᆯ아젼 싯고 물이 하영 쌍 바당 바닥이 너르게 나오민 그디서 보말광 깅이를 심곡, 어떵ᄒᆞ당 구젱기도 심어지곡 ᄒᆞ엿다.

그디 돌덜은 민찌러와노난 멩심헤사 ᄒᆞ는디 두린 아으덜은 놂에 두령 화륵화륵 뎅기당 ᄂᆞ려졍 다치는 정우도 핫다.

일구도 ᄒᆞᆫ 번 그디서 푸더젼 무럽이 까지고 크게 헤싸젼 그딜 처메연 뎅기멍, 설레 안ᄒᆞ고 촘말로 ᄒᆞᆫ 보름 고생을 ᄒᆞ여낫다. 쒁쒁ᄒᆞ는

그딜 ᄆᆞᆫ지기만 ᄒᆞ여도 와직와직 아프곡 허멀닥지도 대작대작ᄒᆞ게 나난 자울락거리멍 걸어나기도 ᄒᆞ엿다.

지금은 옛날 모십이 ᄒᆞ나토 읏고 그 자리엔 아스팔트 질광 호텔덜광 방파제가 들어삿고, 사름덜이 놀기 좋게 너르닥ᄒᆞᆫ 광장도 멘들아낫다.

그 에염엔 횟칩덜이 줄쭈런이 출려지고 포장마차광 천막덜이 ᄀᆞ득ᄒᆞ다.

놀레 나온 사름덜이 놀기는 좋게 뒈엿주만 일구가 튼내지는 옛날 그 풍광광 바당냄살은 씨도 읏이 멜쪽ᄒᆞ여분 거 답다.

어느 ᄂᆞᆯ ᄌᆞ냑. 퇴근ᄒᆞ단 일구가 먼 바당을 보멍 방파제에 앚안 셧다.

해가 ᄀᆞᆺ 털어질 때쯤이난 바당 풍경이 좋다.

벌겅ᄒᆞᆫ 노을광 들물재기 때인고라 잔잔ᄒᆞᆫ 바당에 물은 ᄀᆞ득앗다.

통통배덜이 궤기 잡으레 나가고 방파제ᄁᆞ지 돌려온 물절은 철싹철싹 게꿈 물당 돌아가고 ᄒᆞ를을 ᄆᆞ친 ᄀᆞᆯ메덜이 멀리 사라오름광 베리오름더레 수룩짓으멍 놀아간다.

“이수광?” 찬용이네 집이서 나사멍 체얌 들어본 수정이의 목소리가 어느 펜이서산디 들리는 듯ᄒᆞ다.

체얌 들은 목소리랏주마는 넘이 익숙은 소리 ᄀᆞᆮ앗다.

“나 ᄀᆞᆮ은 거 생각이나 ᄒᆞ카….”

"게도 그 질에서 봐진 때 막 궂어라 흔 얼굴은 아니라신디…."

"야, 게민 우라사름덜 앞이서 인수흐멍 궂인 꼴 흐여지느냐게."

"흐긴 그 말도 맞주. 아뭇상읏이 궂인 꼴로 말은 못 홀 테주."

일구는 소곱으로 혼차 곧곡 듣곡 흐멍 흐나 둘 불이 싸지는 어등덜을 보고 이섯다.

이때 뒤으로 지나가는 여즈 싯.

"배덜이 불을 싸 값저이?"

"오징에 낚으젱 흐는 생인게."

"무사 사름도 시상이 훤흐여사 모다들곡 안흐느냐?"

"호호호. 그 말은 맞다. 좀 잘 때만 왁왁흐민 뒈주이?"

"호호. 야, 우리 저 포장마차에 강 국시나 흔 사발 먹으카?"

촌촌이 걸으멍 이왁을 흐는 여즈덜.

"?"

일구의 귀가 오짝흐여진다. 저 목소리 흐나가 분멩 찬용이네 집이서 이녁 귀를 오짝흐게 멩글앗던 목소리다.

"?"

일구가 뒤를 돌아봣다. 겐디 이미 저짝으로 가불어노난 그 여제덜 얼굴은 보들 못흐고, 강셍이 흐날 뒷손질흐멍 이펜더레 재짝재짝 비잘비잘 걸어오는 털북새기 양지를 ᄒᆞᆫ 아진배기 하르방 ᄒᆞ나이만 봐진다.

“?”

분멩 그 목소리 닮은디….”

ᄀᆞ만이 보난 그 여제덜 싯은 뭣사 ᄌᆞ미져신디 웃이멍덜 가차운 포장마차더레 들어간다.

“아닐 테주. 게도 혹시 몰라.”

“기민 어떵 ᄒᆞᆯ 건디?”

“후후. 게메게.”

일구는 혼차 중은중은 ᄒᆞ여본다.

날이 ᄎᆞᄎᆞ 어두와가고 바당 우틴 어화덜이 ᄀᆞ득 피엿다.

일구는 방파제에서 일어산 ᄂᆞ려왓다. 경ᄒᆞ젠 ᄆᆞ음 먹어져나신가 일구 발이 아까 지나간 여ᄌᆞ덜이 신 포장마차 펜더레 간다.

포장마차 소곱엔 탁ᄌᆞ가 두 개 셔신디 사름덜이 ᄆᆞᆫ 앚안 싯다.

“맞다. 찬용이네 집이서 보고 또시 얼메 전이 직원덜이영 회식ᄒᆞ고 나오란 걷단 질에서 만난 그 수정이가 분멩ᄒᆞ다. 나 소곱이서 ᄂᆞ시 안 나가는 그 여제.”

그 여제덜은 멕주 ᄒᆞᆫ 펭 깐 앚안 땅콩 ᄒᆞᆫ 젭시광 무물렝이질 먹으멍 국시를 지드리는 모냥이랏다. 포장마차 주벤에 어떤 소나이가 주왁거리는 걸 본 생인고라 여제덜 싯이 흔꺼번에 고개 돌련 일구를 본다. 일구는 얼른 고갤 돌렷다. 무사산디 부치러운 셍각이 낫기 따문이다.

"아, 오빠!"

"오빠?"

"찬용이 오빠 친구 맞지양?"

일구가 얼굴을 앞으로 ᄒᆞ연 그 여ᄌᆞ를 봣다.

"아, 수정씨! 식사 ᄒᆞ엿구나양."

오빠? 수정씨? 놈이 들으민 둘이 막 잘 아는 ᄉᆞ이로 앎직헷다.

"오빠, 국시 ᄒᆞᆫ 사발 사카마씸? 이레 들어옵서. 이디 자리 ᄒᆞ나 더 놔지난양."

수정이는 상냥헷다. 찬용이 친구인 걸 아난 서먹ᄒᆞ질 안ᄒᆞᆫ 생이다.

"이레 들어옵서게."

ᄯᅩᆫ 여제가 또시 권ᄒᆞᆫ다.

주제미제ᄒᆞ단 일구가 용기를 내엿다.

"하하 이거 미안ᄒᆞ영 어떵ᄒᆞ코양?"

"괜찮수다게. 야, 수정아, 이 오라바님 우리신디도 소개시겨도라게."

수정이가 뭐셴 곤젱 ᄒᆞ는디 일구가 나사멍,

"예, 저 강일구렝 흡니다. 수정씨 동네에 찬용이엥 흔 친구가 이신디, 가이네 집이서 수정씰 만난 알아십주. 미안ᄒᆞ여도 이디 앚이쿠다양."

일구가 용기를 내연 ᄀᆞᇀ이 앚인다.

"야인 다정, 자인 유정, 오래뒌 친구덜이고양. 막 친ᄒᆞ여노난 '삼정이 삼총ᄉᆞ'옝덜 ᄀᆞᆯ읍네께. 호호호. 일구오빠도 맥주 ᄒᆞᆫ 잔 ᄒᆞ시쿠과?"

수정이가 ᄀᆞᆮ거니 일구가 확 대답ᄒᆞᆫ다.

"아고, 경ᄒᆞ여도 뒈쿠과? 게민 난양. 소주를 좋아ᄒᆞ여마씀. 소주 ᄒᆞᆫ 펭광 한치 ᄒᆞᆫ 접시 시기곡, 나가 오라바니난 이 술깝광 국시깝은 나가 내쿠다양?"

"히야, 오널 수정이 따문에 ᄉᆞ망 일엇저이? 호호호. 겐디 이 오라방 ᄆᆞ음세도 좋음직 ᄒᆞ고 잘 생긴 거 닮다이?"

"호호호. 닮아? 진ᄍᆞ배기로 멋지게 생겨신게게."

수정이 친구 둘이서 갈갈갈 웃이멍 ᄌᆞ미난 듯 떠든다.

문덜 전이부떠 잘 아는 사름덜추룩 닛은 ᄒᆞᆫ참 동안 하간 이왁덜을 ᄒᆞ엿다.

직장 이왁광 친구덜 잔치ᄒᆞ는 이왁광 휴가 땐 어디로 가코 ᄒᆞ는 이왁덜을 ᄒᆞ단 ᄆᆞ친 후제,

"수정아, 우리 둘인 뻐스시간 따문 얼른 가사켜. 늘랑 이 일구오라

바니영 더 놀당 가던지….”

수정이 친구 둘이는 ᄯᅩ로 가불고 일구광 수정이만 남앗다. 술도 ᄒᆞᆫ 펭 질어진 일구는 서먹ᄒᆞᆫ 생각도 읏어지고 하늘을 붸리멍,

“수정씨, ᄃᆞᆯ이 ᄃᆞᆯ갓을 써수다양?”

“예. 잘도 곱닥ᄒᆞᆫ게마씸.”

하늘에 갓을 쓴 큰 ᄃᆞᆯ은 촘말 장관이랏다.

그 ᄃᆞᆯ은 구름 소곱에 들어갓당 나오멍도 ᄎᆞᆫᄎᆞᆫ이 그 두 사름만 ᄉᆞᆯ피는 거 ᄀᆞᆮ앗다.

일구는 지금 꿈을 꾸엄신가 생각이 들엇다.

어디서산디 ᄆᆞᆯ마농꼿이 향기를 보내온다. 아니다. 앞이 신 수정이 신디서 나는 향기 ᄀᆞᆮ으다. 어는제산디 봄꼿 ᄀᆞ득ᄒᆞᆫ 화원을 지날 때 언뜩 풍겨오던 그 향이다. ᄆᆞᆯ마농고장! 그 꼿이 좋안 일구는 마당 구석에 싱거둠서 봄이 나가민 그 냄살을 코에다 대곡 ᄒᆞᆫ다.

“수정씨, 저디 강 차나 ᄒᆞᆫ 잔 ᄒᆞ영 가도 뒈쿠과?”

“… 예, 넘이 늦지만 안ᄒᆞ민양.”

둘이는 걸언 중앙로에 신 ‘명지다방’엘 갓다. 음악다방이난 음악을 좋아ᄒᆞ는 젊은 사름덜로 ᄀᆞ득ᄒᆞ다.

“수정씨, 오널 고맙수다양.”

“아니우다게. 나가 더 고맙주마씀. 오빠신디 돈만 쓰게 ᄒᆞ고….”

"하하하. 앞으로 나가양. 수정씨가 먹고정 ᄒᆞᆫ 거 이시민 돈 아깝지 안ᄒᆞ영 ᄆᆞᆫ 사 안네쿠다."

"호호호. 고마왕 어떵ᄒᆞ코예?"

음악이 흘른다. 에이스케논의 '로우라'가 ᄀᆞᆮ 끗나고 디제이의 멘트.

"밤이 익어 값수다. 우리덜토 ᄆᆞᆫ 익어값수다. ᄉᆞ랑으로 익어가믄, 두렴직이 익어가믄, 오널도 보내나게 ᄒᆞ루가 ᄆᆞ짜질 거난양. 폴앙카우다. 크레이지 러브!"

다방 소곱 분위기가 젊음으로 대깍ᄒᆞ다.

ᄉᆞ실, 일구는 아까 탑동 포장마차에서부떠 가심이 탕탕 튀엿다.

눈은 어딜 봄광 손은 어드레 놓음광 목청은 어느만이 크게 내여사 ᄒᆞᆯ광, 태연ᄒᆞᆫ 첵 ᄒᆞ멍도 ᄆᆞ음은 톡톡ᄒᆞ멍 궁글거리는 팡에 앚인 것 ᄀᆞᆮ앗다.

ᄌᆞᆷ시 음악을 들으멍 둘이는 속솜.

일구는, 아모 때고 생각나는 그 사름광 둘이만 셔도 뭘 어떵 ᄒᆞ여사 ᄒᆞᆯ 중도 몰르고 무신 말을 ᄀᆞᆯ아살 줄도 몰르고 그냥 주저미저만 ᄒᆞ여진다.

일구가 수정이 눈치만 ᄉᆞᆯᄉᆞᆯ ᄉᆞᆯ피는디 수정이가 ᄆᆞᆫ저 입을 들른다.

"일구 오빤 찬용이 오빠네영 갑장덜이지양?"

"예게. 고등혹교 동기동창이고양. 질 가차운 친구우다."

“그 오빠 촘 애웃인 사름이라예. 나영 ᄀᆞᇀ은 동네난에 사름덜이 다 경 ᄀᆞᆯ아마씀.”

“예게. 소나이 답곡 의리도 싯곡양….”

영 정 ᄒᆞᆫ 말덜을 ᄒᆞ는 가운디 일구가 용기를 냇다. 또시 어는제 말 ᄒᆞᆯ 기회가 이실티사…. 허치기라도 ᄀᆞᆯ아 봐산다….

“수정씨, 말짜에도 우리 둘이 영 만나지카마씀?”

“예게. 우리 ᄉᆞ무실더레 전화ᄒᆞᆸ서. 시청 총무과 ᄎᆞᆽ이민 뒈난예. 나가 저를지지 안 ᄒᆞᆯ 땐 만낭 차도 먹곡 탁구도 치곡 ᄒᆞ게마씀. 경ᄒᆞ고 찬용이 오빠영도 어는제 ᄒᆞᆫ디 만나게마씸.”

선뜻 대답ᄒᆞ는 수정.

“야호!” 일구는 소곱으로 웨울렷다. 경 멀게만 생각뒈던 수정이와 영 가차와 질 수 싯다니…. 일구가 소곱으로 지꺼진 소리를 ᄒᆞ는디,

“겐디 오빠!”

“예?”

“아까 ‘백록담물산’에 뎅긴덴 ᄒᆞ엿지양?”

“예. 입ᄉᆞᄒᆞ연 멧 ᄃᆞᆯ 뒛수다. 무사마씀?”

“아, 벨건 아닌디예. 아까 탑동이서 ᄀᆞᆯ으카 ᄒᆞ단 안 ᄀᆞᆯ아신디, 그 회ᄉᆞ에 김두병 전무님이 우리 큰아부지마씀게.”

“예? 경ᄒᆞ구나양. 아이구, 이거 나가 더 잘ᄒᆞ여사 ᄒᆞ쿠다게. 하하

하."

수정이신디서 그 말을 듣는 순간 일구도 노레지 안ᄒᆞᆯ 수가 웃엇다. 그 전무님은 호탕ᄒᆞ게 술도 즐기곡 사원덜을 하영 애껴주곡 ᄒᆞ난 직원덜이 ᄆᆞᆫ 좋아라ᄒᆞ는 웃어른이랏다.

내 심장아, 너도 좋으냐

"일구야, 회삿일은 어떵 어렵진 안ᄒᆞ멘?"

"응 찬용아, 홀만 ᄒᆞ다. 나 주제에 죽금살금 ᄒᆞ여살 거 아니가? 하하하. 직원덜이 잘도 좋은 사름덜인게. 하영 도웨주곡 배와주곡이."

찬용이가 오랜만이 일구 ᄉᆞ무실로 전화를 ᄒᆞᆫ 거다.

"찬용아, 경 안ᄒᆞ여도 나 느신디 전활 ᄒᆞ젱 ᄒᆞ멍, 얼메 전이 느네 집이서 만난 그 수정이 시녜이?"

"응. 무사?"

"나 언치냑 탑동에서 우연챦게 만나져라게. 친구덜이영 놀레 나왓젠 ᄒᆞ연게, ᄀᆞᇀ이 술도 먹고 차도 먹곡 ᄒᆞ엿저."

"히야, 기가? 어는제 수정이광 약속ᄒᆞ영 느광 ᄒᆞᆫ디 만나카 ᄒᆞ여신디 잘 뒈여신게."

"수정이도 찬용이 오빠영 ᄀᆞᇀ이 만나겐 ᄒᆞ여라."

"하하. 가이네 아방광 우리 아방이 잘도 가근ᄒᆞ여노난 가이도 우리 만이나 가차와 뷀다게."

"찬용아, 오널 시간 시냐? 말 나온 주멍에 나가 느신디 취직턱으로 ᄒᆞᆫ턱 사켜. 수정이영 ᄒᆞᆫ디덜 보게."

"알앗저. 게민 나가 수정이신디 연락ᄒᆞ영 시간을 잡으켜."

"경ᄒᆞ게. 닐은 공일이난 오널은 시간도 하고이."

ᄋᆢ름이난 퇴근시간이도 날이 훤ᄒᆞ다.

사름덜은 더우 소곱이서 ᄒᆞ를을 ᄌᆞᆫ디멍 일을 ᄒᆞ여나난산디 아칙이 페와진 얼굴보단 ᄒᆞᆫ쏠 지쳐붸다.

게도 심웃이 늘짝늘짝 오몽ᄒᆞ멍 퇴근ᄒᆞ는 사름덜신더레 숨풀추룩 ᄀᆞ득은 건물덜 굴메 ᄉᆞ이로 난디웃이 서가리가 불어완게마는 도껭이 주제도 완 사름덜 더운 임뎅이도 ᄂᆞ리씰어 주고 치메 입은 비바리덜 손을 치멧자락더레도 가게 ᄒᆞᆫ다.

더우에 축 늘어젓단 가로수덜토 돌려드는 ᄇᆞ름을 그냥 보내지 안 ᄒᆞᆫ다. 마줌ᄒᆞ멍 썹상귀로 쿰어주고, 갈 땐 ᄀᆞ졍 가렝 낭썹 멧 개 손에 쥐여주기도 ᄒᆞ민 ᄇᆞ름은 지꺼진 생인고라 한질 가운디서 낭썹을 도골도골 둥굴리곡 춤추멍 간다.

일구는 찬용이신디서 수정이광 약속시간을 들은 후제부떠 심장이 더 살아낫다. 지꺼짐에 박동도 더 커지는 심장은 지가 약속ᄒᆞᆫ 것추룩 앞이 나산 들러퀴멍 탕탕거린다.

"맞아. 심장은 나보단 더 고정ᄒᆞ난…."

일구의 퇴근질은 일구보다 심장이 더 와리는 것 ᄀᆞᇀ앗다.

"일구야, 이디…."

과양에 신 명륜다방에 일구가 약속ᄒᆞᆫ 시간 맞촨 들어사난 찬용이영 수정이영 수정이 친구인 다정이가 미릇 완 셧다.

"야, 촘 잰 사름덜이로고, ᄈᆞᆯ리덜 왓저이."

"게게. ᄒᆞᆫ턱 잘 먹젠 ᄒᆞ난 난 인칙 나산 왓저. 징심도 반만 먹으멍 나 배를 홀착ᄒᆞ게 멘들안 놔둬시난 알앙 ᄒᆞ라이. 게므로사 나 밸 골르게 ᄒᆞᆫ 냥 가렝은 안 ᄒᆞᆯ 테주이? 크크킄."

"수정씨도 퇴근ᄒᆞ연 바로 옵데가?"

"예. 가차운 디난 톡톡 걸언예."

"다정씨, 언치냑은 집이 잘 들어갑데가?"

"호호. 누게가 심어가시민 ᄒᆞ여도 아모도 심어가들 안ᄒᆞᆸ데다게. 호호호."

"찬용아, 느 먹고정ᄒᆞᆫ 거 ᄀᆞᆯ아봐봐. 차 ᄒᆞᆫ 잔 얼른 ᄒᆞ영 나가게. 나도 배가 고프고…."

"요 가차운 보성시장에 강 도야지갈비나 먹으카?"

"좋주. 수정씨나 다정씬 어떵ᄒᆞ우꽈?"

여ᄌᆞ덜도 고갤 그닥인다.

"양! 이디 얼른 새탕ᄀᆞ루나 ᄒᆞ쏠 더 줍서." 찬용이가 주문ᄒᆞᆫ다.

닛은 가차운 보성시장으로 웽겻다. 아까보단 날세가 무큰ᄒᆞ다. 아메도 할락산 펜더레나 서귀포나 어느 지경에 비가 왐신지도 몰른다. 닛이 들어산 시장통 식당덜은 사름덜로 박작박작이랏다. 시장 ᄒᆞᆫ 바쿨 거자 돌암시난 ᄉᆞ망일이 니 사름 앚일 자리가 신 식당이 셧다.

"갈비로 먹으카?" 일구가 ᄀᆞᆮ는 말에,

"예. 난 양념갈비가 좋아마씀." 다정이가 대답ᄒᆞᆫ다.

"게민 생갈비 이인분에 양념갈비 이인분 문저 시키켜."

"경ᄒᆞ게. 생갈비에랑 돌소금 도렝 ᄒᆞ게."

찬용이광 일구는 우치 벗언 지둥공장에 걸어두고 젊은 닛은 술을 시겨놓고 맛좋게 ᄌᆞ냑을 먹엇다. 수정이도 술 멧 잔은 ᄒᆞᆯ 줄 알앗다. 다정이는 ᄒᆞᆷ치 푸대랏고….

"야, 수정아, 술은 먹으민 취ᄒᆞ는 거여이? 호호. 난 볼써라 아롱고롱ᄒᆞ였저. 나만 멕이지 말앙 느도 ᄒᆞᆫ 잔 더 ᄒᆞ라게. 는 동네에 찬용이 오라방이 ᄒᆞᆫ디 갈 거난 걱정읏이 먹어도 뒈켜."

빈 술잔을 수정이신디 권ᄒᆞ젠 ᄒᆞ단 술펭이 빈 걸 봔 다정이가 또시 웃이멍 ᄀᆞᆯ은다.

"에고, 누게가 영 다 먹어불어신고 술이 메긴게. 일구오라방, ᄒᆞᆫ 잔 더 먹어도 뒈쿠과? 경ᄒᆞᆫ디 일구 오라방이 수정이신더레 볼 땐 눈빗이 무사 거우꽈? 넘이 지저완 수정이 양지에 불이 부뜨커라마씀. 호호호."

"야, 너! 혀뜩ᄒᆞᆫ 소리 ᄒᆞᆯ래? 입이 촘생이추룩 경 게베왕 어떵ᄒᆞ젠게."

수정이가 다정이신디 눈꿀ᄒᆞ는 체 ᄒᆞ멍 톡 ᄄᆞ리자

"아니 난 본 대로 ᄉᆞ실 대로만 ᄀᆞᆮ는 고정벡이우다게. 호호호."

수정이는 말이 웃인 펜이랏고 다정이는 멩랑ᄒᆞ기도 ᄒᆞ엿주만, ᄋᆢ라찔인 이녁네 직장 상사광 직원덜 숭을 보는 소리로, 실픈 깐에도 우시겟 소리 맞촤줘사 ᄒᆞ곡 차부름씨도 ᄒᆞ여사 ᄒᆞ는 신산ᄒᆞᆫ 일덜토 ᄀᆞᆯ암직이 웃임벨탁 ᄒᆞ여가는 게 말이 한 펜이랏다. 찬용이는 다정이 말에,

"아이구저라." 가근ᄒᆞᆫ 체 ᄒᆞ여가멍 말ᄒᆞ는 다정이 기십을 올려도 주고 말을 더 ᄒᆞ게시리 친부찌기도 ᄒᆞᆫ다.

니 사름은 두어 시간 식ᄉᆞ도 맛좋게 ᄒᆞ고 그영 ᄌᆞ미나게 이왁덜 ᄒᆞ단, 또시 어는제 ᄀᆞᇀ이 만낭 ᄌᆞ미지게 놀레도 뎅이곡 ᄒᆞ겐 입낙덜 ᄒᆞᆫ 후제 헤어젼다.

찬용이영 수정이가 ᄒᆞᆫ 동네난 ᄀᆞᇀ이 가고 일구는 다정일 택시에 태

완 보낸 후제 혼차서 터박터박 걸으멍 집으로 갓다. 음력 구뭄이고 날도 우침직 ᄒᆞᆫ 하늘은 왁왁ᄒᆞ여도 무사산디 소곱은 노고록ᄒᆞ다.

"수정이는 넘이 곱고 착ᄒᆞᆫ 거 닮아."

"야이 이거 눈에 콩깍지 씨와져 갔저. 낚시코젱이에 걸린 궤기가 뒈여감신게. 후후후."

탕탕거리는 심장이 일구를 놀린다.

"야, 게민 어떵 말이냐. 너가 더 나산 와렴시멍…."

집이 들어온 일구는 ᄂᆞ시 ᄌᆞᆷ이 안 온다. 아까침이 빗주제 ᄒᆞ연 지나간 후제 시상은 ᄌᆞᆷᄌᆞᆷᄒᆞ다. ᄋᆢᆯ아진 창문 트멍으로 뷁리는 바깟은 왁왁ᄒᆞ다. 저 시상이 수정이 ᄆᆞ음 ᄀᆞᇀ으다. 날 어떵 생각ᄒᆞ염신디 번찍 왁왁ᄒᆞᆫ 시상! 뭣산디 헉숙펀펀ᄒᆞ여 붸고 와려진다. 게도 그자 생각나는 건 수정이뿐.

"는 어치냑부떠 ᄀᆞ자 수정이 생각만 ᄒᆞ였구나게. 야이도원. 정신 출려보라."

심장이 ᄆᆞᆫ 알멍서도 그자 ᄀᆞᆸᄀᆞᆸᄒᆞᆫ 생인고라 말 ᄒᆞᆫ 곡질 데낀다.

"게민 어떵ᄒᆞ코? 그자 딱 이ᄌᆞ불엉 살아사카?"

"야, 게도 느 ᄆᆞ음을 수정이신디 ᄀᆞᆯ아랑 보라게."

"어떵 ᄀᆞᆮ나? 난 ᄌᆞ신이 읏어. 경ᄒᆞ엿당 수정이가 확 탱구려불민 어떵ᄒᆞ느니? 뭐셴 ᄀᆞᆯ 말이라?"

"것사 나가 알아지느냐게. 느가 바로 난디…."

일구는 이녁 소곱에 신 또 ᄒᆞ나의 일구광 씨름을 ᄒᆞᆫ다.

"아, 이게 ᄉᆞ랑이렝 ᄒᆞ는 건가? 나 ᄆᆞ심을 문 뒈우데겨 부는 것. 경 뒈우데기멍 나 ᄆᆞ음 소곱이 든 돌코롬ᄒᆞᆫ 걸 문 젭질아 가불민, 말짜에 난 칼칼 쓴 ᄆᆞ음만 남앙 살들 못ᄒᆞᆯ 건디게. 아, 어떵ᄒᆞ코…. 안뒈켜. 다음 만낭 허치기가 뒈여도 죽금살금 ᄀᆞᆯ아봐사켜."

일구는 수정이신디 이녁 ᄆᆞ음을 토패ᄒᆞ켄 ᄃᆞᆫᄃᆞᆫ이 ᄆᆞ음을 먹엇다.

"뭐셍 ᄀᆞᆯ코…."

ᄀᆞᆷᄀᆞᆷ이 그 셍각만 ᄒᆞ멍 이레 둥굴억 저레 둥굴억 ᄒᆞ단 어느 성안에 산디 ᄌᆞᆷ이 들엇다.

월요일 넹기고 화요일.

ᄋᆢ름이 더 익어가는 생인고라 ᄋᆢ름타는 사름덜이 궂어라ᄒᆞ는 벳은 더 과랑과랑 나 가고 ᄉᆞ무실마다 에어컨 돌아가는 소리가 와릉와릉이다. 책상 우티 서류정리를 ᄒᆞ는디 수정이가 생각난다. 화장실에 뎅겨오는디도, ᄋᆢᇁ ᄉᆞ무실에 강 일을 볼 때도, ᄒᆞᆫ시반시도 이ᄌᆞ불지 못ᄒᆞ는 수정이 셍각이 동동 ᄄᆞ라뎅긴다.

"야게. 정신출령 ᄒᆞᆯ 일이랑 잘 ᄒᆞ라게."

이녁이 더 ᄒᆞ멍도 일구신더레 정신ᄎᆞ리렝 ᄒᆞ는 심장.

"아, 준기삼춘!"

얼메 전이 쳇월급 탄 날 성안에 못안 간 ᄌᆞ냑광 술 ᄒᆞᆫ 잔 사 안넨 후제 바빤 뻡들 못ᄒᆞ엿다.

"심장이 뜨거와사 살아 이신 거여."

갑제기 준기삼춘 셍각이 나난 기십이 확 살아난다.

"아, 맞지양? 나가 지금 사름답게 살안 이신 거지양?"

"맞다. 나 심장아, 더 탕탕 튀여도 좋다. 나도 소나인디…. 나가 알앙 ᄒᆞ여산다."

낮후제가 뒈엿다. 일구가 또까또까ᄒᆞ는 심장광 ᄒᆞᆫ디 전화를 걸엇다.

"수정씨, 저 강일굽니다."

"예, 일구오빠, 징심은 잘 ᄒᆞ십데가? 날이 더와노난 난 냉국술 먹엇수다. 호호호."

전화를 지드린 사름추룩 수정이는 일구를 반진다.

"예. 난양. 식충다리추룩 도세기 수웨쿡에 뽕끄랑ᄒᆞ게 먹언 쏭쏭거려졊수다. 하하하. 그끄지겐 찬용이영 잘 들어갓지양?"

"예. 찬용오빠가 집 앞이ᄁᆞ지 택시로 태와다 주언예."

"그ᄌᆞ석, 욕아가난 사름 뒈연 막 착ᄒᆞ여졊수다게. 하하하. 겐디 수정씨, 오널도 나 ᄆᆞ음이 수정씰 막 보고정ᄒᆞ연양. 어떵 시간이 뒈쿠과?"

"……."

수정이가 ᄌᆞᆷᄌᆞᆷᄒᆞ난 일구는 줌짝ᄒᆞ여진다.

"나가 중정웃고 욤치까리웃이 급ᄒᆞ게 영 ᄀᆞᆯ아져불어신가…." ᄌᆞ드는디,

"예. 일구오빠, 요자기 그 다방더레 퇴근ᄒᆞ멍 가쿠다예? ᄋᆢᄉᆞᆺ시 반ᄁᆞ지양?"

후유~ 다행이다. 일구는 전화길 ᄂᆞ려놓으멍 입이 헤삭ᄒᆞ여진다.

"야호~ 야아호호, 나 심장아 너도 좋으냐? 후후후."

"으, 좋다. 후후. 이 ᄆᆞ음으로 우리가 ᄒᆞᆫ 백년 살아시민 좋으켜."

"백년? 야! 웃지지 말라. 사름 목심은 누게도 몰르는 거여. 닐 모리도 몰르는 게 사름이여. 잘 아는 게 혀뜩ᄒᆞᆫ 소리는…."

"야, 느도 경 생각ᄒᆞ멍 무신 소리고? 후후. 게도 저 수정이영 ᄒᆞᆫ디 얼메간 만이라도 살아봐져시민 좋으켜이?"

"게메. 시상 일은 몰르는 거난 넘이 욕심 내지랑 말라. 나 심장아!"

명륜다방.

'사랑의 스잔나'에 나오는 '원섬머나잇'이 진추하의 목소리로 다방 소곱을 ᄆᆞᆯ착ᄒᆞ게 적진 후제 음악이 바꽈진다. 음악은 탕탕 튀는 심장을 페와보이는 거 ᄀᆞᇀ으다. "탕탕 탕탕 탕타르르르 탕탕, 탕탕 탕탕 탕

타르르르 탕탕" 탱고 리듬은 시원ᄒᆞᆫ 토패 ᄀᆞᇀ으다. 곱지는 거 웃이 ᄆᆞ음을 줄쭈런이 세와놓고 음악광 ᄒᆞᆫ디 춤추듯기 ᄒᆞ나ᄒᆞ나 앞더레 붸와주는 거 ᄀᆞᇀ으다.

탕탕 탕탕 탕타르르르 탕탕, 탕탕 탕탕 탕타르르르 탕탕! ᄋᆢ라 악기의 웅장ᄒᆞᆫ 하모니다.

"오빠, 저 음악이 라쿰파르시타지양?"

"예. 떠나가분 사름 생각ᄒᆞ멍 밤새낭 우느니 춤이나 실피 추자 ᄒᆞ는 음악 ᄀᆞᇀ아마씀. 하하하."

"호호. 닮암직사리 ᄀᆞᆯ앖수다예. 아닌게 아니라 저 음악 들으민 그런 생각이 나는 거 닮아마씀."

커피가 반착썩 남안 셧고 ᄒᆞᆫ 십분 앚아도 둘이는 말모로기추룩덜 싯단 수정이가 ᄆᆞᆫ저 입을 들른 거다. 그것도 디제이가

"ᄉᆞ라기눈이라도 와다다닥 지나가곡 동곳이라도 ᄆᆞᆫ지고정 ᄒᆞᆫ 날이우다. 오널 ᄒᆞ를도 하영 쏙앗수다덜. 이제랑 ᄉᆞ랑이 쎄물단 간 그 가심으로, 쉐줄 그차뒨 나온 황쉐추룩 ᄆᆞᆯ줄레 팍 차뒨 나온 조랑ᄆᆞᆯ추룩 ᄆᆞ음냥 자~ 튼나는 추억덜랑 작스레기ᄁᆞ장 동고롯이 몽크령 둥그려데껴두고 텡여지고 맞ᄆᆞ작진 ᄉᆞ랑은 무껴지게 내불곡 기자 춤만 추자! ᄒᆞ멍 라쿰파르시타가 나삾수다."

영ᄒᆞᆫ 멘트를 ᄒᆞ멍 음악을 바꽈노난 말거리가 생긴 거다.

“수정씨, 난 저 음악 들으민 무사산디 기십이 살아나는 거 닮아마씀.”

“….”

“나 오널 기십내영 골아보쿠다 수정씨.”

“….”

“나양, 눈을 트나 눈을 곰으나 꿈을 꾸나 회수에 가나 수정씨 생각만 나멘마씀.”

“….”

“수정씨가 혼시반시도 트멍을 안 주멍 나 소곱이서 살아마씀.”

“…….”

“나가 실웃인 소릴 ᄒᆞ여지는 거 닮수다양 ….”

수정이가 아모 대답도 안ᄒᆞ여가난 일구는 실망혼 생인고라 커피잔만 문작문작혼다.

“… 일구오빠, 경 골아줜 넘이 고마와예. 안적은 뭐셴 곧질 못ᄒᆞ쿠다마는, 나도 일구오빠만 자꼬 셍각이 낭 ᄌᆞ들아지곡 ᄒᆞ여마씀.”

“?”

“찬용오빠네 집이서 일구오빨 본 후제부떠 어떠난산지 나 소곱이도 오빠가 느량 들언 이서마씀.”

“아~, 수정씨!”

양지가 확 페와지거니 일구 심장이 탕탕 튀단 버쳔 ᄀᆞᆮ 푸더졈직 ᄒᆞ다.

"후후, 더 진도가 나가게 ᄀᆞᆯ라 일구야," 심장이 탕탕 다울인다.

"수정씨, 고맙수다. 나 ᄌᆞ신이 집안도 ᄒᆞᆨ교도 넘이 부작ᄒᆞᆫ 남제라노난, 이 말 ᄀᆞᆯ앙 수정씨가 ᄀᆞᆽ어라ᄒᆞ민 어떵ᄒᆞ코 ᄒᆞ멍 ᄒᆞᆫ숨도 못 잔마씀. 게민 우린 서로 좋아ᄒᆞ는 거라양?"

말을 ᄒᆞ여뒨도 일구는 빙섹이 웃음이 나왓다. 이녁 말이 우수왓기 따문이랏다.

"ᄉᆞ실, 우리 집이선 나신디 ᄒᆞᆫ저 절혼ᄒᆞ렝 다울립니다게."

"… 일구오빠, 그 말랑 ᄒᆞ꼼 더 ᄎᆞᆫᄎᆞᆫ이 ᄒᆞ게예? 부무님덜은 어떵사 ᄒᆞᆯ지 몰르고예."

"알앗수다 수정씨, 하여간이 수정씨 ᄆᆞ음 알아시난 넘이 지꺼지고양. 하늘더레 ᄂᆞᆯ아짐직 ᄒᆞ우다. 하하하."

"호호. 오빠 이제랑 나신디 수정아 ᄒᆞ영 불르곡 말도 ᄂᆞᇂ ᄀᆞᆸ서게."

"응. 아떠 수덩아!"

둘이는 신간이 펜안ᄒᆞ게 함박꼿 베르싸지듯 웃엇다.

친구들

“따닥 딱.”

당구공덜이 홰홰 돌아가단 공 ᄒᆞ나가 구석이서 심이 폭 죽어분다.

“에이 그ᄌᆞ석. 무사 똥코로 들어간 죽어불엄시니.”

“크크 일구야, 무사 오널은 공이 멕을 못 썸신게. 언치냑 볼 일이 싯덴 ᄒᆞ연게 어디 간 구석으로만 ᄉᆞᆯᄉᆞᆯ 뎅겨난 생이로구나이?”

“게메이. 경은 안ᄒᆞ고 직원덜이영 회식ᄒᆞ고 중앙로부떠 과양ᄁᆞ지 널른 질로만 걸어뎅기멍 ᄂᆞᆸ다신디, 공이 무사 구석더레만 박아졈신고. 나 손이 술에 취ᄒᆞᆫ 생이여. 하하하.”

용성이가 서월서 배운 당구 실력으로 당구공을 홰홰 돌리멍 다ᄉᆞᆺ 점이나 마친다.

“야, 서월은 아모거나 경 잘 돌아가는 생이여이? 는 아주망덜이영 아구맞추멍 휘휘 춤추는 것도 당구공추룩 ᄉᆞ로록ᄉᆞ로록 잘 맞안게.”

서월에 간 사는 친구 용성이가 오랜만이 벌초ᄒᆞ레 ᄂᆞ려왓단 일구영 찬용이영 만난 ᄌᆞ냑을 먹고 당굴 치멍 ᄀᆞᆮ는 말덜이다.

“후후. 이차는 아멩ᄒᆞ여도 일구가 사삼직ᄒᆞ다.” 찬용이가 ᄀᆞᆯ은다.

“알앗저. 나 넘은ᄃᆞᆯ에 서월 출장갓단 용성이신디 하영 얻어먹은 것도 싯고, 핑계우침에 오널은 나가 사주기. 하하하.”

일구도 이녁이 미리셍이 ᄒᆞᆫ 잔 사젠 ᄆᆞ음을 먹어나신고라 씨원이 대답을 ᄒᆞᆫ다.

시 사ᄅᆞᆷ은 고등ᄒᆞᆨ교때부떠 가차운 친구덜이란, 사회에 나온 후제도 기회가 뒈민 만낭덜 갯ᄀᆞᆺ디서 낚시도 ᄒᆞ곡 당구여 탁구여 족구여 술이여 ᄒᆞ멍 ᄌᆞ미지게 지내곡 ᄒᆞᆫ다.

“야, 찬용아, 용성아, 먹고정 ᄒᆞᆫ 거 시냐?”

“애애, 안적 배가 안 까져노난 뭐 먹고정친 안ᄒᆞ다게.”

“기? 게민이, 저 무근성 고망술칩이 강 막걸리에 쉐주에 ᄒᆞᆫ 잔 ᄒᆞ카? 용성이도 와시난 오랜만이 기분이나 풀어보게.”

“크크크, 경ᄒᆞ게.”

일구가 ᄀᆞᆮ거니 벗덜은 지드린 사ᄅᆞᆷ덜추룩 합창으로 대답을 ᄒᆞ고 술칩덜이 줄쭈런이 줄을 사둠서 푸데덜을 지드리는 무근성에 간, ᄒᆞᆼ애ᄒᆞ듯 코막은 소리로 반지는 술칩 ᄒᆞᆫ 반딜 들어갔다.

"ᄉᆞ랑ᄒᆞ영 안 될 사름을 ᄉᆞ랑ᄒᆞ는 죄라노난, 말 못 ᄒᆞ는 이 가심은 오널도 울어사 ᄒᆞ나…"

용성이 에염에 앚인 목청 좋은 아주망 ᄒᆞ나이가 젯가락 장단을 치멍 불럼직이 들엄직이 놀렐 잘 ᄒᆞᆫ다.

"탁 타다 탁탁, 타다다다 탁탁"

트롯리듬으로 장단덜도 딱딱 맞아든다.

구들 가운디 상 ᄒᆞ나에 쉐주 멕주 막걸리 서너펭썩 올려 놔둠서 아주망 서이광 소나놈 서이가 시상이 어떵 돌아가든 젯가락으로 ᄆᆞᆺ아불멍 ᄉᆞᆲ직이 '탁 타다 탁탁, 타다다다 탁탁' 술상 바위를 두디리는디,

인생덜신디 하도 하영 매맞인 술상이라노난 술상바위가 ᄆᆞᆫ 뭉글안 헤싸져도 '타다다다 탁탁' 두디리는 인생에 맞촨 쉰소리로 소릴 내와준다. 게고, 누게가 뭐셍 ᄀᆞᆯ아도 트롯엔 젯가락 장단이 질이다.

"전와를 걸-젠 쉐돈 바꿧네. ᄒᆞ루헤천 번호판광 씨름ᄒᆞ엿네. 경ᄒᆞ당 이녁이 받으민 그찻네. 무사산디 뚜럼추룩 울어불엇네. 그건 너, 그건 너, 바로 이녁, 따문이야…"

잘 궈어지는 용성이의 목청에 젯가락덜은 더 심을 내엿고 아지망덜 양지도 더 볼고롱ᄒᆞ여질 ᄀᆞ리.

"와닥탁!"

삼방광 구들 ᄉᆞ이 문이 멜싸지멍,

“야 이년, 이레 나와. 너 군서방도 ᄃᆞ령 나와. 오널 다 죽여불 거난.”

술상 우티로 업더진 문이 상에 신 술펭덜광 술잔덜 ᄆᆞᆫ 헤싸불고 구들에 싯단 소나이덜콰 여ᄌᆞ덜은 중치멕현 어안이벙벙ᄒᆞ연 이신디, 용성이 에염에 앚앗단 여제 양지가 시퍼렁ᄒᆞ여지멍 ᄀᆞᆮ는 말

“아이고 주팔씨, 무사 이거우꽈게.”

“무시거 어떵? 주팔씨? 너 이 씨팔년, 친구 만날 일이 셔? 날 쉑이멍 소나놈 곱져둠서 메날 이짓까리지?”

그 소나이는 싸움질이나 ᄒᆞᆷ직이 덕대도 좋고 양지를 허막ᄒᆞ게 징그리는 이력도 함직ᄒᆞᆫ 남제랏다.

“야 이 새끼야, 느가 우리 각시 꼬셔 먹은 놈이냐?”

그 소나이가 용성이 모감질 심언 흥근다.

“아이고 무사마씀게. 이거 놩 ᄀᆞᆯ읍서. 난 아모 상관읏이 오널 체얌이디 온 사름이우다.”

“뭐? 이새끼. 너 오널 나신디 죽엇다.”

그 소나이가 용성이를 구들 구석더레 푸더치운다.

여제덜 비멩소리광 술잔 벌러지는 소리가 ᄒᆞᆫ디 어울아진다. 방구석에 씨러젓단 용성이가 파들락 일어산다. ᄂᆞ려지멍 벌러진 술잔에 양지가 긁힌 생인고라 얼굴에서 피가 흘른다. ᄒᆞᆫ 손으로 피를 닦안 눈

으로 본 후제,

"야, 너 누게냐? 아모것도 모르는 놈이 완 무신 행패냐?"

"뭐? 너 이새끼, 우리 각실 어떵 구실려 놨나."

용성이영 그 남제가 모감지를 심언 서로 심벡ᄒᆞ여가멍 ᄃᆞᆼ기거니,

"주팔아 무사?" ᄒᆞ는 소리가 나멍

"와당탕탕!"

남제기 문착이 부솨지는 소리영 ᄒᆞᆫ디 구두를 신은 냥 구들더레 들어사멍 술상도 내부찌고 걷어차멍 눈까리를 크게 트는 젊은 소나이 싯.

이쯤 뒈난,

"너네덜 뭐냐?"

일구광 찬용이가 용성이 모감지 심은 남제를 잡아 끗어단 방 구석더레 박아두고 용성이 앞더레 나샀다.

"이 새끼!"

웨울르멍 소나놈 ᄒᆞ나가 일구 양지를 주먹으로 박는다. 어이에 얼굴을 맞인 일구가 그 소나놈 오목가심을 앗아다 쥐어박는다.

"컥!" 소리가 난게마는

그 남제가 가심을 쓸멍 앞더레 박아진다. ᄄᆞ 소나이 둘이 일구신디 돌려든다.

찬용이의 주먹이 ᄒᆞᆫ 놈 얼굴을 쥐여박고 ᄒᆞᆫ 놈 벳부기를 앞차기로 찬다. 혹생때 찬용이는 태권도 제주도 대표 선수랏다.

비멩소리광 ᄒᆞᆫ디 여제덜은 돌아나고 좁작ᄒᆞᆫ 구들에서 소나놈덜만 얽어젼 싸우단 일구네는 바꼇디로 나왓다.

술칩 주연이 쳐들어 온 남제덜신디 뭐셴 막 ᄉᆞ정ᄒᆞ여도 그 남제덜은 이녁네 수정이 하난 기십이 더 나는 생인고라 바락바락 울르멍 싸우젠만 ᄒᆞ는 거다.

일구네는 어이가 읏엇다. 잘못이엥 ᄒᆞᆫ 건 친구덜간 오랜만이 만난 기분좋게 술 ᄒᆞᆫ 잔 ᄒᆞ는 거 뿐인디, 이상ᄒᆞᆫ 놈덜이 나산 이 모냥이난 기분도 나쁘고 부에가 낫다. 싯이 모다져신디 시상 ᄆᆞ스운 것도 읏다. 가심이 탕탕 튀거니 기십도 과짝 난다.

엿날, 요영 어울련 뎅이멍 다구리싸움을 멧 번 헤밧다. 술도 얼건 ᄒᆞ겟다 뭐. ᄒᆞᆫ 번 부떠보자! 일구광 찬용이광 용성이는 말은 안 ᄀᆞᆯ아도 하영 취ᄒᆞᆫ 주멍에 엿날의 그 기십이 살아난 거다.

찬용이가 나사멍

"야 이 새끼덜아, 우리 기분좋게 ᄒᆞᆫ 잔 ᄒᆞ는디 너네덜이 뭐냐?" ᄒᆞ난,

"이 새끼덜 뭐? 좋다 해보자."

아까 찬용이신디 얼굴을 맞인 남제가 쉐주펭을 손에 줴연 질염 돌

담더레 벌르멍 뎀벼든다. 찬용이는 태권도 유단자다. 앞더레 내물멍 오는 그 소나이 손을 ᄂᆞ단착 발로 '팍' 차난 그 남제 손에 모감지만 남앗던 술펭이 놀아가거니 찬용이 웬착 발이 그 남제 얼굴을 골긴다.

주팔이엥 ᄒᆞᆫ 남제광 뜬 소나이덜이 술펭광 울담에 싯단 돌을 들런 앞더레 나산다. 일구네는 문 태권도 폼을 잡앗다. 이때,

"애앵, 앵."

와리멍 빈찍빈찍 돌려오는 경찰차.

무근성광 가차운 관덕정 에염 중앙팔축소.

"듣는 말에나 대답흡서. 경ᄒᆞ고 에염이서 ᄋᆞᆼ당ᄋᆞᆼ당덜 ᄒᆞ지 말곡…."

큰소리로 ᄀᆞᆮ는 순경덜광 남제 여제 ᄋᆢ남은 사름이 모다들어 앚안 싯다.

순경 ᄒᆞ나이가 책상 우티 종일 페완 하간 말 들어간다 즉아간다 ᄒᆞ는 팔축소 ᄉᆞ무실은 넘이 좁작ᄒᆞ엿주마는, 어는제 술먹고 어는제 싸와신디사 팔축소 안에 들어온 후젠 문덜 오도낫ᄒᆞᆫ 사름 닮앗다.

"에이 오널 재수가 읏언이?"

"하하. 게도 오랜만이 속이 확 페와졊저."

"그 새끼덜, 어는제 ᄒᆞᆫ 번 올케로 부떠봐시민 좋으켜."

일구네가 팔축소 진술서에 손도장을 누루떠 뒨 바깟더레 문저 나

오명 ᄒᆞ는 말덜이다.

허가 읏인 고망술칩서 술먹은 잘못을 인정ᄒᆞ고, 두룽싸움에서 생긴 헐리덜은 서로간이 읏엇던 일로 합의가 뒈엿다. 그 합의도 상대방 남제덜이 ᄆᆞᆫ저 ᄉᆞ정을 ᄒᆞᆫ 것이다. 아메도 입건 뒈믄 이녁네가 벌을 더 받음직ᄒᆞᆫ 걸 아는 생이랏다.

ᄄᆞᆫ 사름덜 ᄉᆞ정을 보난, 절혼도 안ᄒᆞ고 ᄒᆞᆫ디 사는 주팔이엥 ᄒᆞᆫ 사름네 두가시가 이신디, 소나놈이 메날 술이나 처먹곡 서푼버으리도 읏어가난 여제가 가끔썩 술칩이 나강 돈을 버실어오는 모냥이랏고 주팔이는 집사름광 부떠먹는 남젤 심엉 족치곡 돈이나 어떵 벨라먹을 냥으로 친구덜ᄁᆞ지 ᄃᆞ련 완 그 난리가 낫던 것이랏다.

사랑의 과정

어느 토요일.

"따르릉~"

"예, 강일굽니다."

"아 일구오빠! 오널은 나가 바빤 못 만나켄 헤신디양. 닐은 시간이 어떵ᄒᆞ우꽈?"

"닐마씸? 나사 수정씨만 시간이 뒈민 느량 대기중입주머."

"호호. 게민예. 닐랑 우리집이 오쿠과? 부무님덜이 저 촌에 잔치ᄒᆞ는 디 강 집이 웃일 거난 옵서. 우리 동싱이영 나영만 집직ᄒᆞᆯ 거우다. 오민 징심 출려 안네커메. 열ᄒᆞᆫ 시에 오십서."

"아, 알앗수다. 겐디 어떵 ᄎᆞᆽ아가코양?"

"버스 탕 우리 ᄆᆞ을 한질에 ᄂᆞ령 알러레 ᄒᆞ꼼 ᄂᆞ려오민 초등ᄒᆞᆨ교가 싯수다. 그 바로 두이로 오믄 시간 맞창 나가 나가쿠다."

때는 보릿마 철이난 밧일 손덜을 ᄂᆞᆫ 실 때다.

수정이네 동넨 어촌이랏다. 배는 웃이 농ᄉᆞᄒᆞ멍 살아도 할망때부떠 갯ᄀᆞ디 바릇거 심어당 먹는 게 예점이라노난 바릇거는 아숩지 안ᄒᆞ게 먹어지는 거 닮다. 게고 어촌이라도 농ᄉᆞᄒᆞ는 사름덜이 하노난 동네 안에 클방에칩도 싯덴 ᄒᆞᆫ다.

수정이네 집은 큰 와개에다 집이 들어가는 이문간이 신 밧거리광 에염에 또시 모커리도 셧다. 집 울담광 ᄒᆞᆫ디 우영팟이 부떤 싯고 밧더레 들어가는 뒷 울담은 사스락담으로 다와젼 싯고 반쯤 ᄆᆞᆯ아진 살체기문이 ᄃᆞᆯ아젼 셧다.

감ᄌᆞ농ᄉᆞ도 ᄒᆞ여신고라 마당에 들어사는 이문간 안에 빳데기가 널어젼 싯고 마당ᄀᆞ디 수도가 이신디 그 앞인 큰 서답팡이 ᄁᆞᆯ아지고 서답바드렝인 눅져젼 싯고 집이 들어간 보난 상ᄆᆞ루도 높은 집인디 궤팡문광 정제레 가는 청방문도 ᄐᆞᆫᄐᆞᆫᄒᆞ게 보엿다. 청방마리도 보통 집보단 널럿고 하간 세간덜이 고급시러운 거 보난 부제칩인 걸 알아진다.

문뜩, 아홉 펭 초집에 스레트로 지붕개량ᄒᆞᆫ 헌헌ᄒᆞᆫ 이녁네 집이 생각난 일구는 기십도 죽어지고 부치러운 셍각이 확 지나간다.

"나 징심밥 ᄎᆞᆯ리커메 우리 동싱이영 놀암십서양?"

수정이가 정지레 들어간다.

고등ᄒᆞᆨ생인 남ᄌᆞ동싱은 기타를 쳠섯다.

"거 이레 ᄒᆞᆫ 번 줘봐. 나도 쳐 보커메."

일구가 기타줄을 조정ᄒᆞ고 기타를 친다.

기타 독주곡 '추억의 쏘렌자라', '로망스'를 쳐난 후제, 송창식의 '고래사냥' 양희은의 '이루어질 수 없는 사랑'광 팝송 'Lanovia', 'Sailing'을 줄줄 치곡 불런 보난 그 남동싱 입이 헤삭ᄒᆞ여젼 셧다.

그 동싱 부탁으로 기타치는 걸 배와줨시난,

정지에서 불숨는 내광 마싯내가 코시롱ᄒᆞ게 나고 ᄒᆞ꼼 시난 수정이가 밥상을 들런 들어왓다.

"오래 틈재우지 못ᄒᆞ연 밥맛이 어떵사 ᄒᆞᆯ 지 몰르쿠다. 게도 하영 먹읍서양."

밥상엔 ᄒᆞᆫ 사름이 ᄒᆞ나썩 아레미사발에 밥을 거려놓고 물둠비국에 고등에 ᄒᆞᆫ ᄆᆞ리 구와놓고 패마농 썰어논 ᄃᆞᆨ세기 반찬에 ᄆᆞᆷ치에 아구셍이젓에 콩지에 갯ᄂᆞ물짐치에 부루광 유입이 싯다.

"아이구 이거 어는제 영 출려집데가? 게고 이건 무신 젓이우꽈?"

"예, 아구셍이젓인디예. 이유칩이서 배를 ᄒᆞ는디양. ᄌᆞᆯ롸 논 각제기 아구셍일 ᄒᆞ꼼 갈라주난 저깔로 담아둔 거마씸."

일구는 배고픈 주멍에 맛좋게 먹엇다.

ᄆᆞᆫ 먹어가난 수정이가 미리셍이 뎁현 놔 둔 생인고라 숭늉물을 ᄀᆞ

져오고 후젠 사괄 들런 완 수왕수왕ᄒᆞ게 썰어 준다. ᄒᆞ여가는 손놀림 만 봐도 펭소 하영 ᄒᆞ여본 쏨씨다.

"나가 이 여ᄌᆞ광 절혼만 ᄒᆞ여져시민 얼메나 좋으코."

일구는 주제 벗어지덴 생각ᄒᆞ멍도 ᄆᆞ음은 경만 숙어진다.

그영 시간을 보내단 일구광 수정이가 바꼇디로 나왓다. 와리지 안 ᄒᆞ고 오분쯤 거난 ᄆᆞ을 성창이랏다. 성창에는 사름덜이 벨로 부피지 도 안ᄒᆞ엿고 ᄒᆞ꼼 떨어진 디선 숨비소리가 들린다.

일구도 세ᄑᆞ름이 나왓다. 아까침이 기타를 쳐나난산디 나오는 소 리가 '고래사농'이다. ᄆᆞ츰 가차운 바당이서 수웨기 테거리가 지나 간다.

"아까 보난, 일구씬 기타를 넘이 잘 칩데다양?"

"에고 아니우다게."

"게난 어는제부떠 배와수과?"

"치기사 중흑교때부떠 혼차 두작두작ᄒᆞ여신디양. 계속 안 치난 자 꼬 이ᄌᆞ먹어마씀게."

"게도, 손 놀리는 거 보난 엥간이 친 솜씨가 아니란게마씀."

기타 이왁을 하영 골으멍 둘인 걸바당 펜더레 갓고 수정이가 ᄀᆞ젼 온 뛰자리를 꼰다. 오널은 멀리 신 물ᄆᆞ르가 높아 붼다.

“저 ᄌᆞᆷ녜덜 어디 강 몸ᄀᆞᆷ는고양?”

“저디 돌로 다완 막은 디 싯수게. 그 안에 산물이 나오난에 그디서 싯칩네께.”

“겐디, 수정씨도 이 갯ᄀᆞᆺ디서 하간 거 하영 잡으쿠다양?”

“두린 때부떠 물이 하영 쌀 때나 해경땐 조락바구릴 들렁 ᄃᆞᆯ레구덕 창 어멍이영 할망 ᄄᆞ랑 왕 보말이영 하간 거 심곡 메역이나 톨이영 해초덜토 ᄐᆞᆮ곡 ᄒᆞ여십주.”

“잘도 좋구다게. 난 웃드르라노난 두린때부떠 이 바당을 경 좋아ᄒᆞ연양. 틈만 나민 바당더레 터젼 ᄃᆞᆯ아낫수다. 하하하.”

먼 물ᄆᆞ르를 보멍 일구가 생각에 ᄌᆞᆷ긴다.

아으덜은 ᄃᆞᆯ렷다. 젭히민 큰일난다. 열 ᄉᆞᆯ에서 열두 ᄉᆞᆯᄁᆞ지 난 아으 너이가 제주비영장을 ᄀᆞ로질런 ᄃᆞᆮ는다.

비영장 뒤에 신 그 어영바당에 가젱 ᄒᆞ민 비영장이 주벤에 뱅 둘러져노난 ᄒᆞᆫ참을 돌앙가사 ᄒᆞᆫ다. 게도, 철조망을 기어넘엉 비영장 활주로를 ᄀᆞ로질렁 바당으로 나가민 그 거리나 시간이 말도 못ᄒᆞ게 가찹다.

두린 아으덜은 ᄒᆞᆫ 번 그디를 뎅겨나난 주우릇ᄒᆞ연 똑 그디로만 바당더레 가고정 ᄒᆞᆫ다. 그날도 그추룩 ᄀᆞ로질런 비영장을 ᄃᆞᆯ앗다.

겐디 그날 올케로 젭혓다. 아으덜을 ᄄᆞ라완 심은 아접씨덜은 둘이라신디 ᄒᆞ나이는 벨떼기나 부렴직이 생겻고 중ᄇᆞ레기 머리에다 양지에 군버짐이 두어 개 난 사름이랏고 또 ᄒᆞ나이는 덧니바리에다 눈곰셍이 아접씨랏다.

깍등으로 ᄃᆞᆮ단 열 ᄉᆞᆯ짜리 일구 이유칩 아이가 질 ᄆᆞᆫ저 심젼 벌착치는 소릴 ᄒᆞ여가난 가일 ᄃᆞ련 온 열두 ᄉᆞᆯ 일구는 더 도망가들 못ᄒᆞ는 것이다.

가이는 허버레기 중버래긴디 그 머리에 부스럼지도 멧 개 난 아이랏다.

"그디덜 안 살탸?"

그 소리에 일구가 멈촤사난 ᄆᆞᆫ덜 ᄀᆞᇀ이 멈촤산다.

"이 섭것덜이 이디가 어딘디 겁도 읏이 넘어가 보젠 ᄒᆞ염시니덜."

중ᄇᆞ레기 아접씨가 나산 일구 모감지를 심으멍 흥근다.

"아접씨, 잘못ᄒᆞ엿수다게. 따신 경 안 ᄒᆞ쿠다."

"느가 이디서 나가 질 우티로구나."

일구영 갑장이 싯긴 ᄒᆞ엿주만 일구 지레가 ᄒᆞᄊᆞᆯ 더 크난 일구를 우두머리로 생각ᄒᆞᆫ 모냥이다.

"예, 잘못ᄒᆞ엿수다."

"다덜 이레와!"

아으덜은 그 아접씨덜 ᄄᆞ란 그디 ᄉᆞ무실로 갓다.

"이 셍완덜 오널 잘못 걸렷저."

ᄌᆞᆫ꿰다리 닮은 덧니바리 아접씨가 씩 웃이멍 ᄀᆞᆯ은 후제 중ᄇᆞ레기 아접씨가 일구를 실구멍 ᄀᆞᆯ은다.

“우린 너네 닮은 것덜 심젠 올내낭 ᄃᆞᆼ산 사름덜이여. 쉬틀리민 너네덜 감옥소에 보낼 거여. 는 어느 ᄒᆞᆨ교 멧 ᄒᆞᆨ년 일름이 뭐냐? ᄒᆞᆨ교에도 알리곡 퇴ᄒᆞᆨ덜 시겨사켜.”

“아이고 아접씨 ᄒᆞᆫ 번만 용서ᄒᆞ여주민 따신 절대 경 안 ᄒᆞ쿠다게.”

게도 일구가 대표로 앞이 나산 손을 비비듯 ᄉᆞ정을 ᄒᆞᆫ다.

“너네덜 트멍만 나민 이디로 ᄃᆞᆯ련 바당에 뎅겻지? 이거 멧 번차냐?”

“아이고, 체얌마씸게.”

일구는 거지깔을 헷다. 이미 두 번이나 그 죄를 짓어신디 그걸 다 ᄀᆞᆯ으민 벌이 클 것 ᄀᆞᇀ앗다.

“ᄎᆞᆷ말이냐? 거지깔이민 너네 정말 큰일날 중 알라이?”

“예, ᄎᆞᆷ말이우다게. 잘못ᄒᆞ엿수다.”

“흐흐흐. 이 미아ᄃᆞᆯ놈덜아게. ᄆᆞᆯ막이서 퀴여난 ᄆᆞᆼ셍이가 이레저레 버런ᄒᆞ는디 느네덜이 똑 그걸 닮앗구나. 오널 ᄒᆞᆫ 번은 올케로 혼나봐사 다신 경 못 ᄒᆞᆯ거여.”

ᄋᆢᇁ이서 말을 거드는 덧니발이 아접씨는 욕을 ᄒᆞ멍도 벵삭벵삭 웃

이멍 ᄀᆞᆮ는 사름이랏다.

중ᄇᆞ레기 아접씨가 목청을 높이멍,

“다덜 이레 엎드려!”

아으덜은 벌벌털멍도 확ᄒᆞ게 ‘엎드려 뻗쳐’ ᄌᆞ세가 뒈엿다. 질 어린 아으는 엎더지멍도 눈에서 눈물이 찰찰 털어졋다.

“질 나가 한 놈은 다섯 대, 나머지는 두 대썩이다.”

미리셍이 그 ᄉᆞ무실에는 목궹이 ᄌᆞ록이 준비뒈연 셧다.

“탁, 탁, 탁, 탁, 탁!”

일구가 촘으멍 맞긴 헤신디 셍각보단 아프지 안ᄒᆞ게 ᄯᆞ린 생이다.

겁에 질련 ᄇᆞᆯᄇᆞᆯ 털단 아으덜토 다 두 대썩 맞아신디, 경 아프진 안ᄒᆞᆫ 생인고라 질 두린 아으도 실죽실죽ᄒᆞ단 맞인 다음엔 안심하는 양지랏다.

“또시 비영장을 돌앙 바당더레 넘어갈 거냐?”

“아니우다.”

아니렌 ᄒᆞᆫ 대답은 거자 합창 수준이랏다.

아으덜은 그디서 나완 먹돌세기 펜으로 먼 질 돌안 바당더레 갓다. 경 욕 먹고 맞아도 기분덜이 좋앗다.

저 앞이 바당이 봐지난, 아까 겁먹엇단 셍각도 ᄆᆞᆫ 이ᄌᆞ불고 ᄒᆞᆫ저 강 보말이영 하간 바르찹이 ᄒᆞᆯ 욕심에 지꺼진 ᄆᆞ음 뿐이랏다.

일구네 동네 오라동은 제주시내에서 할락산 펜에 신 중산간 ᄆᆞ을이랏다.

농ᄉᆞ 짓으멍 사는 ᄆᆞ을이난 바당에 가는 게 경도 좋을 수가 읏엇다. 공일날이나 방ᄒᆞᆨ때 퉤영 어멍 아방이 심엉 밧더레나 목장더레 안 가게 퉤믄 그땐 멧멧이 부떵 바당더레 와랑와랑 ᄃᆞᆮ는 거다.

그날은 공일이기도 ᄒᆞ고 어멍 아방신디 ᄆᆞᆫ 허락받고 차롱에 보리압 담아놓곡 마농지에 짐끼 ᄒᆞ쏠 준비ᄒᆞ연 간 날이다. 바당물에서 놀당 보민 ᄀᆞᆺ 배가 까졍 배고프곡 갯ᄀᆞᆺ디선 밥맛이 잘도 좋다.

빤스 ᄒᆞ나만 입엉 바당물더레 튀여들민 체얌은 엄쩌그네 "으~" 실려와도 ᄒᆞ꼼 시민 아무충도 안ᄒᆞ고 ᄒᆞ루 젱일 물에서 휘곡 물이 싸지민 바우 트멍이서나 돌 일려세와가멍 구젱기 보말 점복 따우덜 잡기에 정신덜이 읏어진다.

"아이고, 우리 옷덜쾅 밥차롱이 물에 둥둥 턴 가불없저게."

누게가 울르는 소리에 보난, 아까 ᄌᆞ쎄기때 놔 둔 그것덜이 드는 물에 ᄆᆞᆫ 끗어가 부는 거다. 일구가 확 튀여들언 멧 개는 건져와도 신이영 옷덜 일러분 것이 더 핫다.

이추륵 웃드르 아으덜은 바당이 경 가고정ᄒᆞ고 그려운 디랏다.

“일구 오빠, 무신 생각을 경 오래 ᄒᆞ염수과? 입 까물언 신 지가 오래 뒈신디마씀.”

수정이가 웃이멍 ᄀᆞᆮ는다.

“아 예, 엿날 바당더레 ᄃᆞᆮ던 생각이 난마씀. 하하하.”

둘이는 가는 시간이 아까완 영 정 ᄒᆞᆫ 말덜 하영 ᄀᆞᆮ단도, 수정이가 부무덜 올 시간이 뒛젠ᄒᆞ연 헤어졋다. 일구는 버스를 두 번 타사 집 주벤에 ᄂᆞ릴 거주마는 ᄒᆞ꼼도 집이 멀게 안 느껴지고 ᄆᆞ음 ᄀᆞ득 코삿ᄒᆞᆫ 기분만 들엇다. 뻐슬 탄 오멍도 수정이의 목소리광 곱닥ᄒᆞᆫ 얼굴만 생각이 낫다.

그르후제, 일구광 수정이는 확ᄒᆞ게 가차와졋다.

일구도 수정이신디 여점 반말로 ᄒᆞ게 뒈엇고, 서로간이 ᄒᆞ루만 못 봐도 굼굼ᄒᆞ영 못 살 정도랏다. 일구는 ᄒᆞ루ᄒᆞ를이 지꺼졋고 수정이 양지도 꼿추룩 고와졋다.

“야, 일구야! 좋으냐? 경헤도 ‘기대가 크민 실망도 큰뎅’ ᄒᆞᆫ 말도 싯저이. 넘이 헤삭ᄒᆞ게만 뎅기지 말라이?”

일구광 또 ᄒᆞ나의 일구인 심장은 메날 좋아라ᄒᆞ멍도 ᄒᆞᆫ펜으론 뭣산디 ᄌᆞ들아지기도 ᄒᆞᆫ 생이랏다. 일구영 수정이가 건줌 메날 만난 뎅기던 어느 ᄒᆞ루, 수정이신디서 갑제기 전화가 왓다.

“일구 오빠, 나 ᄀᆞᆯ을 말이 시수다.”

“응. 수정아 무신 말?”

난디읏이 수정이가 갑제기 만나겐 ᄒᆞ연 나왓주마는 일구는 “뭔가 안 좋아붸다” ᄒᆞ는 생각이 들엇다.

수정이 얼굴이 하영 유을언 싯다.

“흐흑!”

수정이가 운다. 숙닥ᄒᆞ여진 눈물을 손으로 닦으멍 운다.

“흐흑!”

양지더레 찰찰 흘쳐지는 수정이의 눈물. 눈물이 ᄂᆞ시 멈촤지지 안 ᄒᆞᆫ다.

“수정아 무사? 뭔 일이 싯긴 싯구나이? ᄀᆞᆯ아봐봐. 나신딘 다 ᄀᆞᆯ아 줘살 거 아니?”

수정이가 손수건으로 얼굴을 닦으고 코막은 소리로 ᄀᆞᆯ은다.

“오빠, 우리 이제 그만 만나게. …흐윽.”

“?”

일구는 말도 못ᄒᆞ고 멍청다리 뒌 사름추룩 두리펀펀헤졋다.

“오빠, 미안헤. 집이서예. 오빨 만나지도 말곡 절혼이랑 부무신디 멧기렌 ᄒᆞ멍 난리가 난양. 흐흑.”

일구는 어안이벙벙ᄒᆞᆫ 냥 수정이 입만 붸리멍 소곱으로 생각헷다.

“무신 따문인고… 나가 느량 ᄌᆞ들단 게 터진 생이로구나. 나가 하 잘 것 읏인 남제라노난… 겐디 어떵 영 ᄈᆞ르게…”

"오빠, 정말 미안ᄒᆞ우다. 나가 일구씬 좋은 사름이옌 아멩 ᄀᆞᆯ아도 부무님덜은 빨리 설러불렌 홍여닥질이란예. 흑흑흑. 오빠, 날 용서ᄒᆞ여줍서."

일구는 무신 말이라도 헤사 헷다. 이녁도 남젠디, 큰 ᄆᆞ음을 먹자고 생각ᄒᆞ멍 주제미제 안ᄒᆞ고 또라지게 ᄀᆞᆯ앗다.

"수정아, 경 퉤시민 나도 어떵 ᄒᆞ여볼 도래가 읏다. 나도 느량 ᄌᆞ들아 온 게 나 ᄌᆞ격이여. 부무님덜사 으당이 경 ᄒᆞᆯ 테주게."

일구가 말을 ᄀᆞᆮ기 시작ᄒᆞ난 수정이는 더 큰 소리로 흘착인다.

"나도 그중 알앙 처신ᄒᆞ커메, ᄒᆞ다 나 걱정이랑 말앙 수정이가 ᄆᆞ음 크게 먹곡 잘 살아가길 비념ᄒᆞ켜."

일구는 두령청이 들은 말에 가심이 탕탕 튀멍 아파도 니 ᄌᆞ그려물멍, 수정이가 하영 못존뎐 ᄒᆞ엾구나 생각도 들고 수정이를 위ᄒᆞ영 웃던 일로 ᄒᆞ자고 ᄆᆞ음 먹엇다.

"흑흑흑."

수정이는 눈물 세미가 터진 듯기 울기만 ᄒᆞ엿고 일구도 ᄌᆞᆷᄌᆞᆷᄒᆞᆫ 냥 ᄒᆞᆫ 십분 ᄀᆞ만이 앚안 셧다.

"그래. 체얌부떠 나가 나주기. 주제에 맞게 사름을 골라사 ᄒᆞᆯ 건디…"

일구는 소곱으로 경 생각ᄒᆞ멍도 굼굼헷다. 어떵ᄒᆞ연 수정이 부무님덜이 날 알게 퉤고 반대를 헤신지 굼굼ᄒᆞᆫ 거다.

"부무님덜이 나에 대ᄒᆞ연 문 알아본 생이로구나이?"

수정이는 일구 말이 맞덴 ᄒᆞ는 듯 눈물이 더 나오멍 운다.

"흑흑. 게난양…."

수정이가 울음반 섞어가멍 ᄀᆞᆮ는 이와기는,

일구가 수정이네 집이 간 징심 먹은 말을 수정이 동싱이 부무님신디 ᄀᆞᆯ앗다. 수정이네 먼 궨당이 오라동에 산다. 수정이 부무는 그 궨당신디 일구에 대ᄒᆞ영 알아봐 줍센 ᄒᆞ엿다. 그 궨당은 일구가 새스방 ᄀᆞ심으로 수정이신딘 당추 안뒈난 그레 시집보내는 건 생각도 말렌 ᄒᆞᆫ 것이다.

"그 강일구엥 ᄒᆞᆫ 소나이가 육짓사름넨 아니라도 상고만 졸업ᄒᆞ고 주식회ᄉᆞ에 합격ᄒᆞ연 직장은 싯주마는 뒐세양반이 나오긴 에려운 집안이고 돗두루웨나 돗뚜럼은 읏어도 아방은 인칙 죽어불고 가이는 페락쉰 아니란 순ᄒᆞ긴 ᄒᆞ여도 지세어멍 아돌도 아닌 족은 각씨에 아돌이고 아방광 ᄒᆞᆫ디 살아보도 못ᄒᆞ엿고 그 족은어멍은 안적도 도세기장실 ᄒᆞ멍 살암신디, 대ᄒᆨᄁᆞ지 ᄒᆞᆫ 공무원 수정이를 그디 비교도 못ᄒᆞᆯ 거난 더 이상 만나지도 못ᄒᆞ게 ᄒᆸ서."

이게 수정이네 먼 궨당이 알려준 내용이랏다.

일구 심장이 탕탕 뒨다. 이녁이 걱정ᄒᆞ멍 살아온 생각이 그말 그대

로난,

"크크, 도세기장시ᄒᆞ는 족은어멍엣 아ᄃᆞᆯ! 강일구!"

"크크. 맞주게. ᄒᆞ나토 안 뜰린 말아주기. 그 주제에…."

일구는 생각헷다. 맞다. 그말이 분멩ᄒᆞ다. 걸 알멍도 나가 주제 벗어지게 뎅겻구나. 게도 나가 아명 부작ᄒᆞᆫ 놈이주마는 빌협ᄒᆞ게 빌적쉬는 뒈고정 안ᄒᆞ다. ᄆᆞ음 크게 먹자. 맞다. 나도 남제다.

"수정아, 나신디 절대 미안ᄒᆞ덴 생각 말라. 시상은 ᄋᆢ라가지난이. 후제에 좋은 사름 만낭 행복ᄒᆞ게 잘 살곡… 경ᄒᆞ고 오널도 집이 멩심ᄒᆞ영 잘 가라."

일구가 또라지게 말을 끗내고 ᄆᆞᆫ저 일어삿다. 수정이는 일구가 바깟디로 나가는 걸 본 후제도 ᄀᆞ만이 앚인 냥 손으로 얼굴을 곱지멍 오래오래 울엇다.

메틀이 지낫다.

일구는 오널도 수정이 목소리가 듣고정 ᄒᆞ다. 하도 못ᄌᆞᆫ뎐 수정이 ᄉᆞ무실더레 전화를 ᄒᆞ여도 수정이가 부러 전화를 안 받는 생이다. 퇴근ᄒᆞ멍 시청 에염 식당엘 들어갓다. 혹시라도 수정이가 그 앞을 지나갈지 몰른다는 생각에서랏다.

한일소주 시 펭차 ᄆᆞᆫ 비와지도록 일구가 식당 바깟딜 ᄉᆞᆯ폇주마는 시간도 ᄋᆢᄃᆞᆸ실 넹기고 이제 수정이가 지나갈 리가 읏인 걸 안 일구는 누렝이 훈 사발 호록ᄒ게 드르쓰고 식당문을 나삿다. 사름덜이 휘틀거리는 일구를 히뜩히뜩 붸린다. 일구는 거자 메날 수정일 만나던 명륜다방으로 갓다.

오널은 다방도 한걸ᄒ다. 구석진 자리에 앚앗다. 넘이 먹어져신가 톨고지가 나오멍 소곱이서 뭣산디 올라오젠 울락울락ᄒ여도 춤은다. 술은 하영 취ᄒ여신디 정신은 더 말깡ᄒ다.

피아노 경음악 '에리자를 위하여', '소녀의 기도'가 ᄎ례로 나완 다방 ᄀ득 굴른 후제 김정호가 축음기를 탄 나산다. "울랑울랑 물절 소곱 ᄆ음을 달레보젠 말읏이 지드리단 쓸쓸이 돌아산에 으납 소곱에 떠나가는 일름 모를 소녀."

김정호가 ᄀ레에 곡석 골아지듯 줌진줌진ᄒ고 ᄀ득훈 감성 물착 목청 칮어지게 불른다.

"나야더리, 나도 일름이나 몰라시민 좋으켜. 야, 수정아!!!"

일구는 소곱으로 가심 칮어지멍 수정일 불러 봣다.

곱곱ᄒ다. 불안ᄒ다. 훈 반디 오래 앚앙 싯질 못ᄒ켜. 일구는 또시 일어삿다.

고갤 폭 수그리고 어둑은 질만 ᄎ이멍 걸엇다. 전농로로 들어산 서문통으로 무근성으로 발이 지냥으로 간다. 게도, 탑동 ᄉ시에 오난 물절소리가 차박차박 이녁을 반져주는 거 ᄀᆞᇀ으다.

널부떤 건들마를 시작으로 천동 베락도 치멍 ᄒᆞᆫ 열흘 장마지켄 ᄒᆞ엿주마는 오널 탑동 바당은 불 싼 궤깃배덜이 ᄀᆞ득ᄒᆞ고 물절이 ᄒᆞᆼ글ᄒᆞᆼ글 ᄒᆞᆷ 뿐 크싱크싱 안ᄒᆞᆫ다.

사름덜이 하영 오곡가곡 ᄒᆞ여도, 전이부떠 이디 오민 몰르는 사름덜이 느량 한 좋다. 어떵ᄒᆞ당 아는 사름을 봐질 때도 싯주마는 거자 몰르는 사름덜만 지나뎅기는 디다. 문뜩 누게 시산디 싯구가 셍각난다.

“갈 디가 읏인 사름덜은 탑동으로 가고 갈 디를 ᄎᆞᆽ인 사름덜토 탑동으로 간다. 탑동 가르등은 허무의 집을 짓어 놓 불나방덜 불른다. 새벡이 뒈고 하늘이 가르등을 꺼주우민 가르등 바닥엔 허무덜이 살강이 죽언 싯다. 탑동엔 ᄇᆞᆰ도록 술꼿이 핀다. 아프곡 웨로울수록 탑동술꼿은 더 빗나고 허무한 나는 술꼿 향기를 밤새낭 마신다.”

“안뒈켜. 어디산디 가사켜. 이 돌아섬 떠낭 먼디 강, 지금 나 ᄆᆞ음덜 ᄆᆞᆫ 읏이데겨분 후제 돌아오자. 경ᄒᆞ자. 준기삼춘광 의논ᄒᆞ여 봐사켜.”

방파제에서 확 일어산 일구는 택시를 탄 집더레 갓다. 동녁칩이 사는 준기삼춘이 보고정 ᄒᆞᆫ 거다.

"게난 일구야, 잘도 속상ᄒᆞ켜. 어떵ᄒᆞ느니게. 시상은 ᄆᆞ음냥 ᄆᆞᆫ 뒈는게 아니라노난 느 생각대로 ᄆᆞ음 ᄃᆞᆫᄃᆞᆫ이 먹엉 이ᄌᆞ부는 방벱을 ᄎᆞᆾ이라. 살당 보민 경 오롯진 오롯질에 상 실 때가 싯곡 ᄒᆞ여도 속창지 뒈쓰지 말곡 덜러운 시상이옝 탓ᄒᆞ지도 말라. 돌라불도 못ᄒᆞ는 느 목심 아니가? ᄆᆞ음이 헬랑헬랑 ᄒᆞ여가건 그 ᄆᆞ음 확 호로쌍 바당더레라도 데껴불곡, 그자 시간이 약이여. 서월에 강 일이년 지남시민 이ᄌᆞ불어진다. 마, 이거 ᄒᆞᆫ 잔 받으라."

준기삼춘은 일구가 제주를 떠낭 일이 년 육지 강 살당 오켄 ᄒᆞᆫ 말에 ᄂᆞ리쓸어 준다. 그 대답을 들으난 일구도 ᄆᆞ음이 하영 게베와젓다.

"어머니 나양. 서월 강 오래 살 건 아니고 일이 년만 그디 시멍 ᄒᆞ고픈 공부도 ᄒᆞ곡 지내당 오쿠다."

"아이고 야이야게. 무사 경 헴디게. 무신 일 시냐?"

"아니우다게. 육지 강 ᄇᆞ름도 쐐우곡예. 그디 간 주멍에 공뷔도 좀 ᄒᆞ곡 쓸만ᄒᆞᆫ ᄌᆞ격증도 땅 오젠마씸. 경ᄒᆞ고, 그 후제랑 장게도 가곡 어머니 공상ᄒᆞ멍 잘 살아보쿠다. 게난 ᄌᆞ들지 맙서양?"

준기삼춘광 의논ᄒᆞᆫ 후제 집이 완 어머닐 설득ᄒᆞ젠 ᄒᆞ난 ᄒᆞ꼼 심들엇주만 일구 ᄆᆞ음이 ᄃᆞᆫᄃᆞᆫᄒᆞᆫ 걸 본 어머니도 허급ᄒᆞ여 주엇다.

뒷녁날.

일구는 총무과에 서월지점 근무를 신청헷다. 서월광 부산지점에서 근무ᄒᆞ켕 신청ᄒᆞ민 에렵지 안ᄒᆞ게 갈 수도 싯고 돌아오는 것도 쉽다.

"일구야, 무사 갑제기 서울이고? 거 궁상ᄒᆞ다이. 이디서 ᄀᆞ닥ᄀᆞ닥 근무ᄒᆞ라게. 그디 가믄 느 생활비광 하영 손핼 건디게."

"하하. 찬용아, 간만이 육지 강 ᄇᆞ름도 쐐우고정 ᄒᆞ고이. 더 철들엉 오켜. 느도 그레 놀레오곡 나도 ᄌᆞ주 ᄂᆞ려오곡 ᄒᆞ마."

"야 일구야, 어디광 어딘디 경 쉽게 뎅겨지나게. 겐디, 수정이가 늘 좋아ᄒᆞ는 모냥이란게 가이도 섭섭ᄒᆞᆯ 건디… 가이만이 ᄒᆞᆫ 여제 눈 싯 치멍 ᄎᆞ아도 못 ᄎᆞ이메. 집이선 잘도 소녜고이."

"하하. 찬용아, 가인 가이대로 다 인생이 실 테고 잘 알앙 살 테주게."

일구는 찬용이 말이 궁작거쪄붸여도 펀두룽ᄒᆞ게 ᄀᆞᆯ앗다.

일구는 어멍광 준기삼춘신디 서월 갈 말을 ᄀᆞᆫ 후제부떤 ᄆᆞ음 정리가 뒈여가고,

"수정일 위ᄒᆞ영이라도 나 훼구가 온 셍각 온 일이고 수정이도 ᄆᆞ심 펜안ᄒᆞ게 날 이ᄌᆞ불곡 새로운 인생을 ᄎᆞ아질 거다. 나는 나고 수정인 수정인 거다. 가이 일은 가이가 알앙 ᄒᆞ고 나 일은 나가 알앙 궁냥헤사 ᄒᆞᆫ다. 서월 간 주멍에 좋은 ᄌᆞ격증도 ᄒᆞᆫ 두어 개 꼭 땅 왕 어머니 잘 못앙 열심이 살자. 정신 출령 이제부떤 술도 뒐 수 시민 입금ᄒᆞ자. 나 심장아, 너도 알아지겠지?"

"……."

일구는 지냥으로 ᄂᆞ리씰어주멍 ᄆᆞ음을 ᄃᆞᆫᄃᆞᆫ이 먹는다.

또 메틀이 지나갔다. 수정이영 갈라산 후제 일구는 더 어른스러와졋다.

"강주임님은 서월에 좋은 여ᄌᆞ라도 신 생이우다양? 호호호. 서울로 가켕 ᄒᆞ는 거 보난."

"예게. 좋은 일사 합주마씀. 친구덜토 싯고 그 널른 시상에 나강 공부도 더 ᄒᆞ멍 좋은 ᄌᆞ격증도 따곡양."

"히야, 강주임님은 뭐가 ᄐᆞ나도 ᄐᆞ난 사름이우다예. 겐디, 어는제 발령은 난덴마씸?"

"잘 몰르쿠다. 다음 ᄃᆞᆯ 돌아오는 정기인ᄉᆞ때 날 텝주."

서월로 근무지를 신청ᄒᆞᆫ 일구신디 ᄉᆞ무실 직원덜 관심이 더 하졋다.

오널도 퇴근시간이 뒈여간다.

ᄒᆞ단 일을 이제 그만 헤사주 ᄒᆞᆯ 때랏다.

"따르릉. 따르릉."

두 번 울린 후제 미스 정이 전화를 받은다.

"예? 강일구씨요?"

그 소리를 욮이서 듣단 일구가 손을 ᄀᆞ로젓은다. 미스 정이 일구의 눈치를 알아ᄎᆞ리고

“아, 강주임님 어디 출장 간 생이우다. 자리에 읏인게마씸.”

전화를 끊은 미스 정이 골은다.

“김수정이렝 ᄒᆞᆫ 여ᄌᆞᆫ게마씸.”

“수정이가?”

일구는 누게 만나고정도 안ᄒᆞ고 구짝 집으로 갈 생각에 손을 ᄀᆞ로젓어신디, 그게 의외로 수정이랏다.

“전활 무사 ᄒᆞ여신고. 에에. 잘 뒛저. 만나지 말곡 시간이 가사 수정이도 ᄎᆞᄎᆞ 날 이ᄌᆞ불어질 거난 질이서 봐져도 멀리서부떠 몰른 첵 피허여사 ᄒᆞᆫ다.”

일구는 수정이광 단절ᄒᆞ여사 서로간이 재게 이ᄌᆞ불곡 좋을 거렌 셍각을 ᄒᆞ엿다.

“허전ᄒᆞ여도 구짝 집으로 가자. 젓어뎅겨봐도 술이나 먹어지곡 궤롭기만 ᄒᆞᆯ 거.”

일구는 ᄉᆞ무실을 나완 질더레 들어삿다. 그때,

“오빠!”

“?”

수정이다. 그ᄉᆞ이 얼굴이 펫벵다리추룩 더 헬쑥ᄒᆞ여진 거 답다. ᄆᆞ음 ᄀᆞᇀ아선 확 쿰엉 등뗑이라도 ᄂᆞ리씰어주고정 ᄒᆞ다. 게도 몰른 첵 ᄒᆞ여산다.

"수정아, 무사?"

수정이는 눈물이 숙닥ᄒᆞ연 싯다.

"오빠, 나영 말 좀 ᄀᆞᆮ게."

둘이는 가차운 다방더레 들어갓다.

"수정아, 우리 만나지 말아사 ᄆᆞ음덜 잡아지메."

"게난 육지로 가불젠 ᄒᆞ염수과? 흑흑…."

일구는 속솜헷다. 아메도 찬용이신디서 그간의 일덜을 다 들은 생이다.

"수정아, 나 생각말앙 ᄆᆞ음 ᄃᆞᆫᄃᆞᆫ이 먹엉 잘 살아사메."

"아니우다. 일구오빠, 나가 잘못ᄒᆞ엿수다. 오빠가 육지로 간덴 말을 들은 후제부떤 못ᄌᆞᆫ뎐 살들 못ᄒᆞ쿠다. 나 혼차 이디서 못살커라마씀. 나가 잘못ᄒᆞ여졋수다. 오빠, 날 용서ᄒᆞ곡 우리 절혼ᄒᆞ게마씸. 불효렌 놈덜이 욕을 ᄒᆞ여도 이젠 부무님도 상관 웃수다. 육지 가지 맙서게. 꼭 가컬랑 나도 ᄃᆞ령 갑서. 흑흑흑."

울멍 ᄀᆞᆮ는 수정이는 ᄀᆞᆯ아보는 말이 아니라 본심이랏다.

부무덜 실망시기지 말젠 일구영 갈라삿주마는 일구가 막상 먼디 간덴 ᄒᆞ난 ᄂᆞ시 안 퉤커란, 일구를 ᄉᆞ랑하는 ᄆᆞ음이 더 커노난, 부무덜이 반대 ᄒᆞ여도 일구신디 가켄 ᄆᆞ음을 고쳐먹은 것이랏다.

“아, 수정아. 겐디이… 고맙긴 ᄒᆞ여도 ᄌᆞ들아졌저게.”

수정이가 얼굴을 버짝 들르멍

“오빠, 나 괜찮아. 오빠만 시민 뒈. 경ᄒᆞ고 세월이 지나민 부무님덜토 ᄆᆞᆫ 이해ᄒᆞᆯ 거라. 그때ᄁᆞ지 ᄎᆞᆷ으멍 살커라.”

“게도….”

“오빠, 나 용서ᄒᆞ여 줄 거지?”

“수정아, 우리 ᄉᆞ이 무신 용서라는 게 싯나. 난 느 ᄒᆞ고정 ᄒᆞᆫ 건 다 ᄒᆞ커라.”

일구는 또시 가심이 탕탕 튀기 시작ᄒᆞ엿다. 시상이 꺼꿀로 돌아가든 웨로 ᄂᆞ다로 돌아가든 아모 상관이 읏다. 나도 수정이만 시민 뒌다.

일구는 지뻣다. 이녁 소곱을 다 털어놓은 수정이가 눈물을 닦으던 손으로 일구의 양착손을 ᄇᆞᆯ끈 심은다.

“오빠, 저, 우리 작전 ᄒᆞ나 세우자.”

“응? 무신 작전?”

일구가 서월로 근무지 신청ᄒᆞᆫ 걸 얼른 취소한 날 ᄌᆞ냑.

일구는 얼건하게 취헷다. 맨정신으론 이 작전을 못 ᄒᆞᆯ 거 ᄀᆞᇀ앗기 따문이다. 성안 동문통에 신 회ᄉᆞ 전무님네 집 앞이 왓다. 초ᄌᆞ냑 수정이영 ᄒᆞᆫ디 밥을 먹으멍 술 두 펭도 ᄒᆞ엿다.

택시에서 ᄒᆞᆫ디 ᄂᆞ린 수정이는 근처에 신 다방에 간 앚안 싯고 일구는 두 펭짜리 허벅술 상ᄌᆞ를 손에 들르고 ᄒᆞ연 초인종을 누루떳다.

"예. 누게우꽈?"

인터폰 목소리. 사모님 목소리 ᄀᆞᇀ으다.

"예 저 회ᄉᆞ에 강일구라고예. 전무님 뵙젠 왓수다."

ᄌᆞᆷ시 후제 대문이 ᄋᆢᆯ아지고 일구는 얼건ᄒᆞ엿주마는 멩심ᄒᆞ멍 과짝 산 들어갓다.

"아니 이거 강주임, 어떠난 영 와져니게? 이레 들어랑 와."

전무님은 노레연 ᄒᆞ멍도 일구를 방으로 들인다.

"전무님 죄송ᄒᆞ우다. 무례를 무릅쓰고 영 ᄎᆞᆽ아붸엿수다."

"알아서. 그레 펜ᄒᆞ게 앚아. 여보, 차나 ᄒᆞᆫ 잔 ᄀᆞ졍 와."

사모님신디 차를 시긴 후제

"게난 강주임, ᄀᆞᆯ아 봐. 일 잘 ᄒᆞ고 착ᄒᆞ곡 녹대씨왕 일 시길만이 멋진 남제가 무사 날 ᄎᆞᆽ아와신고? 거 굼굼ᄒᆞ기도 ᄒᆞ다원."

"예, 전무님, 저 기십내영 바로 말씀드리쿠다. 저 수정이영 절혼ᄒᆞ게 ᄒᆞ여주십서. 꼭 부탁드리쿠다."

"으이? 건 무신 낮도체비 술 먹은 소리라? 아니 게난 우리 조케 수정이를 ᄀᆞᆮ는 말이가?"

"예."

일구가 무럽을 꿀려앚안 고개를 아래로 자울엿다.

"그거 말가 보말가. 그걸 무사 나신디 골암시. 수정이 아방신디 강 골아사주."

일구는 고개를 더 자울이멍 절 ᄒᆞ듯이

"수정이 아부지가 반댈 ᄒᆞ연마씀."

이 정도 뒈난 전무님도 내막을 알아ᄎᆞ린 듯,

"게난 수정인 뭐셴 ᄒᆞ염서?"

"수정인 부무님이 반댈 ᄒᆞ여도 나영 절혼ᄒᆞ켄마씸."

"으하하하하."

전무님 특유의 호쾌ᄒᆞᆫ 웃음소리다. 웃인 후제 캉캉 ᄆᆞ른지침ᄁᆞ지 ᄒᆞᆫ 다음

"야, 강일구. 너 잘도 당돌지다이. 알앗저. 수정이가 좋뎅 ᄒᆞ민 걸로 끗이여. 나가 우리 아시신디 잘 골으마. 겐디 느 정말 잘도 당돌지다이. ᄒᆞᆫ놈역 ᄒᆞᆯ로고나."

"아이고, 전무님 넘이넘이 고맙수다예."

일구는 전무님신더레 멧 번이고 고박고박 절을 헷다.

전무님은 수정이네 큰아방이고 그 집안이서 질 큰 어룬이랏다. 집이서나 바깟디서나 고정ᄒᆞ고 온말만 ᄒᆞ는 존경받는 어룬이랏다.

새살림

일구 어멍은 하간 오몽광 말이 재여지고 일구가 장게가는 게 넘이 지뻔 귀에 걸차진 입게야미가 ᄂᆞ려올 줄을 몰랏다. 일구 어멍이 일구 잔치에 잡으켄 멧 ᄃᆞᆯ 전이부떠 자릿도세기보다 ᄒᆞ꼼 더 큰 수컷 샌도세기 두 ᄆᆞ릴 사단 키왐선게 도세길 잘 멕이멍 키우단 보난 어이에 잔칫날이 ᄆᆞᆫ 뒈엿다.

일구와 수정의 결혼식장.

새스방광 새각시가 ᄄᆞ로ᄄᆞ로 입장ᄒᆞᆫ다. 모다진 하객덜이 큰 박수를 쳐준다.

“히야, 새각시 잘도 곱다이?”

“게메, 새각시가 손해보는 거 ᄀᆞᆮ으다.”

“아니라. 새스방도 잘 생기고 경 떨어지지 안 ᄒᆞ컨게게.”

새스방 새각시가 들어사는 걸 보멍 사름덜이 ᄉᆞ방이서 ᄒᆞᆫ 곡지썩 ᄒᆞ는 말이다.

“오널의 주례선싱님을 소개ᄒᆞ여 안네쿠다.”

나가 ᄒᆞ꼼 이섬직ᄒᆞᆫ 사회자가 마이크를 심엇다.

“오널 주례선싱님은 새스방이 펭소 존경ᄒᆞ여 오는 유멩ᄒᆞ신 시인 이십니다. 그끄르헤 돌아섬에선 질 큰 문학상인 ‘돌아섬문학상’을 수상ᄒᆞ신 양준기 시인님이십니다. 오널 좋은 말 하영 헤줍셍 ᄒᆞ는 고마운 박수 부탁드리쿠다.”

한질에서 갑제기 소네기가 넘어가듯 ᄒᆞᆫ 큰 박수 소리영 ᄒᆞᆫ디 주례가 하객덜신더레 곱삭ᄒᆞ게 인사를 ᄒᆞᆫ 후제 단상에 올른다.

새스방광 새각시 맞절순서.

“새스방광 새각시는 서로 존중ᄒᆞ는 ᄆᆞ음을 담앙 서로 경례!”

이때, 새스방광 새각시가 ᄒᆞᆫ 발자곡썩 물러산 다음에 서로 맞절을 헤사는디 그냥 ᄒᆞ는 ᄇᆞ름에

“쿵!” ᄒᆞ게 머릴 서로 부닥친다.

“와하하하하….” 사름덜 웃음벨탁이 나온다.

주례도 우수운 생인고라.

“하하. 하객 ᄋᆢ라분, 새스방 새각시가 오널부터 열심이 씨름ᄒᆞ영 서로 기십 안 죽어보젠 티각태각ᄒᆞ는 거 아니우다양? 체얌ᄒᆞ는 잔치

난에 서툴런마씀게. 하하하."

"게민 두 번차 시집 장게 갈 땐 익숙엉 잘 ᄒᆞ컨게. 하하하하…."

하객덜도 웃이멍 ᄒᆞᆫ 곡지썩 ᄀᆞᆮ고,

주례사 순서다.

"예. 새스방 새각시신디 우선 축하의 말씀을 드렶수다. 오널이 싯기ᄁᆞ지 새스방 새각시가 ᄋᆢ라가지 에려운 일덜이 한 걸로 알았수다. 다덜 경ᄒᆞ멍 살아가는 게 우리덜 인생 아니우꽈예? 두 사름은 앞으로 놈이대동ᄒᆞ멍 놈덜광도 서로 도웨멍 살아사 ᄒᆸ네다. 아모 사회에서고 귀찮곡 에려운 일 시민 니 멜록 나 멜록 말앙 두 사름이 ᄆᆞᆫ첨 나상 뎀벼들멍 살젱 ᄒᆞ여사 ᄒᆸ니다. 경ᄒᆞ고, 아까침이 서약ᄒᆯ 때 앞으로 열심이 살켕 서로간 가슴에다 대고 큰 소리로 약속도 ᄒᆞ엿고 우린 그걸 다 들엇수다. 뜰림웃이 둘이 잘 살 걸로 믿고 진 말은 안ᄒᆞ쿠다. 심장은 거짓말을 안 ᄒᆸ네다. 지꺼질 때나 부에날 때 심장은 솔직ᄒᆞ게 탕탕 말ᄒᆸ니다. ᄉᆞ랑ᄒᆯ 땐 더 크게 탕탕 말ᄒᆸ니다. 아까 약속추룩 서로간 뜨거운 심장을 꺼주지 말곡 펭승 잘 뛰도록기 서로 ᄉᆞ랑ᄒᆞ고 애끼곡 양보ᄒᆞ곡 존경ᄒᆞ멍 ᄄᆞᄄᆞᆺᄒᆞᆫ 심장 수멩이 ᄆᆞᆫ 뒈영 멈촤질 때ᄁᆞ지 잘 살아가도록 크게 부탁드리쿠다."

"와~" ᄒᆞ멍 ᄍᆞᆲ게 끗난 주례사에 큰 박수를 보내는 하객덜.

그 트멍에 수정은 숙닥ᄒᆞ엿단 눈물을 ᄒᆞᆫ 손으로 ᄉᆞᆯ리 닦은다.

새스방 새각시가 하객덜신디 인ᄉᆞᄒᆞ는 순서.

새스방 새각시가 하객덜신디 오널 ᄎᆞᆷ말로 고맙수덴 인ᄉᆞ를 ᄒᆞ는디 일구 가심에 신 꼿이 털어젼 둥글어가부난 일구는 확ᄒᆞ게 나산 그꼿을 줏언 돌아온다.

"와하하하…."

사름덜은 또시 ᄒᆞᆫ바탕 웃고, 일구도 어이가 읏어신고라 벵섹이 웃는디, 새각시도 못 ᄎᆞᆷ은 듯 부치롭게 웃인다. 새각시가 웃이는 걸 본 하객덜은 더 ᄌᆞ미가 난 듯,

"저거 보라게. 새각시가 웃이민 똘이렝 ᄒᆞ는디게. 크크크."

객석에서 웃이멍덜 소근닥거리는 소리다.

예식 마즈막 순서인 새스방 새각시 퇴장이다. 둘이 폴짱을 찌고 피아노 반주에 맞촨 퇴장을 ᄒᆞ는디 중간쯤 와실 때다. 하객덜 트멍이서 어떤 여제 ᄒᆞ나가 엉둥패길 ᄆᆞᆼ글ᄆᆞᆼ글ᄒᆞ멍 나산다. 보난, 입바울 벌겅케 칠ᄒᆞ고 큰큰ᄒᆞᆫ 코트를 입은 불진 비바리랏다. ᄉᆞ뭇 부에가 난 사름추룩 ᄒᆞᆫ 양지는 똑기 누겔 심어먹음직ᄒᆞ다.

새스방 새각시 앒이 완 딱 막아사멍

"일구씨, 날 발로 차 뒹 영ᄒᆞ여도 뒙네까?"

사름덜은 ᄆᆞᆫ 입을 ᄌᆞᆷ갓다. 예식장 안이 갑제기 써넝헤졋다.

겁난 수정은 양지가 설피영ᄒᆞᆫ 거추룩 벤ᄒᆞ여지멍 온몸이 ᄃᆞᆯᄃᆞᆯ 털

어지는 생이다.

"게난, 나가 ᄒᆞ고정 ᄒᆞᆫ 말은 나 ᄀᆞᇀ은 건 발로 차고씨고 관결치 아니 ᄒᆞᆫ디, 그 ᄌᆞᆺ디 손 심언 산 새각시랑 떼여불젱 ᄒᆞ거나 절대 차지 말렝 ᄒᆞ는 말이우다. 게고, 수정씬 일구 폴을 지금추룩 ᄇᆞᆫ 쉐영 잘 살곡마씸. 하하하…."

그 여제가 입엇단 코트를 확 젯힌다.

"팡!"

사름덜이 폭죽소리에 금착ᄒᆞᆫ다.

보난, 폭죽이 터진 그 코트 소곱이서 뽕뽕 욺은 부끌레기덜쾅 종이에 쓴 '일구! 수정! 영원ᄒᆞ라, 축하ᄒᆞᆫ다!' ᄒᆞᆫ 축하글광 오색 테이프덜이 줄쭈런이 나온다.

여제가 손으로 확 지 머리를 벳긴다. 여장ᄒᆞᆫ 찬용이랏다.

"와하하하하하…."

긴장ᄒᆞ던 예식장 안에 배술 그차지는 소리덜.

"이ᄍᆞ석! 느 ᄀᆞᇀ은 건 차불겠다!"

ᄒᆞ멍 일구가 돌려간 찬용이를 팍 차는 체 ᄒᆞᆫ다. 또시 ᄒᆞᆫ바탕 웃임소리덜. 예식은 웃임벨탁 소곱이서 잘 ᄆᆞ쳐젓다.

새스방광 새각시 하객덜이 ᄄᆞᄅᆞᄄᆞ로 빼쓸 탄덜 갈라지고, 새각시칩 상객덜이 ᄯᆞ로 준비ᄒᆞᆫ 족은 버스를 탄 새스방칩일 간다.

새스방칩 가는 질은 포장이 안퉤여노난 몬지가 팡팡 나는 질이랏다. 질바닥도 ᄌᆞᆫᄌᆞᆫᄒᆞᆫ 작지를 ᄁᆞᆯ아노난 차가 타글락타글락ᄒᆞ멍 차 탄 사름덜을 ᄒᆞᆫ들ᄒᆞᆫ들 춤을 추게 ᄒᆞ곡 잘도 불펜ᄒᆞ다.

“안적도 영ᄒᆞᆫ 동네가 싯구나이.”

“거 ᄌᆞᆷᄌᆞᆷᄒᆞ여게.”

상객덜 중에 누겐가 ᄀᆞᆮ고 또 누겐가 대답ᄒᆞ는 말이다.

새스방칩 올레에는, 소낭 두 개 그차단 양 욮이 세와놓고 꼿핀 돔박꼿 가젱이덜 걲어단 그 소낭더레 주랑주랑 얽아놓고 풍선덜 ᄋᆢ나문 개 ᄃᆞᆯ아 놘 오색 테이프덜이 이레저레 뱅뱅 갱겨졋고 가운디 큼직ᄒᆞᆫ 글로 ‘축 잔치! 새스방 강일구 새각시 김수정!’을 썬 붙여놘 잔치칩 테를 닮암직사리 내엿다. 게도 이건, 이웃 사름덜쾅 일구 친구덜이 일구를 축하ᄒᆞ는 ᄆᆞ음으로 멩심ᄒᆞ연 세와 준 거다.

겐디, 새스방칩일 들어사 보거들랑,

마당엔 비가 ᄀᆞᆯ랑 질락질락ᄒᆞ는 생인고라 이힛돌덜이 놔젼 싯고 낭뎅이눌도 이신디, 집은 초집을 지붕개량ᄒᆞᆫ 아홉 펭 퉤는 넘이 황당ᄒᆞᆫ 스레트집이고 비 들이 뻼직 ᄒᆞᆫ 집이랏다. 문덜ᄁᆞ지 도비를 ᄆᆞᆫ ᄒᆞ엿주마는 장항뒤에 보난 ᄐᆢ라진 장항굽광 물이나 새염직ᄒᆞᆫ 헌헌ᄒᆞᆫ 장항덜쾅….

"이거 우리 수정이 시집 잘못 왒저이?"

소나이 상객 ᄒᆞ나이가 담벨 팍삭팍삭 피우멍 천징기가 신 듯ᄒᆞᆫ 목소리로 문첨 입을 들른다.

"게메게. 아까 그 거세기, 문지 팡팡 나는 니커리 질광…."

"아이고, 우리 수정인 얼굴도 곱주마는 착ᄒᆞ곡 ᄆᆞ음도 고와노난 잘도 부제칩이서 ᄃᆞ려갈 거렌덜 생각ᄒᆞ여신디게. 이거, 볼수록 속만 상ᄒᆞ여졊저이."

"게난, 새스방 새각시가 ᄄᆞᆫ디 강 ᄄᆞᆫ사념 살지 안ᄒᆞ고 시집 식솔덜이영 ᄒᆞᆫ디 살 거엔 ᄒᆞ여고나."

"게메, 다 이녁 팔ᄌᆞ엔덜 ᄀᆞᆮ주마는, 하영 섭섭ᄒᆞ여붸다이."

"ᄋᆞ따가라, 이 좋은 날에 경 허지렁ᄒᆞᆫ 말덜 ᄒᆞ지 말아. 퀜결치 안ᄒᆞ여게. 앞이 창창ᄒᆞᆫ 사름덜인디… 수정이가 좋안 ᄒᆞ는 잔치기도 ᄒᆞ난 이녁네가 알앙 앞으로 잘 살아가민 뒈는 거주기. 언치냑 가문잔치 ᄒᆞᆯ 때 누게산디가 새스방이 뒈벨라지지도 안ᄒᆞ고 퉬성부르는 착ᄒᆞᆫ 청년이엔 ᄒᆞ여고게. 우리가 이디서 아명 ᄀᆞᆯ아봣자 저 새스방 새각시 잔치난 속솜덜 ᄒᆞ여게."

신부칩이서 온 상객덜은 크게 소리내영 ᄀᆞᆮ진 못ᄒᆞ고 ᄉᆞᆯᄉᆞᆯ 수정일 위ᄒᆞᆫ 소리광 섭섭ᄒᆞᆫ 말덜을 소곤닥거렷다.

게도 마당 ᄒᆞᆫ 펜이 ᄎᆞ린 일청은 ᄌᆞ를지고 잔칫날 상은 푸지다.

얄로랑ᄒᆞ고 얄룬얄룬도 ᄒᆞ게 지진 빙떡 따우 보통 때는 먹어보들 못ᄒᆞ는 음식덜광 술에….

체얌엔 ᄆᆞᆫ주굿ᄆᆞᆫ주굿 상더레 손덜이 얼른 안 간게마는 시간이 ᄒᆞᄊᆞᆯ 지나가난 ᄆᆞ음덜이 풀어진 생인고라 ᄒᆞᆫ 사름은 양복 마고지도 벗어 놘 포쉬ᄒᆞ고 분위기덜이 좋아져 갓다.

ᄒᆞᆫ참 맛좋게덜 먹는 시간이 가고 이제 사둔열멩 시간이다.

“게도, 오널 예식장 분위긴 잘도 좋읍데다양?”

“ᄆᆞᆫ 사둔님덜 덕분이우다게. 날세도 춤 좋고양.”

“아니우다게. 다 새스방칩 복이우다게.”

“아니라게. 오널 새스방 새각시 복이라게. 잘덜 살렌 하늘이 복을 주는 거주기.”

“겐디 새스방 새각시넨 무사 빨리 안왐신고게. 빨리 왕 인ᄉᆞᄒᆞ곡 ᄆᆞ쳐사 우리도 돌아갈 건디….”

“아이고 사둔님 잔이 비엿수다양. ᄒᆞᆫ 잔 더 올리쿠다.”

이런 저런 덕담이왁덜광 주고 받는 술 소곱이서 분위기는 그런대로 좋다. 바깟디서 자작이는 소리가 들련게 새스방 새각시가 들어산다.

“ᄒᆞ꼼덜 인칙 오주마는, 벗덜이 놓아주질 안ᄒᆞ여냐?”

“경덜 ᄒᆞ여실 거여게. 알앗저, 확ᄒᆞ게 옷 ᄀᆞᆯ아입곡 이레 들어왕 큰

절도 ᄒᆞ곡 술도 ᄒᆞᆫ 잔썩 안네곡 ᄒᆞ라."

오널 주레도 보곡 ᄒᆞᆫ 동녁칩이 사는 준기삼춘이 궨당도 벨로 읏인 일구를 위ᄒᆞ연 대반앚안 상객덜도 못아주곡 ᄋᆢ라가지 시겨도 주곡 ᄒᆞ엿다.

예펜 상객덜토 골롬 잘 고쳐매고 사둔간이 인ᄉᆞ 문 끗난 후제난 새스방 새각시는 그 안에 신 양착 사둔덜신디 ᄒᆞᆫ꺼번에 큰절을 ᄒᆞᆫ다. 경 ᄒᆞ고 새스방 새각시가 그디 신 어르신덜신디 고박고박 절을 ᄒᆞ여가멍 술 ᄒᆞᆫ 잔썩 ᄄᆞ라 안넨다.

"큰아버지, 잘도 고맙수다양."

일구가 새각시칩 상객 중이 문장어룬인 수정이 큰아방신디 정중ᄒᆞ게 ᄒᆞᆫ 잔 올리멍 드리는 말이다.

"기여, 느 우리 수정이 잘 ᄃᆞ령 살멍, 돈도 모둡곡 집도 새로 짓곡 잘 살아사 ᄒᆞᆫ다이?"

"예. 알앗수다. 똑 경ᄒᆞ쿠다."

에염에 신 처가칩 어른덜토 ᄒᆞᆫ 곡지썩 골은다.

"살암시민 살아지메게. 열심히 사는 걸 우리가 메날메날 ᄉᆞᆯ펴보커라이. 경만 안ᄒᆞ엿당은 큰일날 중 알라이?"

부탁 반 을름장 반이랏주마는, 일구가 ᄄᆞ라진 목소리로 대답을 ᄒᆞ엿다.

"걱정 안뒈게시리 꼭 잘 살쿠다."

영훈 후제,

새각시칩 상객덜이 떠날 때 수정이는 양지 ᄀ득 눈물범벅이랏다.

아옵 펭 헌헌훈 스레트집이라도 방이 두 개다.

어멍광 누이덜은 새스방 일구영 메누리를 위ᄒ연 큰 방을 신혼살렴 방으로 내주고 족은 구들이서 좁작ᄒ게덜 살앗다. 새각시 수정이는 절혼ᄒ멍 직장도 그만두엇다. 아기도 나살 거 뜬 사름 눈칠 보고정치 안ᄒ덴 퇴직을 ᄒ여분 것이다.

일구아방이 인칙 죽어부난 시아방 못아사 훌 일은 읏엇고 시어멍 모시멍 우영팟디 검질도 메곡 농시를 도웨멍 살아갓다.

절혼ᄒ연 ᄒᆞᆫ 해만이 아기도 생겻다.

아ᄃᆞᆯ이랏다. 일구어멍은 허우덩싹 춤추멍 손질 업엉 온동네 자랑ᄒ레 뎅김으로 바쁘고 놀아갈 듯 지꺼젼 헷다. 겻도 그럴 것이 일구어멍은 아ᄃᆞᆯ을 잘도 귀ᄒ게 네기곡 비념ᄒ단 일이라노난 뭐센 말로는 다 곧들 못훌 정도랏다.

일구도 좁작훈 집을 얼른 틀어뒁 새집을 짓어사주 ᄒ는 ᄆᆞ음이 ᄀ득아노난 에려운 살렴에서도 집을 짓젱ᄒ는 ᄆᆞ음이 앞산, '주택부금'에도 들고 열심히 돈을 모도왓다.

"이게 행복이렝 ᄒ는 것이로구나." 생각ᄒ여가멍….

아돌 준이는 건강ᄒᆞ고 곱게 잘 커갓다. 준이 업게질은 할망이 거자ᄒᆞ고, 할망은 아기가 싼 똥이라도 할람직이 아기를 궤삼봉ᄒᆞ엿다.

일구도 회ᄉᆞ생활을 열심이 ᄒᆞ멍 준이를 난 후제부떤 엔간ᄒᆞ민 어드레 나사젱도 안ᄒᆞ고 집더레 ᄒᆞᆫ저 가주기 ᄒᆞ멍 술도 족영 먹엇다.

어느 ᄂᆞᆯ. 사무실도 한걸ᄒᆞᆫ 날이다. 전화가 울린다.

"예, 강일굽니다."

"아이고, 일구야. 큰일낫저. 준이가이? 흑흑흑, ᄒᆞᆫ저 대한빙완더레 오라보저. 흑흑."

"알앗수다양. ᄀᆞᆫ 가쿠다."

어멍이 와리는 말에 대답을 ᄒᆞᆫ 일구는 ᄉᆞ무실을 바로 나완 택실 타고 빙완으로 ᄃᆞᆯ앗다.

"무신 일인고게. 이거 보통 일이 아니고 큰일인 생이여…."

응급실 앞이 어멍광 각시가 셧다.

"어떵ᄒᆞᆫ 일이우꽈? 어머니."

일구어멍은 대답을 안ᄒᆞ고 고개만 ᄀᆞ로젓인다.

"여보, 무신 일이라 ᄀᆞᆯ아봐. 준이가 어떵 뒈연?"

수정이는 일구의 말에 대답도 못ᄒᆞ고 천장만 붸리멍 눈물을 흘친다.

준이가 죽은 것이다. 이제 제우 걷는 걸 알안 까르르 웃이멍 걸어뎅기는 걸 좋아ᄒᆞ단 준이다. 마당광 우영팟 ᄉᆞ이에 돌로 다와진 울담이 ᄒᆞ꼼 싯다. 경 높으진 안ᄒᆞ여도 일구 웃둑지만이 올라온 울담이다.

그날은 온고롱ᄒᆞᆫ 날이랏다.

시어멍은 어디 웨방에 가불고 일구각시는 마당이서 노는 준이를 붸리멍, 우영팟 가량다리에 싱근 ᄎᆞ마귀광 ᄆᆞᆫ 굿벌어진 배추광 동산놈삘 뽑아단 짐끼나 ᄒᆞ여보카 다듬으멍 실 때랏다.

마당구석이서 이거저거 붸리멍 놀단 준이가 ᄆᆞ르지고 휘여진 울담을 밀려진 생인고라 아이 머리더레 담이 와르르 물아져분 거다. 일구각시가 ᄃᆞᆯ려간 준이를 일려세와도 옴짝도 안ᄒᆞ는 아덜 머리에서 손아지는 피를 문직은 것 뿐이고 준이는 꽉 입ᄀᆞ문 냥 의식이 웃엇다.

“아이고 우리 아기 죽없수다게. 그디 누게 웃수과? 엉엉. ᄒᆞ꼼 도웨줍서게.”

일구각시가 울멍 웨우르는 소리에 한질에 지나가단 동네 사름 ᄒᆞ나이가 완 ᄒᆞᆫ디 아길 안안 빙완더레 ᄃᆞᆯ려갓주마는 아은 벌써 숨이 그차진 후제랏다.

빙완이선 말 ᄒᆞᆫ 곡지,

“죽어신게마씀. 방벱이 웃수다.” 이거 뿐이랏다.

뇌를 다치고 즉사ᄒᆞᆫ 것이다. 이왁을 들은 일구는 갑제기 눈앞이 부영헤지멍 현기증이 낫다. 휘칙ᄒᆞ멍 소파더레 앚앗주마는 정신이 웃엇다.

그로후제 일구어멍광 일구각시는 두려분 거 닮앗다. 일구의 출퇴근도 들러데껴두고 어멍광 메누리 둘이서 안앙 흘착흘착 우는 게 거자 ᄒᆞ루헤원이랏다. 눈물 콧물이 두사름 양지에 몰라부뜬 거멍ᄒᆞ게 뒈고 둘 다 경ᄒᆞ당 죽어붊직도 ᄒᆞ여 붸엿다.

"너가 아기를 잘 안봐부난 경 뒛네게."

체얌엔 각시 가심에 송곳 찔르듯 후려 원망도 ᄒᆞ여졋주마는

"이게 아니다. 나가 정신을 출려사켜." ᄒᆞ멍, 어멍광 각시 걱정에

"어머니, 여보, ᄒᆞᆯ 수 웃인 일이난 얼른 이ᄌᆞ붑주게."

"……."

"어떵 말이우꽈. 하늘이 문 정헤 논 일이난…."

"경ᄒᆞ젱 ᄒᆞ여도 경 못ᄒᆞ켜게. 흑흑흑."

할망은 잘도 설루완 ᄒᆞ엿다.

"흑흑. 우리 불쌍ᄒᆞᆫ 준이. 나 따문에…, 아이고 불쌍ᄒᆞᆫ 준이야. 엉엉엉."

각시는 또시 목놓안 운다. 각시는 울기 시작ᄒᆞ믄 멧 시간이고 웝더졍 운다.

"여보, 이녁 따문이 아니난 넘이 궤로왕 ᄒᆞ지 말아게."

양지에 흙은 눈물방올을 흘치멍 각시를 달래는 게 ᄒᆞᆫ 둘은 건줌 넹긴 거 ᄀᆞᇀ앗다.

넘이 기가멕히난산디 일구도 아모 생각읏이 눈물이나 나오곡 뚜럼 ᄀᆞᇀ이 할락산이나 붸려지곡 ᄒᆞ엿다. 준이가 갑제기 나타낭 웃이멍 이녁 쿰더레 들어올 것만 ᄀᆞᇀ으다. 게도 눈 ᄒᆞᆫ 번 더 끄막거령 정신출리민 텅 빈 가심이 잘도 아프게 느껴진다.

어멍광 각시광 누이덜이 ᄒᆞᆫ디 셔도, 일구는 무사산디 시상이 ᄆᆞ숩고 웨로운 생각만 들기도 헷다. 절제ᄒᆞ던 술만 일구 소굽더레 복젱이 똥물먹듯 들구 들어가는 것이다. 그자 정신읏이 살아사 ᄒᆞ루가 제우 넘어간다.

일구는 꿈을 꾸고 이섯다.

책광 감제를 풀젠 나산 모냥이다. 둑지엔 도빗짐이 둘러메젼고 그 짐 소굽엔 하간 책덜쾅 둥클둥클ᄒᆞᆫ 지슬이 들언 신 거 ᄀᆞᇀ앗다.

일구는 내창 짚은 물더레 걸어 들어갓다. 겐디 물 소굽이라노난 휘는 게 넘이 심들다. ᄀᆞᆯ라앚지 말젠 폴다리를 허우작거렷다. 아멩ᄒᆞ여 봐도 물 소굽 짚은더레만 이녁 몸이 ᄂᆞ려간다.

갑제기 물 소굽이 큰 엉장으로 벤ᄒᆞᆫ다. 엉장알더레 털어질 판이다. 바우 ᄒᆞ나를 불끈 심언 바들랑거려보주마는 심이 ᄒᆞ나토 읏다. 어이에 터올르는 생각! "이럴 때 진진ᄒᆞᆫ ᄉᆞ다리 ᄒᆞ나 셔시민…."

어드레산디 오래 털어진다.

높은 디서 탁 털어진 거 ᄃᆞᆱ은디 몸에 통징이 ᄒᆞ나토 읏고 이녁은 엿날 두린 때 봐난 내창에 와젼 싯다. 그딘 저싱이나 가사 봐짐직훈 벨벨훈 꼿덜광 무신 욜메산디 지랑지랑 돌련 셧다.

내창 가운디 큰 바우 우티선 산신백관덜이 모다젼 가스치기광 지꾸땅을 호멍 컬컬컬 웃인다. 내창염이 신 혹교 운동장이선 ᄋᆢ남은 술 뒌 준이가 벗덜이영 자작거리곡 청에좃이멍 방칠락, 구녁치기, 때기치기, 펭도로기도 굴리멍 놀고 이섯다.

아이덜은 잘도 핫다. ᄆᆞᆫ들락이 벗언 불차지광 붕알ᄁᆞ지 내 논 아이덜부떠 머리에 꼿을 싱근 냥 줄레를 타는 비바리덜ᄁᆞ지 자작자작 호멍덜 놀암섯다.

"아, 준이야! 이디가 어딘고?"

주벤을 술피는 어이에 준이광 ᄋᆞ동패 아이덜이 혹교 운동회 때 호는 큰 공을 뱅도로로 궁그리고 잇다. 그 에염서 곱닥훈 꼿 훈 다불 들른 수정이가 이녁신디 시집 오기 전 모십으로 보고 잇다.

좀시 후제, ᄄᆞ 아이덜광 놀던 준이가 일구신더레 완 말도 웃이 어부바도 호고 둑지몰도 탄다. 일구는 준이를 업은 냥 놀아짐직 넘이 지꺼젼다.

혹교 운동장 구석 큰 녹낭 아래 ᄀᆞ만이 앚앗단, 아방 얼굴은 아니라도 아방이라 셍각뒈는 하르방 호나이가 앞더레 완게마는,

"이놈아, 느 경 술만 처먹엉 살아지커냐? 못생긴 놈 호여당… 느가 정신 출려사 식솔덜토 ᄆᆞᆫ 살아진다. 이 귀껏 닮은 거 호고는…."

입만 아옷아옷 ᄒᆞ는 거 닮아도 일구의 귀엔 그 말 소리가 분멩ᄒᆞ게 들렷다.

경 ᄀᆞᆮ는 하르방을 또시 붸려보난 그 하르방이 어느 ᄉᆞ이에 정말 아부지로 벤ᄒᆞ연 셧다. 아니다. 또 ᄌᆞ세이 보난 모르세기 모냥 ᄒᆞᆨ교 운동장 에염 천막에서 혼차 술을 먹단 ᄇᆞᆯ고롱ᄒᆞᆫ 준기삼춘 양지랏다.

"아버지!"

ᄌᆞᆷ에서 깨여나멍도 이녁이 아부질 불르는 소리가 분멩 들린 거 ᄀᆞᇀ으다.

방 천장에 아까ᄁᆞ지 ᄀᆞ득앗단 벨덜이 단박에 ᄆᆞᆫ 털어져 불고 그 자리에 두린 때 하늘더레 올리멍 놀앗던 가골라비연이 꼴랑지를 흥그는 거 ᄀᆞᇀ앗다. 이녁 ᄒᆞᆫ 손에 들렷던 ᄇᆞ름도로기도 어디로사 가신지 읏어졋다.

지치다. 허드랑ᄒᆞᆫ 꿈 소곱서 어딜 경 딱 지치게 젓어뎅겨져신디사 온몸에 몰강짱광 하간 뻬덜이 녹삭ᄒᆞ여붸다.

"아버지!" 영 ᄒᆞᆫ 소리에 각시도 눈이 터진 생이다. ᄀᆞ만이 일구를 붸리는 각시 눈이 벌겅케 울어난 걸 알게 ᄒᆞᆫ다.

동네 애향운동장 에염엔 자귀낭덜이 ᄇᆞᆯ고롱ᄒᆞᆫ 꼿을 페완 춤을 춘다. 그 에염 바닥에 ᄌᆞ밤낭이 털어치운 선선ᄒᆞᆫ ᄌᆞ밤덜이 ᄉᆞᆯ그랑이 모다진 디도 싯고 ᄇᆞ스스ᄒᆞ니 널어젼 싯기도 ᄒᆞ다. 공일날이고 ᄒᆞ연 일구가 오랜만에 각시 손 심언 나산 거다.

자귀낭이 낮인 꼿광 섭상궐 문 페왕 굴메를 지와주난 그 아래 앚이민 선선ᄒᆞ기도 ᄒᆞᆫ다.

“여보, 우리 준이 좋은 시상에 가실 거라. 이제랑 준이 생각 그만ᄒᆞ고 열심이 살아보게이?”

준이 일름만 ᄀᆞᆯ아가도 눈물부떠 나오는 각시다.

“흑흑흑.”

각시 우는 소리에 일구도 코가 씽ᄒᆞ멍 눈물이 숙닥ᄒᆞ여졋주마는 꽉 ᄎᆞᆷ으멍

“이젠 그만 울어게. ᄒᆞᆯ 수 읏인 일이고 준이 운멩이고 우리 운멩이라. 준이가 이걸 봤젱 ᄒᆞ민 우리가 메날 우는 걸 좋아라ᄒᆞ지 안ᄒᆞ메. 이녁도 이제 ᄆᆞ음 ᄃᆞᆫᄃᆞᆫ이 먹엉 살아.”

시간이 약이엥 ᄒᆞᆫ 말이 맞는 생이다.

두가시 눈에 운동ᄒᆞ레 나완 뎅기는 오곤 사름덜 모십이 ᄌᆞ세이 봐지기도 ᄒᆞ고 역불 ᄑᆞᆯ을 크게 내훈들멍 걷는 사름이 우수완 ᄀᆞᇀ이 웃어지기도 헷다.

경 울멍시르멍ᄒᆞ던 각시도 ᄎᆞᄎᆞ ᄆᆞ음이 페와져 가기 시작ᄒᆞ엿다.

시간이 가고 다음해엔 ᄄᆞᆯ광 또시 두해 지나난 아ᄃᆞᆯ이 생겻다. 경ᄒᆞ

난 일구네는 하늘로 가분 아돌 준이 셍각도 거자 이ᄌᆞ불어지고, 어멍을 열심이 모시멍 ᄆᆞ을 일도 봉사ᄒᆞ곡 잘 살아갔다.

상량식과 어머니

"상량이오, 상량이오, 상량이오!"

초불 공거리ᄁᆞ지 친 집 옥상 난간 ᄒᆞᆫ가운디쯤에 장ᄃᆨ 모게기를 질게 눅져놓고 쉰 소리로 웨울른 목쉬. 하늘 ᄒᆞᆫ 번 거쓴 붸린 후제,

"탁."

높이 들렷단 나대를 아사 ᄂᆞ리친다. 장ᄃᆨ 모게기가 옥상 알러레 털어진다. 목쉬는 피 찰찰 흘치는 ᄃᆨ 놀게기를 심어둠서 이층 옥상 니 귀마다 뎅기멍 피를 칠ᄒᆞᆫ 후제, 그 장ᄃᆨ을 아래층 마당더레 휏 데낀다.

털어지멍도 놀게기를 페와보젠 ᄒᆞ는 장ᄃᆨ.

'탈싹!'

털어진, 목 읏이 피가 ᄀᆞ왕ᄒᆞᆫ 장ᄃᆨ이 각중에 파들락 일어산게마는 어틀락비틀락 이레저레 ᄃᆞᆫ는다. 머리가 읏이난 저싱인지 이싱인지 ᄀᆞᆸ가르지도 못ᄒᆞ곡 울르멍 뭐셴 ᄀᆞᆫ질 못 ᄒᆞ여도 아멩이나 살아사켄 ᄒᆞ

는 심장은 산 생이다. 몸질치멍 땅 우티를 벌겅케 둥굴단, 울담더레 콕 박아젼 바동귀단 느랏ᄒᆞ여진다.

아칙이 비가 오라나난산디 가차운 서우녁펜 문악광 신제주 ᄉᆞ이 뒷 펜으로 쌍고지가 터둠서 알롱알롱ᄒᆞᆫ다.

동녁칩 준기 삼춘광 멧멧 동네 사름덜광 ᄒᆞᆫ디 상량식을 붸리던 일구는 ᄄᆞ가ᄄᆞ가ᄒᆞ멍 섭지그랑ᄒᆞᆫ 생각도 들고 그 ᄃᆞᆨ이 눈어쁘기도 헷주만 느량 꿈에 시꾸던 이녁집을 짓어지는 코삿ᄒᆞᆫ ᄆᆞ음이 더 컷다.

아옵 펭짜리 초막살이에서 가난ᄒᆞ고 서난ᄒᆞ게 살멍도 후제에 똑기 놈덜 ᄀᆞᇀ이 새 양옥칩을 짓으켄 두린 때부터 곡심먹어오단 나 서른 다섯에 오라리 묵은 집터더레 앚지는 제위 쑤무나문 펭 뒈는 헐찍ᄒᆞᆫ 집이주마는, 요ᄀᆞ리엔 집 짓는 일이 메날메날 지꺼젼 혼차 이실 땐 허우덩싹도 ᄒᆞ고정ᄒᆞ엿다.

"준기삼춘, ᄃᆞᆨ다리 ᄒᆞ나 튿읍서게. 이 술도 ᄒᆞᆫ 보시 ᄒᆞ곡양."

일구가 한일소주펭광 주젠지에 담은 탁베기를 들런 뎅기멍 그디 모다든 사름덜신디 ᄎᆞ례ᄎᆞ례 권ᄒᆞᆫ다.

"여보, 이디 짐치 더 ᄀᆞ져와게."

"정반장님, 꺼렝이 따믄 ᄒᆞ쏠 꺼러울 거우다마는 이레 앚입서게."

영덜, 상량식 끗나고 마당더레 콩 털어난 거랑거랑ᄒᆞᆫ 각메기 꼴아

앚고덜 ᄉᆞᆱ은 독을 안주로 술잔덜을 돌린다. 일구가 들뜬 목청으로 이웃덜을 대접ᄒᆞ고 각신 독을 ᄉᆞᆱ아온다 죽도 끓려간다 화륵화륵 음식 출림에 저를지다.

마당을 둘른 시멘트블록 울담은 가릿가릿 칮어지고 야쏠 너러졋주마는 이로후제 천상 몰아뒁 새로 다울 울담이다.

그 울담 에염에 구에꼿이 모도락이 피연 싯다. 짓어지는 집이 코삿ᄒᆞᆫ 생인고라 꼿도 더 불고롱이 웃인다.

아까침이, ᄀᆞ꼬닥 소리 ᄒᆞᆫ 번 못 ᄒᆞᆫ 머리 웃인 장독이 이싱인지 저싱인지 몰란 허닥허닥 ᄒᆞᆯ 때 애그차지던 ᄆᆞ음은 좀시뿐 ᄀᆞᆺ 앙글아불엇다.

꼿은 이녁이 곱닥ᄒᆞᆫ 중 몰른다. 고운 ᄆᆞ음만 시상에 내보낼 뿐이다. 사름덜은 꼿이 곱뎅만 ᄒᆞ주 꼿ᄆᆞ음이 곱뎅은 ᄀᆞᆫ지 안ᄒᆞᆫ다. 거언ᄒᆞᆫ 꼿향기가 꼿모냥이 아니라 꼿가심인 걸 잘 몰른다.

일구네 구에꼿은 오널도 뿔리에서부떠 셍각을 올리멍 눈이 벌겅케 심장의 ᄆᆞ음을 시상에다 ᄀᆞᆷ진다. 사름덜은 먹음에 바빠도 구룸 소곱에 곱앗단 나온 해는 중천에서 또시 기십을 살린다. 시상에 ᄀᆞᆷ져진 거언ᄒᆞᆫ 꼿향길 ᄎᆞᆽ아든 소왕벌 ᄒᆞ나 구에꼿에 앚인다. 꼿이 벌을 쏘옥 쿰어 안은다. ᄀᆞ슬이 ᄉᆞᆯ째기 익어간다. 상량식 ᄆᆞ친 집을 보멍 일구의 ᄆᆞ음도 ᄎᆞᄎᆞ 익어갓다.

그 상량식 날.

일구가 두린 때부떠 그추룩 곡심먹어온 새 집을 짓언 상량식을 ᄒᆞ난, 손지 둘을 얼렁쉬ᄒᆞ멍 보단 일구어멍의 눈에는 놈털 몰르게 눈물이 잘잘 나왓다. 이녁이 이디ᄁᆞ지 살아온 생각광 아둘 일구가 어룬이 뒈고 아이아방이 뒈고 반득ᄒᆞᆫ 직장엘 뎅기멍 이 꿈 ᄀᆞ튼 새 집을 짓는 걸 보난 지꺼젼 눈물이 헤원 나오는 것이랏다.

일구는 상량식에 하간 일덜 도웨멍도 어머니 눈물 앞이 간,

“어머니, 울지 맙서게. 지꺼젼 울없지양? 이 집 짓은 것도 다 어머니 덕분이우다게. 어머니가 문 거념ᄒᆞ여주난 집도 영 짓어지는 거라마씀.”

손을 심어드리기도 ᄒᆞ곡 이녁도 지뻔 ᄆᆞ음으로 ᄀᆞ치 눈ᄂᆞ람지가 적져지기도 ᄒᆞ엿다.

경ᄒᆞᆫ디, ‘호사다마’엥 ᄒᆞᆫ 말이 일구네 집에 들어산 듯,

상량식 지난 ᄒᆞᆫ 보름 후제부떠, ᄒᆞᆫ시 반시도 잘 앚지 안ᄒᆞ는 어머니가 자꾸 눅젠만 ᄒᆞ여가멍

“나 몸이 이상ᄒᆞ다. 무신 동티가 들어신가원. 아뭇상웃이 막 못ᄌᆞᆫ디고 궤로와만 뷀다.”

누워둠서 입맛도 읏다, ᄌᆞᆷ도 못 자켜, 하간디가 못ᄌᆞᆫ디다 ᄒᆞ연 빙완엘 가신디 벵구완 ᄒᆞᆯ 때가 지나분 중빙으로 입원ᄒᆞ연 ᄒᆞᆫ ᄃᆞᆯ만이 돌

아가셧다. 그동안 몸이 ᄒᆞᆫ쏠 이상헤 뷔여도 그냥 촘으멍 산 것이다.

일구는 정말 을큰ᄒᆞ고 칭원ᄒᆞ엿다. ᄒᆞ나 이신 아둘 믿언 펭승을 살아온 어멍인디, 효도 ᄒᆞᆫ 번 졸바로 못ᄒᆞ여신디, 이제사 ᄒᆞᆫ꼼 페와젼 잘 공상ᄒᆞ여보젠 ᄒᆞ여신디, 일구는 장밧디서 어멍 산소 우티 엎더젼 꺼이꺼이 울엇다. 사름덜 ᄋᆢ라이가 들언 일려세울 때ᄁᆞ지 큰소리로 팡팡 울어졋다.

춘식이

오래 전이, 알동네 삼대독자인 김성국 씨는 나으가 쉰이 문 뒈고 ᄄᆞᆯ은 ᄒᆞ나 셔도 아ᄃᆞᆯ이 읏언 양제를 ᄒᆞ나 들엿다. 게도 이녁광 번찍 달른 우더니 보단 먼 궨당칩 ᄌᆞ손이라도 들여사켄 ᄒᆞ연, 팔춘 아시가 어디 술칩서 어지림탕쉬 ᄒᆞ여뎅기단 봉근 봉그쉬 ᄒᆞ나를 양제로 들엿다. 가이 일흠을 막 희망적으로 ᄒᆞ노렌 '봄춘'에 '심을식'인 '김춘식'으로 지왓다.

가이는, 체얌 ᄃᆞ려올 땐 막 ᄀᆞ느삭안 볼나우 웃엇주마는 그 집이 완 동제로 출려먹어가난 곱ᄃᆞ글락ᄒᆞ고 ᄋᆢ망져신디, 가닥질이 잘도 씨고 찡앵이질광 앙작쉬에다 굴툭다리에다 ᄉᆞ고뭉치랏다. 게도 양아방 김성국 씨는, "소나인 경ᄒᆞ멍 커사 ᄒᆞ여! 넘이 미죽어도 큰사름 안뒈메." 경 펜들곡 그자 호호ᄒᆞ멍만 키왓다.

겐디 춘식이 ᄋᆢᄃᆞᆸ 때 어느 날, 가이가 ᄌᆞ냑 먹어지난 어멍 아방 몰르게 ᄌᆞ영개 탄 나간 이레화륵 저레화륵 돌려뎅이단 공설운동장 질에서 지나가단 차에 부닥쳔 놀아털어지는 걸 에염에 지나가단 준기가 확 푸더지멍 안안 ᄉᆞ망일케 큰 ᄉᆞ고가 안 난 일이 셧다.

만약시 준기가 푸더지멍 받아주지 안헤시민 춘식이는 어떵 뒈여실지도 몰른다. 준기삼춘은 그날 성안서 벗덜이영 ᄌᆞ냑 먹고 술도 ᄒᆞᆫ 잔 먹고 한량으로 터박터박 집더레 걸어 올 때랏다. 가일 안안 ᄒᆞᆫ디 푸더지멍 양지도 밀어먹고 홀목도 ᄀᆞ모꽈 먹엇주만,

"미안ᄒᆞ영 어떵ᄒᆞ코마씸?"

ᄒᆞ멍 김성국 씨가 주는 빙완비도

"가이 안 다쳐시난 뒛수다게." ᄀᆞᆯ음만 ᄒᆞ고 주는 돈도 받들 안ᄒᆞ엿다.

게난, 춘식이신디 준기는 생멩에 은인인 폭이다.

홀아방인 준기삼춘은 여북ᄒᆞᆫ 살렴이주마는 가끔씩 성안 강 벗덜토 만나곡 ᄒᆞᆫ 잔 ᄒᆞ여지믄 탑동방파제에 강 마옹이 앚아둠서 바당광 놀기도 ᄒᆞ당 술먹은 ᄇᆞ름에 갯ᄀᆞᆺ딜 걸엉 사라오름이나 도들오름ᄁᆞ지 놀멍 걸멍 마누치는 것도 보곡 뎅기당 집이ᄁᆞ지 터박터박 걸어오는 걸 좋아ᄒᆞ엿다.

게고, ᄀᆞ르등이라도 환ᄒᆞ게 싸진디 보단 낭이나 집광 울담으로 굴

메진 어두룩ᄒᆞᆫ 딜로 걷는 걸 좋아ᄒᆞ엿다. 천성이 웨지고, 혼차 이시멍 씰데기 읏인 생각덜쾅 오곤 생각덜 소곱이서 ᄆᆞ음에다 싯구절을 느량 쓰고정ᄒᆞ엿다.

어느 늦인 ᄀᆞ슬 늦인 밤. 게와쏙에 손을 찔른 냥 탑동에서 집더레 혼차 걸어가는 양준기.

준기가 시상을 보는 게 아니라 조라운 집덜쾅 낭덜광 꼿덜광 ᄀᆞ르등이 준기를 곰실곰실 술피는 새날 ᄃᆞᆼ기는 밤이랏다.

이레 저레 술피지 안ᄒᆞ멍 준기가 야게를 숙여도, 하도 하영 뎅기멍 익숙은 질이라노난 발이 지냥으로 들어사는 공설운동장에는 가로수 사오기낭덜이 줄쭈런이 ᄒᆞᆫ 줄로 사둠서 낭썹을 거자 털어치울 ᄀᆞ리랏다.

집더레 걸어오는 준기가 실데기멍 털어지는 낭썹덜 붸리멍 바닥에 털어진 낭썹을 붋은다. 낭썹덜이 ᄇᆞ슬락ᄇᆞ슬락 반진다. 술도 ᄒᆞᆫ 잔 ᄒᆞ엿겟다. 준기는 이녁이 좋아ᄒᆞ는 싯구절이 터올랏다.

“시몬, 낭썹 ᄆᆞᆫ 털어진 숨풀로 글라. 낭썹은 늦광 돌광 오솔질을 덖언 싯다. 시몬, 는 좋으냐? 낭썹 볼르는 소리가.”

구르몽의 시를 흥으리는 준기의 눈 소곱이서 벨똥벨 ᄒᆞ나 멀리 ᄂᆞᆯ아간다. 어쓱, 집 기여난 각시가 그 벨광 ᄒᆞᆫ디 털어진다.

“시몬, 가차이 오라. 우리도 언젠간 설룬 낭썹이 뒐 거여. 밤이 뒈고 ᄇᆞ름이 온다. 시몬, 는 좋느냐? 낭썹 불르는 소리가….”

오널은 좀 얼고 ᄇᆞ름이 쎄다. ᄇᆞ름 ᄒᆞᆫ 줄거리가 휑 ᄒᆞ니 들렷단 간다. 털어지멍 ᄄᆞ라가던 낭썹덜이 질바닥 우이를 둥군다. ᄇᆞ름이 또시 줄 짓언 ᄂᆞᆯ아들고 낭썹덜토 줄쭈련이 ᄄᆞ라간다. ᄆᆞᆫ딜 갈 디가 신 것 ᄀᆞᇀ이….

준기가 고개 숙인 냥 동네 가름 안에 ᄆᆞᆫ 들어삿다.

멀리 신 ᄀᆞ르등이 끔막끔막 싸젓닥 꺼젓닥 ᄒᆞᆫ다.

동네 가운디쯤엔 우알녁칩으로 부떤 전방칩이 두 반디 싯다.

촌에 전방칩이사 아이덜 과자광 술광 촌살렴에 필요ᄒᆞᆫ 멧가지 잡화영 담베 정도를 ᄑᆞᆫ다. 식탁 ᄒᆞ나에 낭으로 멘든 의자 멧 개는 술 좋아라 ᄒᆞ는 사름덜 자리다.

준기는 동네에 들어사멍도 전방칩이 문 ᄋᆞᆯ아시민 ᄒᆞᆫ 잔 더 ᄒᆞ지기려왓다.

겐디 ᄇᆞ름도 팡팡 불고 시간도 늦어신고라 전방칩덜토 불이 다 꺼젼 셧다.

“에에, 난초 무격 ᄀᆞᇀ은 나 신세, 집이나 가사주.”

혼차 중은중은ᄒᆞ멍 게와쑥에 손 질르고 걷젱 ᄒᆞᆯ 때랏다.

“어, 저거 누겐고?”

알녁 전방 북착 유리창문이 ᄉᆞᆯ짹이 ᄋᆞᆯ리멍 누게산디 푸데 ᄒᆞ나 들런 나완게마는 어둑은 고랑창으로 ᄉᆞᆯ락ᄉᆞᆯ락 ᄃᆞᆯ아나는게 아닌가.

"어, 자이 똑 춘식이 닮앗저."

준기가 야게 자울이멍 생각ᄒᆞ는 어이에 그 도독은 재게 ᄃᆞᆯ련 멀리 가불엇다.

"ᄎᆞᆷ말 춘식이 가인가?"

준기는 어떵 ᄒᆞ여 볼 내기도 읏고 그냥 집더레 가신디, 뒷녁날은 동네가 와자자ᄒᆞ엿다.

"어저끼 밤이 알녁 전방에 도독 들엇젠게."

"빗난 걸로만 ᄆᆞᆫ 앗아가 불엇젠양?"

"웨방 사름이나 경 헤실 테주. 동네 사름은 아닐 거라."

동네 사름덜은 놈이 일이난산디 을큰ᄒᆞᆫ ᄆᆞ음 읏이 그자 ᄀᆞᆯ아지는 냥 자작엿다.

어느 늦인 봄날.

유월이 들젱 ᄒᆞ민 안적 보름쯤 남아신디도 봄장림 가두난 무큰무큰ᄒᆞᆫ ᄒᆞᆫ여름 더우가 ᄎᆞᆽ아왓다. 사름덜은 마진 때 든 축축ᄒᆞᆫ 집안잇 습기를 ᄆᆞᆯ류노렌 창문덜을 활착 ᄋᆞᆯ아놧다.

서사라 어느 골목집 마당에 인칙 핀 치ᄌᆞ꼿이 가다금 엥겨드는 ᄇᆞ름신디 진ᄒᆞᆫ 내움살을 보내멍 헤양하고 큰큰한 눈으로 시상을 휘휘 돌아본다.

방낮 햇살은 제벱 지접다. 아까침이부떠 골목 어구광 안펜일 왓닥 갓닥ᄒᆞ는 ᄒᆞᆫ 젊은 남제. 어느 단칭집 대문 앞이 산다. ᄌᆞ세이 ᄉᆞᆯ펴보난, 선글라스에 게붑고 얄룬 운동활 신고 더움직ᄒᆞᆫ 잠바를 입언 거쓴 보기엔 어룬 닮아도 안적은 두린 고등ᄒᆞᆨ생 티가 ᄉᆞᆯ짝ᄉᆞᆯ짝 봐지는 남제랏다.

그 남제가 돌셍기 ᄒᆞᆫ날 봉간 그 집 마당더레 데낀다. ᄌᆞᆷᄌᆞᆷᄒᆞ다. 개가 읏인 집 답다. 대문에 부뜬 문패를 봣다.

'제주시 삼도○동 ○○○번지 김창국' 두터운 낭으로 멩글아진 문패가 '무사?" 들어보멍 앞에 산 손님을 ᄇᆞ레는 거 같으다.

"응? 김창국? 어디서산디 들어봐난 일름인디… 에이, 시상엔 ᄀᆞ뜬 일름덜이 잘도 하주."

그 집 마당에 싱거진 큰 메슬낭이 골목질더레 가젱일 벋은 냥 안적 익지 안 ᄒᆞᆫ ᄋᆢᆯ메덜을 주랑주랑 ᄃᆞᆯ안 싯고, 골목더레 털어진 메실방올덜은 둥굴멍 놀고 이섯다. 골목질을 걷는 첵 ᄒᆞ던 그 남제가 질바닥에 신 메실방올 멧개를 봉근다. 집덜이 대ᄋᆢᆺ 이신 골목이주마는 ᄒᆞᆫ참이 지나도 뎅기는 사름이 읏다.

남제가 이레저레 ᄉᆞᆯ피단, 반쯤 ᄋᆢᆯ아진 그 집 유리창더레 손에 쥔 메실을 데낀다.

"탁!"

조용ᄒᆞ다.

메실이 유리창에 맞는 소리만 질에서도 들린다.

또시 시 갤 데낀다. "탁!탁!탁!" 유리창은 벌러지지도 안ᄒᆞ멍, 데낀 메실 수정광 똑 맞게 바깟더레 대답을 ᄒᆞᆫ다. 선선ᄒᆞᆫ 메실방올이라도 잘 ᄋᆢ문 ᄋᆢᆯ메덜이랏다.

"읏다. 아모도 읏인 집이다."

사름이 신 집이믄 무신 기척이 이서실 건디…. 남제가 대문을 밀어본다. ᄉᆞᆯ짝 밀려신디도 소리읏이 ᄋᆢᆯ아진다. ᄉᆞᆯ리 그 집 마당으로 들어산 선글라스를 벗언 잠바 소곱더레 담고 눈공ᄌᆞᆯ 휘휘 돌리멍 발도 축지법을 쓰는 듯 집 무뚱ᄁᆞ지 잘도 재다.

현관문 손젭이도 그냥 ᄋᆢᆯ린 냥이다. 확ᄒᆞ게 집안터레 들어산다. 좀시 사둠서 집안터레 귀를 자울인다. 좀좀ᄒᆞ다. 골목집이란 차 소리도 안 들린다. 삼방에 신 지둥시계의 큰 붕알이 '재깍재깍' ᄒᆞ멍 혼차 굴메를 탈 뿐이다. 검고 큰 입마갤 꺼내연 쓰고, 운동활 벗언 양착 바지 주머니에 담고 안방 닮은 구들문을 ᄋᆢᆯ앗다. 집이 사름은 읏어도 마로 습ᄒᆞ여진 집안을 ᄆᆞᆯ룹젠 문덜을 ᄆᆞᆫ ᄋᆢᆯ안 내분 모냥이다. 남제가 더 ᄈᆞ르게 오몽을 ᄒᆞᆫ다.

안방에 들어간 그 남제는 질 문첨 옷장을 ᄋᆢᆯ안 이디저디 헤싸 본다.

서랍광 옷덜 주머니더레 손을 ᄆᆞᆫ 찔러 본다. 읏다. 돈은 ᄒᆞᆫ 푼도 읏다. 욮인 이불장이다. 이불덜토 ᄆᆞᆫ 손으로 헤클아가멍 ᄆᆞᆫ져봐도 손에 건드려지는 게 아무것도 읏다.

“에이 씨팔! 아무 것도 엇네. 잘못 들어온 집 닮다.”

붕당붕당ᄒᆞ멍 옷장광 이불장을 ᄉᆞᆯ리 덖어 놓는디 갑제기 벡에서 누게가 이녁을 본다. 추물락 노레멍 보난 벡ᄇᆞ름에 부뜬 큰 남ᄌᆞ 사진이랏다. 어느제산디 꿈소곱에서라도 봐난 듯ᄒᆞᆫ ᄂᆞᆺ익은 모십이다.

그 사진 아래펜이 침대가 싯다. 더블이다. 이불은 대충 정리가 뒈연 싯고 매트리스가 두터운 고급 침대다. 그 남제가 매트리스를 들어 올렷다. 순간,

눈으로 ᄃᆞᆯ려드는 만 원짜리 돈 다섯 다불.

“아! 오! 크큭, 캭캭캭!”

납작ᄒᆞ게 누루떠진 돈다불을 보멍 나오는 웃음이 남제의 눈을 ᄀᆞ늘게 멘든다. 돈다불을 잠바 주머니레 꽉꽉 담으멍 삼방더레 나왓다. 경ᄒᆞ고 주머니에서 운동활 꺼내젠 ᄒᆞ는디,

“오빠, 들어와.”

바깟디 대문이 ᄋᆢᆯ리멍 여제가 앞사고 남ᄌᆞ ᄒᆞ나이가 뒤ᄄᆞ란 들어오는 게 아닌가.

삼방에 싯단 남제의 눈이 스치멍 지나가는 써치라이트추룩 돌아간 게마는 질 가차이 이신 방문을 율고 확 들어간다. 문첨 들어간 방보단 좁작헷고 족은 침대 ᄒᆞ나영 컴퓨터용 책걸상광 벡에 부뜬 진 옷장이 신 방이랏다.

바깟 사름덜이 곧 집 안터레 들어올 판이다. 남제는 급ᄒᆞᆫ 주멍에 옷장 문을 율앗다. 여ᄌᆞ 옷덜이 ᄀᆞ득ᄒᆞ다. 옷덜 뒤에 곱기는 적당헷다. 구석지고 어두룩ᄒᆞᆫ 옷장 소곱에 웅크려 앚앗다.

"오빠, 이레 들어와. 게고 화장실에 샤워기도 이서. 오널은 어멍 아방이 성산포 외가에 영장이 난 가시난 밤이 뒈어사 올 거라. 경ᄒᆞ난 ᄆᆞ음 놩 촌촌이 씻어."

"크큭, 아라떠. ᄀᆞᇀ이 씻으카?"

말ᄒᆞ는게 잘도 부량기가 신 남제의 목소리다.

"호호. 아니. 아까 나갈 때 씻언."

영ᄒᆞᆫ 말덜을 ᄀᆞᆯ멍 들어오는 방이 하뜩 남제가 옷장 소곱이 곱은 그 방이랏다.

춤막춤막하단 그 남제가 잠바 소곱더레 손을 찔른다. 싯다. 느량 ᄀᆞ젼 뎅이는 과실을 깎으는 칼이 화장지에 ᄋᆢ라 번 감아진 냥 들언 싯다. 급ᄒᆞ민 무신 일이라도 ᄒᆞᆯ 듯이 딱딱ᄒᆞ게 과짝 산 싯다.

"어떵ᄒᆞ코. 그냥 확 나가당 방해ᄒᆞ민 찔러뒝 돌아나카…. 아니라.

경ᄒᆞ민 신고가 뒈고 ᄀᆞᆫ 젭힐지 몰라. 그냥 셔 보자."

잠바 소곱에 신 돈다불이 ᄆᆞᆫ져진다.

"야, 성심아, 지드려. 토요일날 서구포 허니문하우스영 남태평양 나이트크럽! ᄆᆞᆫ 예약헤 둬시난…."

돈다불을 누루뜨멍 생각ᄒᆞᆫ다.

"경ᄒᆞ자. 부무덜이 밤이 온덴 ᄒᆞ난 기냥 이디 곱앙 지드리자. 저 남ᄌᆞ도 때가 뒈믄 나갈 테주."

문을 욜고 덖으는 소리. 물이 ᄂᆞ아지는 소리.

순간, 옷장 문이 욜린다. 곱안 이신 남제가 추물락 노레진다. 옷 ᄉᆞ이로 보는 여ᄌᆞ 얼굴이 곱ᄃᆞ글락ᄒᆞ다. 수무 술 넘으나마나 ᄒᆞᆫ 여ᄌᆞ랏다. 속옷 ᄒᆞ날 꺼내연게 또시 문을 덖은다.

ᄒᆞᆫ꼼 시난, 오빠렝 불리는 소나이가 샤워를 ᄆᆞ친 생인고라 방더레 들어오는 기척이 난다.

"아, 시원ᄒᆞ다. 오널은 제벱 더운 날이다이. 옷이 ᄒᆞ나토 필요읏인 날. 크크크. 기지이?"

"응. ᄋᆢ름이 ᄆᆞᆫ 뒌 생인게. 이 침대레 올라와. 에어컨 틀어주카?"

"경ᄒᆞ카? 큭큭, 경헤사 똠이 덜 나주."

에어컨 살아난 소리가 들리고,

"경ᄒᆞᆫ디 너네 식구는 멧 안 뒈는 생이여이? 아까 신발장을 보난 신덜이 멧 개 읏언게….”

“응. 요좀은 부무님광 나만 살아. 오빠는 서월서 대ᄒᆞᆨ 뎅기고, 겐디 오빠, 언치냑 우리 ’꼿썹싸롱‘에 매상 하영 올려줜 고마와이. 호호호.”

“어제? 크큭. 주식도 대박 맞고, 간만이 친구덜신디 ᄒᆞᆫ 잔 삿주. 흐흐흐. 겐디, 너넨 식구가 족안 좋으켜. 우린 아ᄃᆞᆯ만 싯이라노난 ᄌᆞ냑에 집이 다 든 날은 와자자ᄒᆞ영 정신이 읏어게.”

“호호호. 남ᄌᆞ덜 하민 ᄌᆞ미지겟는디.”

“크크. 만자네 부무덜은 ᄉᆞ이가 좋키여. 집안도 조용ᄒᆞ난.”

“쳇, 경 안헤. 우리 어멍이 막 누루떵 사난 이거주.”

“누루떵 산다니 무신 말?”

“우리 아방이 잘도 ᄇᆞ름둥이라노난, ᄇᆞᆯ써 갈라사실 건디 우리 어멍이 아이덜 따문 ᄎᆞᆷ으멍 살앖덴.”

“기?”

“ᄒᆞᆫ 십오년쯤 뒛나? 그때 우리 아방이 저 동문통 다락방 술칩을 눈이 벌겅케 들구 뎅겨난 생이라. 그디서 어떤 년 만난 소나이 새끼 ᄒᆞ나 생겨불엇덴. ᄆᆞ층, 저 오라동에 아ᄃᆞᆯ 읏인 궨당이 부탁ᄒᆞ여 오난 그디 양제로 보냇젠. 호호호. 우습지? 가이가 나보단 둘이나 싯 아래 ᄀᆞᆮ아. 아메도 지금 살앙 시민 고등ᄒᆞᆨ생쯤 뒈어시켜.”

“크크큭. 너네 아방 옷진다이? 능력도 좋은게.”

"쳇, 소나놈덜은 다 경ᄒᆞᆯ 거 ᄀᆞᇀ아. 오빠도 경ᄒᆞ당 남을 사름. 호호호."

"크큭. 너도 동물의 왕국을 ᄌᆞ주 보는 생이여이. 너도 고딩 때 너네 ᄒᆞᆨ교 일진에서 짱이랏고 ᄉᆞ고뭉치랏덴 ᄒᆞ멍?"

"호호호. 그건 맞아. ᄄᆞᆫ ᄒᆞᆨ교서 ᄉᆞ고를 치고 우리 ᄒᆞᆨ교로 전학 오는 것덜이 ᄆᆞᆫ 대장질 ᄒᆞ젱 잘 까불거든? 경ᄒᆞ민 나가 그년덜 단칼에 확 쌔려불엇주. 경ᄒᆞᆫ 후젠 멀리서라도 나만 봐지믄 꼴랑질 ᄉᆞ려. 호호호. 그 맛에 일진 짱을 ᄒᆞ여나신디, 경ᄒᆞ단 ᄒᆞᆨ교서 싹뚝 ᄍᆞᆯ렷주마는 호호호. 웃지지?"

"크큭. 야 만자야, 넌, 보기엔 잘도 곱고 오도낫ᄒᆞᆯ 거 닮은디이."

"오도낫? 웃지지마 오빠! 허지랑ᄒᆞᆫ 말 말앙 나나 확 안아줘."

"크크크. 만자야, 부무덜도 너 술칩 뎅기는 거 알아?"

"몰르주게. 어떵 아나. 어디 알바 뎅기는 줄만 알앖주."

두 사름 말은 끗낫주마는, 옷장 소곱에 신 남제의 양지 색깔은 둘이 말 ᄒᆞᆯ 때마다 ᄋᆢ라번 벤헷다.

"?"

"…."

"!"

몸이 버짝ᄒᆞ여지멍 눈을 끄막엿다.

"게민, 이디가…?"

"춘식아, 늘 난 당아방 일름은 김창국이여. 그냥 경혼 중만 알앙 이시라. 꺼억…."

고넹이ᄀ찌 술 먹언 취훈 넛하르방이 골아주던 말이 생각난 것이랏다. 맞다. 춘식이다. 도독질ᄒ레 들어간 손님은 바로 춘식이랏던 거다. 우연치고는 춤 대단훈 우연이다. 이녁을 난 아방네 집이 들어가다니….

ᄒ꼼 시난, 숨소리덜이 커지고 무신 심을 썸신디사 침대가 못존딘 소리를 낸다.

"에이 씨팔, 귀를 막아불도 못ᄒ고…."

옷장 소곱이 신 춘식이는 영도 정도 못ᄒ연 난감훈 생이다. 침대가 ᄎᄎ 더 못존뎌가는 생인고라 끼각거리는 소리도 뺄라지고 여ᄌ 목소곱이선 어는제 숨이 넘어갈 티사 중환자추룩 알르는 소리가 ᄉ뭇 커져 간다.

"에이, 저것덜을 그냥 확!"

ᄒ는 생각도 들엇주마는, 이번 주말에 서구포에 놀레가기로 훈 성심이가 디스코 춤을 흥글멍 오는 모십이 터오르고 태평양이 봐지는 허니문하우스로 물절도 출랑이멍 오는 거 답다.

"그래, 촘자." 잠바 소곱 돈다불이 톡톡 건드려 온다.

시간이 잘도 질다.

"저게 나 우티 누이라고? 일름도 만자라고? 키키킥, 일름추룩 질게도 ᄒᆞᆫ다."

숨이 넘어갈 거 ᄀᆞᆮ이 중환자의 비멩이 ᄋᆢ라번 나온다.

"야, 이 새끼덜아 그만덜 헤라 씨팔."

춘식이 소곱이서 부에가 뒈싸질 ᄀᆞ리, 침대도 지친 생인고라 쉰 목소리를 낸다. 옷장 소곱에 벌겅케 싸진 냥 불부뜨는 두 눈!

좀시 좀좀ᄒᆞ여젼게 여ᄌᆞ가 말ᄒᆞᆫ다.

"오빠, 바깟디 나강 나 냉면이나 사 주젠?"

춘식이는 기영ᄒᆞᆫ 일이 신 후제부떠 더 괄아지고 양부무덜도 더 미와뷀엿다.

"춘식아, 느 경 ᄒᆞᆨ교도 잘 안 가곡 어떵 ᄒᆞᆯ 거니게? 우리 가문은 느가 마탕 잇어가살 건디, 공부는 못ᄒᆞ여도 좋으난 ᄒᆞᆨ교라도 잘 뎅경 졸업은 ᄒᆞ여산다이?"

어멍 아방이 영 ᄌᆞ드는 소릴 ᄒᆞ민, 춘식이는 물투룸ᄒᆞ여지멍,

"내붑서게 나가 알앙ᄒᆞ쿠다."

어멍 아방은 궨당칩이서 ᄃᆞ려온 양제라도 가문을 대물림 ᄒᆞ여살 거난 당어멍 당아방추룩 가이를 잘도 궤삼봉ᄒᆞ멍 키와신디, 춘식이

는 마채가 가당 돌빌레 굴르멍 넘어가는 소리로 투글락ᄒᆞ게 대답을 ᄒᆞ곡 헷다.

부무덜은 ᄆᆞᆫ 늙아가곡 가이는 육아갈수록 말을 더 안 들곡 나쁜 벗덜쾅만 어울려뎅이멍 싸움질광 도독질광 그자 부량ᄒᆞᆫ 일로 부무 속을 쎅이는 일이 수정을 셀 수 읏일 정도랏다. 오죽ᄒᆞ여시민 양지에 ᄂᆞᆺ 싸움이 난 열ᄋᆢᄉᆞᆺ에 소년원에 들어갓단 나오란, 늦이 고등ᄒᆞᆨ교에 입ᄒᆞᆨ 시겨줘도 껄랑껄랑 뎅기멍 큰 두룽싸움에 들엇단 퇴ᄒᆞᆨ을 당ᄒᆞ고 그루후젠 집 나강 ᄒᆞᆫ 메틀썩 안 들어오는 날도 핫다.

겐디, 그 춘식이도 웃동네 준기신딘 오도낫ᄒᆞ게 대ᄒᆞᆫ다. 질에서 봐지민

“삼춘, 어디 감수광?” ᄒᆞ멍 인ᄉᆞ도 졸바로 ᄒᆞ곡, 준기가 ᄃᆞᆫ직ᄒᆞᆫ 걸 들렁 감시민 어가라 왕 ᄒᆞᆫ디 들러주곡 ᄒᆞ엿다.

“춘식야, 느 부무님 말씀 귀에 놩 뎅기라이? 느가 느네 집안에 지동이여. 어멍 아방은 늙엉 어는제 돌아가실 지도 몰르곡 ᄒᆞ난 느가 정신 출령 살을메를 ᄎᆞᆽ아사 ᄒᆞᆫ다이? 들추그리는 벗덜 말에 귀 야리지 말곡….”

“예 삼춘, 알앗수다양. 멩심ᄒᆞ쿠다.”

춘식이가 두린 때, ᄒᆞᆷ마 조통ᄉᆞ고로 죽을 뻔 ᄒᆞᆫ 때 준기가 몸 데껴

가멍 질 구ᄒᆞ여 줘난 걸 이녁이 바로 봐나시난 준기삼춘이 지 '생멩에 은인'이렝 ᄒᆞᆫ 건 ᄆᆞ음에 담안 뎅이는 생이랏다.

어느제산디 ᄒᆞᆫ 번은 준기영 일구가 성안서 ᄌᆞ냑을 먹고 기분좋게 덜 털삭털삭 ᄒᆞ멍 집더레 오는디 공설운동장 한라체육관 마당이서 젊은 아으덜 둘이 뽕게둬쓰는 누게신디 막 맞암선, 그레 간 보난 ᄄᆞ리는 사름은 춘식이랏고 맞는 아으덜은 비슷ᄒᆞᆫ 연거레 ᄒᆞᆨ생덜 ᄀᆞᇀ앗다. 춘식이가 고등ᄒᆞᆨ교에서 퇴ᄒᆞᆨ을 맞을 ᄀᆞ리다.

"야 이 새끼덜아, 선배 봐지민 인사도 졸바로 못ᄒᆞ나?"

춘식이가 쒜우데기추룩 울르멍 또시 ᄒᆞᆫ 아으 양지를 팍 박고 발로 살타귀를 찬 후제 정겡이를 찬다. 맞인 아으가 휘틀락ᄒᆞ멍 성문짱이 아픈 생인고라 그딜 손으로 심은다.

맞는 아이덜은 말 ᄒᆞᆫ 곡지 ᄋᆞᆼᄋᆞᆼᄒᆞ지 못ᄒᆞ곡 맞는 생이다.

"야게 춘식아, 경ᄒᆞ지 말라게. 무사고게?"

춘식이가 준기삼춘인 걸 알고 미안ᄒᆞᆫ 듯

"아무것도 아니우다게. 일 년 후배덜이 날 봐져도 몰른 첵 지나가 멘마씀."

"춘식아, 경ᄒᆞ엿덴 막 패민 뒈나게."

일구가 부에난 듯 ᄀᆞᆮ거니 준기가

"아이고 춘식아, 어떠난 느 ᄆᆞ음이 경 식어불어시니게. 누게신디나

ᄄᆞᄄᆞᆺᄒᆞ게 대ᄒᆞ렌 ᄒᆞ난… 나가 ᄀᆞᆮ지 안ᄒᆞ여냐? 심장이 뜨겁게 탕탕 튀는 건 '열심이 착ᄒᆞ게 살자!' ᄒᆞ는 소리옌게….”

싯이 말 ᄀᆞᆮ는 어이에 아까 맞던 아으덜 둘이 ᄋᆞ슬ᄋᆞ슬 돌아난다.

“예 알앗수다 삼촌, 따시랑 멩심ᄒᆞ쿠다.”

춘식이는 범벅쉬라도 준기신디는 이영 오도낫이 대ᄒᆞ는 것이랏다.

삼대독자 집안에 양제로 들어간 춘식이는 ᄒᆞᆼ애쟁이때부떠 양부무덜이 애지중지 키와주난 말짜엔 시상 ᄆᆞᄉᆞ운 것도 부족ᄒᆞᆫ 것도 읏이 그자 앙작 ᄒᆞ나로 이녁 ᄒᆞ고정ᄒᆞᆫ 냥 살아지난 버르젱이도 엇어가고 나으가 들수록 부무 쏙을 더 쎅여 갓다.

나쁜 친구덜이영 연거레 비바리덜광 수룩짓엉덜 어울리멍 못뒌 짓만 ᄒᆞ여뎅이곡 하간 사름덜 입질에 들엉 욕만 먹단 고등혹교에서 퇴혹을 당ᄒᆞ엿고, 하도 실게창지 그차지게 ᄒᆞ여가난 양부무덜토 양제가 읏인 폭 ᄒᆞ켄 입에 둘아젼 ᄀᆞᆮ게 뒈엇다.

춘식이가 욕아가멍 어멍 아방이 당부무가 아닌 걸 알게 뒌 후제부떠 부무를 더 못ᄌᆞᆫ디게 ᄒᆞ멍 이피닥저피닥 돈이나 틀어가난 양부무덜도 ᄒᆞᆫ이 싯주 어떵 더 ᄒᆞ여 볼 내기가 읏언 비실롸도 춘식이를 들러쌍 내불게 뒌 것이다.

21세기가 들어삿다. 새 밀레니엄시대가 뒈엿젠 시상은 ᄉᆞ뭇 살판이 난 것추룩 와작거려가거니 젊은 아으덜은 더 놀기 좋은 시철이 왓젠 들러퀴멍 젓어뎅겻다. 경ᄒᆞ고 하간 걸 쉽게 ᄎᆞ지ᄒᆞ젱덜 ᄒᆞ고 이신 것도 쉽게 들러쫘 불곡, 사름 목심도 우습게 네기멍 이기주의는 갈수록 익어갓다.

새철도 들고 멩질 메틀 전 아척 아옵시 이십분,

ᄒᆞ꼼 시민 은행이 영업을 시작ᄒᆞᆯ 것이다.

저슬이라도 벳이 나고 사름덜토 양지 확 페완 뎅기는 ᄐᆞᆫᄐᆞᆫ금고은행 중앙지점 앞.

돈 실른 은행 차가 점포 앞이 세완 차에서 직원 둘이 ᄂᆞ리젠 문을 ᄋᆢ는 순간 모ᄌᆞ를 짚이 쓰고 입마게를 ᄒᆞ고 지레도 비듯ᄒᆞᆫ 사름 싯이 그 차 안터레 큰 회칼을 내물멍 화륵기 ᄃᆞᆯ려들언, "그 가방 이리 내놔!"

돈 가방을 빼여앗인다.

은행 직원이 발로 차멍 반항ᄒᆞ고 가방을 ᄌᆞᆯ그랑이 질끈 심언 안 놔가난 강도 ᄒᆞ나이가 손에 들른 회칼로 그 직원 손을 무데뽀로 콱콱 찔른다.

"강도야!"

욮이서 ᄇᆞᆨᄇᆞᆨ털단 직원 ᄒᆞ나이가 차 바깟더레 나오멍 큰소리로 웨울른다.

가방을 빼앗은 강도덜이 저착 구석에 세왓단 차를 탄 확ᄒᆞ게 돌아 난다.

"강도야!".

이삼분 어이에 일어난 강도ᄉᆞ건이랏다. 은행 안에 싯던 직원덜이 돌려나오고 경찰차가 불을 펀찍펀찍ᄒᆞ멍 현장에 온 땐 이미 강도덜은 어드레사 가신디 펀펀이랏다.

은행 지점에선 대목 때 현금이 하영 나가난 그날그날 필요ᄒᆞᆫ 현금을 본점에 강 수령ᄒᆞ여 오는디, 그날도 직원 둘이가 차 탄 간 돈을 ᄀᆞ져오는 중이랏다. 어떵 그걸 알아신디사 강도덜이 딱 때맞촨 만원짜리 돈 일억이 든 가방차 싹기 강탈ᄒᆞᆫ 것이다.

경찰에서 돌아난 차를 조회ᄒᆞ여보난 그 차도 도난당ᄒᆞᆫ 차랏다.

신제주 챔피언 나이트클럽.

천장광 벡에서 ᄋᆞ라색깔 불빗이 빈찍거린다.

술이 얼건ᄒᆞᆫ 젊은 소나이 싯에 간나이 둘.

"야, 오널밤 건사지게 실피 놀아보자. 성심아, 느 돈 필요ᄒᆞ냐?"

"응, 나 멩질에 입을 만ᄒᆞᆫ 옷이 읏다게."

"기? 알앗저. 이땅 나가 돈 주마."

"촘말로? 호호호. 너 춘식인 씨원씨원ᄒᆞ영 좋아이. 얼메사 줄티 막 지드려졌저게."

"아고, 너 춘식아! 아방신디 멩질이렌 세뱃돈 미리셍이 하영 받은 생이여이?"

ᄌᆞ끗디서 끔을 딱 딱 씹단 양지 벌겅ᄒᆞᆫ 비바리 ᄒᆞ나도 앙얼ᄒᆞᆫ다.

"춘식아, 성심이만 여ᄌᆞ냐? 나도 옷 ᄒᆞᆫ 벌 ᄒᆞ여도라게."

"큭큭. 야! 경미야, 느 ᄎᆞᆷ지름 먹어샤? 비우차게 말도 잘 ᄒᆞ였저이? 성심인 나영 ᄒᆞᆫ디 일년을 죽장 놀앖고, 는 제우 개날에 ᄒᆞᆫ 번 돗날에 ᄒᆞᆫ 번 만나멍도 날 본 체 만 체 ᄒᆞ는 것이…. 쪼우와, 멩질 기분으로 느 신디도 옷 ᄒᆞᆫ 벌 사주마."

"ᄎᆞᆷ말로? 쪼우와! 호호. 난 그잣말로 헤봐신디 고정들었저이 호호호."

ᄒᆞᆨ생 닮진 안ᄒᆞ여도 고등ᄒᆞᆨ교 중퇴ᄒᆞᆫ 날라리덜찌레 몽크려뎅이멍 아모 훼구도 엇이 못뒌 짓덜을 ᄒᆞ는, 호ᄉᆞ아치에다 분쉬웃인 년놈덜이다.

오널은 빗난 양주도 ᄒᆞᆫ 펭 까놨다.

"자, 시상이 벌러지게 놀아보자."

"이 폭탄주도 완샷이라이? 자, 쨍!"

다덜 ᄒᆞᆫ 굴레에 드르쓴 후제 무대 앞더레 나간 벨벨 춤으로 들러퀸다.

무대 우티 악단은 '헬로우 미스터 몽키'를 신들린 거추룩 합주ᄒᆞ였고 양지가 후락후락ᄒᆞᆫ 그 안에 손님덜은 앞이 좀뽁ᄒᆞ게 나완덜 신굽이 다이게 지녁만썩 ᄄᆞ난 춤으로 몸뗑일 뒈우고 보비고 흥근다.

춘식이는 벨난 춤을 잘 춘다. 엉둥머리를 앞으로 두이로 ᄌᆞ르지게 흥그는 춤인디, 똑기 수캐가 흘레부뜨젱 ᄒᆞᆯ 때 모냥광 ᄀᆞᇀ으다.

음악이 바꽈젼 '베사메무초'가 ᄈᆞ른 템포로 나와가난 술도 얼건ᄒᆞᆫ 춘식이가 불쒜운 수캐추룩 경미 앞더레 잠지패기를 불급시리 흥글멍 춤을 춘다.

천장광 벡에서 빈직빈직ᄒᆞ멍 숨ᄇᆞ뜨게 싸젓닥 꺼젓닥 ᄒᆞ는 불빗도 지쳐갈 ᄀᆞ리, 하뜩 경미가 ᄒᆞᆼ글ᄒᆞᆼ글 춘식이 춤더레 아구맞추멍 찌닥지게 부떠갈 때랏다.

거멍ᄒᆞᆫ 안경광 거멍ᄒᆞᆫ 가죽잠바에 거멍ᄒᆞᆫ 장갑을 찐 소나이 둘에 헐추ᄒᆞ게 ᄎᆞ려입은 소나이 ᄒᆞ나가 걸싹걸싹 걸어완게마는 춤추는 춘식이신디 ᄃᆞᆯ려들언 양착 손을 뒤터레 ᄌᆞᆸ아뎅겨단 수갑을 채운다.

"야 이 새끼덜아, 너네덜 뭐냐? 이 손 놔라!"

춘식이가 웨울르고 들러퀴멍 ᄇᆞ들락거린다.

"이 나쁜 새끼! 영 놀젠 ᄒᆞ난 강도질을 헷구나. 속솜 안 ᄒᆞᆯ래?"

형사덜이 혹켱ᄒᆞ멍 어끗ᄒᆞ민 손을 내훈듦직ᄒᆞ다.

춤추단 사름덜이 와작거리멍 ᄃᆞᆯ아나고, 춘식이는 어심쎄게 나가단 지물에 야개숙이멍 멕사리웃이 심젼 바깟더레 ᄄᆞ라간다.

벗덜이영 실피 먹곡 눕에 두리멍 살젱 ᄒᆞ민 돈이 셔사 ᄒᆞᆫ다.

메틀 전이 ᄐᆞᆫᄐᆞᆫ금고은행 중앙지점 강도ᄉᆞ건 주범이 춘식이랏던 거다. 공범 둘이도 ᄆᆞᆫ 젭혓고, 그 ᄉᆞ건으로 춘식이는 '특수강도상해치상죄'로 15년 지녁살이를 선고 받앗다.

준기의 심장

일구도 직장에 열심이 뎅기곡 식솔덜 쿰언 부지런이 살단 보난 마은을 넹겻다. 회ᄉᆞ에선 회계과장으로 승진도 ᄒᆞ엿고, 출퇴근도 운동삼앙 ᄒᆞᆫ 삼십분씩 걸언 뎅겻다.

어느 날,

"아이고 일구야게. 느네 동녁칩 준기 죽엇덴 ᄒᆞ였저게. 어떵ᄒᆞ코…."

"양?"

일구는 말문이 멕힌다. 퇴근질에 집더레 걸언 왐신디 동카름에 산 싯단 등이 ᄒᆞ꼼 곱삭ᄒᆞᆫ 정잇할망이 ᄒᆞᆫ숨을 쉬멍 ᄀᆞᆯ은다.

"양? 어떵ᄒᆞ연 죽엇덴마씀? 어는제마씀?"

"빙완이서 오널 죽언 집이 오라신디 심장마비로 죽엇덴 ᄒᆞ였저게. 아이고~ 아꼬운 사름인디게."

"아고게. 큰 일 생겻구나예? 이거 어떵 훌 거라게. 할마님, 잘 알앗수다양?"

일구는 혼불나게 노레멍 집더레 돌앗다.

집이 들렷당 옷 골아입곡 ᄒᆞ영 ᄌᆞ냑이 친목모임에 갈 여산이라나신디, 일구는 준기삼춘 죽은 일이 그보단 더 급ᄒᆞ고 큰 일이 아닐 수 읏엇다.

일구는 오널 새벡 꿈이 터올랏다.

"아고 게메. 준기삼춘이영 그 예펜삼춘이 오일장이서 손 심언 감선게마는 영ᄒᆞ젠 ᄒᆞ난 경 어지렁ᄒᆞ게 꿈에 시꾸왓구나. 준기삼춘이 말은 ᄒᆞᆫ 곡질 안ᄒᆞ여도 집 나간 예펜삼춘을 죽장 지드려난 생이여."

영 정 생각ᄒᆞ멍

일구는 집이 들어완 확ᄒᆞ게 옷을 골아입고 동녁칩으로 돌려간 보난 ᄆᆞ침 입관을 ᄒᆞ염선 ᄀᆞᇀ이 도웨는디, 죽은 준기삼춘 양지가 잘도 들깍ᄒᆞ게 보엿다.

"아이고 준기삼춘! 무사 영 인칙 값수과게."

눈물 팡팡 흘치는 일구의 머리 소곱엔 두린 때부떠 봐오던 준기삼춘 일덜이 터올랏다.

준기삼춘은 일구보다 열 대ᄋᆞᆺ 우이주마는 당삼춘이나 성ᄀᆞᇀ이 일구를 애껴주엇다.

경ᄒᆞ나 정ᄒᆞ나 일구신딘 그 준기삼춘추룩 영 정 시겨주멍 덕시근ᄒᆞ게 거념ᄒᆞ여 줄 어른이 읏곡 ᄒᆞ여노난 그 동녁칩 준기삼춘이 느량 고맙곡 가근ᄒᆞ게 네겨지곡 ᄒᆞ엿다.

그 삼춘은, 대풍이 크게 불엉 일구네 집 초지붕이 문 헤싸져 불민 밤이라도 왕 지붕더레 돌도 ᄒᆞᆫ디 지둘롸 주곡 뒷녁날은 새영 어욱이 영 비여당 지붕더레 ᄀᆞᇀ이 덖어도 주곡 집줄을 거왕에 묶어도 주곡 헷다.

일구가 새집 짓을 때 이녁일추룩 지꺼젼 ᄒᆞ멍 메날메날 오멍가멍 이거저거 시겨도 주곡 ᄋᆢ라가지 일을 도웨도 주곡ᄒᆞ엿다.

경 고마왓단 준기삼춘이 생각치 못ᄒᆞ게 인칙 돌아가 분 거다.

준기삼춘이 돌아갓젠 ᄒᆞ는 소식을 누게가 기벨ᄒᆞ여준 생인고라 집 나갓단 그 예펜삼춘이 집이 들어왓다. 일구가 마당이서 장밧디 강 쓸 덕석덜이영 가래죽이영 궹이광 불살를 때 쓸 종이영 ᄆᆞ르레기 따우 고소웰 출렴시난 예펜삼춘이 들어오멍,

"아이고게 일구로구나. 잘도 속앉저게. 경ᄒᆞᆫ디 이거 어떵ᄒᆞᆫ 일이고게. 아이고…."

와리게 영장 이신 상 앞더레 가는 걸 보난, 집더레 오는 그 트멍에도 눈비양은 잘 ᄒᆞ여신고라 전인 가모롱ᄒᆞᆫ 양지라나신디 지금은 헤

양흔 얼굴에 입바위도 볼고롱ᄒᆞ게 칠ᄒᆞ엿고 에염으로 지나갈 땐 무신 꼿내움살도 팍 낫다.

울엄직ᄒᆞ멍 상 앞더레 와리멍 가거니 확ᄒᆞ게 펭풍 뒤에 신 관신디간 탁 엎더지멍 관을 탁탁 두들인다.

"아이고 아이고, 이거 무신 시상 일이우꽈게. 아이고, 아이고."

어느 누게가 들어도 예펜삼춘 곡소리가 질 컷다. 촘말 설룬 곡소린진 몰라도 눈물이 정말로 닥닥 털어진다.

"아이구 저 질타당년 보라. 목청도 똑 여시 닮지 안ᄒᆞ냐?"

"게메양. 죽은 서방만 불쌍ᄒᆞ주. 중기ᄀᆞ치 글이나 ᄒᆞ노렌 답돌이도 ᄒᆞᆫ 번 못ᄒᆞ여 보고 답세도 못 들어반 각실 철려불곡… 게난 일흠도 준기산디 중기산디… 에고 불쌍ᄒᆞᆷ도원."

"각시 웃이 혼차 살멍 지냥으로 무신거 잘 출려먹도 못ᄒᆞ여실 거고…."

"각시 가 분 후제 어디 강 술은 잘 질멍도 눈실림ᄒᆞ는 저대 정구리 ᄒᆞᆫ 번이랑마랑 손도 ᄒᆞᆫ 번 못 문직아 봐실 거우다."

"기영 ᄒᆞ여실 거라. 사름은 막 좋아도 무르고 미죽곡 숫기가 웃어노난게, 사름이 ᄈᆞ릿ᄈᆞ릿ᄒᆞ곡 욕심차시민 볼써라 새장겔 강 새끼도 낳곡 저영 인칙 죽어지지도 안ᄒᆞ여실 건디…."

"게나제나 간지나는 저 예펜 ᄂᆞᆽ가죽도 두텁다이. 꺼림ᄒᆞ곡 거슴칙

ᄒᆞ영이라도 저영 못 ᄒᆞᆯ 걸, 어떵 펀두룽이 들어왕 저추룩 ᄒᆞ여지는고이?"

정잇할망이 부에난 듯 ᄀᆞᆯ아가난 ᄒᆞ꼼 젊은 아주망이 고갤 그닥이멍

"게메마씸게. 저 예펜은 집이여 밧이여 하간 세간덜 문 지 혼차 들러먹젠 ᄒᆞ난 저영 ᄂᆞᆺ가죽이 두터와지는 걸 텝주게."

"게도 어떵 ᄒᆞᆯ 거라. 간대로 굴룬서방이영 둘아나 분, 암만 질타당년이라도 우린 그자 북두메기만 뒈싸짐뿐이주 뭐셴 ᄀᆞᆯ아질 거라? 저 수꾸락 놔 분 중기 ᄀᆞᇀ은 준기만 안 뒌 거주."

고견ᄒᆞ연 나온 사름덜이영 뒈사려앚안 영장일을 ᄎᆞᆯ리단 동네 아주망덜광 할망덜이 큰 소리론 못 ᄀᆞᆮ고 ᄉᆞᆯ짝ᄉᆞᆯ짝 입맞추는 소리덜을 ᄒᆞ멍도, 아멩 부에가 나주마는 뒤티서 그자 그 예펜삼춘 뒷데가리나 물꾸룻이 붸리멍 욕만 ᄒᆞᆯ 뿐이랏다.

어허낭창 어허노세~
어허낭창 어허노세~
노세 허자 젊어노이라~
어허낭창 어허노세~
늙어지민 못노나이니~
어허낭창 어허노세~
달도 차이면 기우나이니~
어허 낭창 어허노세~
어느 누가 생각을 허나~
어허 낭창 어허노세~

원통허고도 원통허다~　　　　　　어허낭창 어허노세~

어느 누가 생각을 허이나~　　　　　어허낭창 어허노세~

이렇게 헐 줄을 누가 아이나~　　　어허낭창 어허노세~

멩전은 준기삼춘네 고향에서 온 오춘ᄌᆞ케가 질 앞이 들런 나사고 그 두이로 준기삼춘네 조케메누리 ᄒᆞ나가 영정을 들런 영장 행렬 앞이서 걷고 또 그 두이서 설배를 잡아ᄃᆞᆼ기는 건 복친덜이 멧 엇어부난 ᄆᆞ을 부녀회 회원덜이 나삿고,

뒤ᄄᆞ르는 행상은 지레 큰 일구가 질 앞이 메엿다. 상 난 일을 ᄆᆞᆫ 도마탕 거념ᄒᆞ는 정시가 똘랑똘랑 소리나는 종을 들러둠서 행상놀레 앞잇 곡지를 울러가멍 불르민 남제기 상뒤꾼덜 ᄆᆞᆫ 후렴구로 "어허낭창 어허노세"를 크게 웨울른다.

일구는 눈물이 팡팡 나왓다.

넘이 을큰ᄒᆞ다. 그 착ᄒᆞ고 아까운 어른이 환갑도 전이 죽다니…, 이제 천 질 만 질 가는 삼춘이 불쌍ᄒᆞ다.

아칙 인칙셍이 상뒤꾼덜 밥 멕일 때 소주 시 보시를 확확 먹어젼게 얼건ᄒᆞ게 취ᄒᆞᆫ다.

준기삼춘이 행상에서 ᄂᆞ려왕,

"일구야. 심들 건 누게신디 행상 멘 자릴 바꽈도렝 ᄒᆞ라이."

ᄒᆞ멍 달래주는 말을 ᄒᆞᆯ 것 ᄀᆞᇀ으다.

영장밧디가 먼 디라노난 집이서 동네 바깟디ᄁᆞ지 상기를 메연 가고 질수역을 먹은 후제는 화물차레 행상을 실런 간 장밧디인 용강목장이서 행상을 ᄂᆞ리고 또시 메연 장지더레 갓다.

언치냑 목장엔 비가 오라난 생인고라 질바닥이 빌착빌착ᄒᆞ고, 질이 오롯질에다 닝끼렵고 막 험ᄒᆞ여노난 행상꾼덜이 비틀락비틀락ᄒᆞ멍이라도 행상이 땅더레 털어지지 안ᄒᆞ게 멩심멩심덜 오몽ᄒᆞ는게 보통 정성덜이 아니다.

묻을 자리에서 ᄒᆞ꼼 떨어진 디다 영장을 ᄂᆞ려 놓고 상을 출려 논 후제 땅을 파기 시작ᄒᆞ엿다. 일구는 열심이 일을 헷다. 동관도 ᄒᆞᆫ디ᄒᆞ여주고 진토꾼이 뒈연 심들게 흑도 파고 진톳멕광 진톳망텡이에 ᄃᆞᆷ북이 흑을 담으멍 가쁘게 지어날랏다.

웃둑지에 헐리남직이 날랏다. 중간에 상제덜이 주는 술도 거쓴 받아먹으멍 눈물도 잘잘 흘치멍 영장일을 도웻다.

일을 ᄒᆞ멍도 준기삼춘 말덜이 튼낫다.

“일구야, 심장광 ᄆᆞ음은 ᄒᆞ나여. 심장이 멈추곡 읏어젓덴 우리가 죽어부는 게 아니라, 우리덜 ᄆᆞ음이 살앙 이시민 심장도 어느제ᄁᆞ지 고 살안 이신 거여. 게난 느 ᄆᆞ음을 목심이 실 때 시상에 하영 싱겅 놔두라. 하하하."

"맞수다. 삼춘 ᄆᆞ음이 나 소곱에 싱거젼 이시난 삼춘도 죽지 안ᄒᆞᆫ 거우다. 준기삼춘! 후제랑 나 삼춘이 좋아ᄒᆞ는 술도 들르곡 ᄒᆞ영 ᄌᆞ주 오쿠다양."

ᄆᆞ음 소곱으로 경 생각ᄒᆞ멍 테역을 덮을 땐 깨끗ᄒᆞ고 ᄃᆞᆫᄃᆞᆫᄒᆞ게 볿아주멍 정성드련 봉분이 ᄆᆞᆫ 멘들아지난 그제사 일구 ᄆᆞ음도 ᄒᆞᆫ쏠 페와지고 가든헤졋다.

지레도 족곡 나가 들엇주마는 말은 잘도 또락지게 ᄀᆞᆮ는 정잇할망은 열아옵에 오라리레 시집 완 칠십년이 ᄆᆞᆫ 뒈여신디 안적도 몸광 ᄆᆞ음이 정광ᄒᆞ다.

ᄒᆞ를은 일구가 퇴근을 ᄒᆞ는디,

"아이구 일구야게. 준기넨 도당칩도 튿고 너른 마당에 낭덜토 ᄆᆞᆫ 그차불고 울담도 물러불엄서라."

정잇할망은 똑 알동네 동카름 폭낭아래 등돌거리에 앚앙당 일구가 퇴근하는 거 붸려지민 어가라 일어사멍 말을 부찌곡 ᄒᆞᆫ다. 누게 보민, ᄒᆞ루헤원 그디서 부러 지드리단 사름추룩 일구를 막 반진다.

"양? 그건 무신 말이우꽈?"

"나도 잘 몰르켜게. 몰른 웨방 사름이 지켜사둠서 일덜을 시겸섯고 포크레인이 완게마는 집을 ᄆᆞᆫ 헤싸불고 울담도 다 몰아지게 ᄒᆞ여놘

이젠 큰 차덜이 완 그 부솨진 것덜을 싞어 날람서라게."

"어떵ᄒᆞᆫ 일인고양?"

"게메게. 그 질타당년이 서방 죽언 석 ᄃᆞᆯ만이 집밧 문 ᄑᆞᆯ아먹은 건지, 어디 세곗놈광 눈맞안 그딜 튿어뒁 큰 집사 짓젱 ᄒᆞ염신디 몰르커게. 에이구, 죽은 서방만 불쌍ᄒᆞ주원. 인칙이 낮 ᄀᆞ리엔 그년이 차운전ᄒᆞ연 완 거들락거리멍 홍글홍글 ᄂᆞ련게 그 세곗놈신디 다당케질로 홍애ᄒᆞ멍 부떠들언 갈갈갈 웃엄서라마는… 글라, 나도 또시 그딜강 보고정 ᄒᆞ다. 어떵 뒈염신지 굼굼도 ᄒᆞ고."

"아, 경ᄒᆞ쿠광? 예 글읍서 강 보게."

일구가 정잇할망광 ᄒᆞᆫ디 동녁칩 준기삼춘이 살단 딜 완 보난 오래뒌 도당칩이 미추도 읏이 읏어져 불엇고 울담도 읏어지고 마당에 싯단 낭덜토 ᄒᆞ나 읏이 바닥도 민짝ᄒᆞ게 잘 다려놘 셧다. 아메도 그디다 큰 집을 짓젱ᄒᆞ는 거 닮앗다.

"잘도 ᄏᆞᆯ이 치와갓저원. 이디다 무신 걸 ᄒᆞ젠 헴신고이?"

"게메마씸. 그냥 봥은 큰 집 새로 짓을 거 닮수다양."

"에고, 그 착ᄒᆞᆫ 서방 준기도 이걸 봠실 건가원. 봠 건 부엣절에라도 확 일어낭 와시민 좋으켜. 이 질타당년 닮은 거 ᄒᆞ여당…."

정잇할망은 이녁일 ᄀᆞᇀ이 부에를 낸다.

일구가 셍각ᄒᆞ여봐도 잘도 을큰ᄒᆞ다. 오멍가멍 그 집만 붸려도 준기삼춘이 가차이 이신 거 ᄀᆞᇀ이 녜겨져나신디 이젠 준기삼춘을 ᄂᆞ시 일러부는 것 ᄀᆞᇀ으다.

"하하. 정잇할마님, ᄒᆞᆯ 수 읏인 일 아니우꽈. 글읍서 우리집이 강 ᄃᆞᆺᄃᆞᆺᄒᆞᆫ 커피나 ᄒᆞᆫ 잔 안네커메."

"경ᄒᆞᆯ탸? 나도 코피가 먹고정ᄒᆞ다. 느네 각시도 집이 실 테주?"

"예, 이실 거우다."

일구네 마당이 너르진 안 ᄒᆞ여도 녹낭이여 돔박낭이여 단풍낭이여 촘상낭이여 ᄋᆢ라가지 낭덜이 잘 다듬아젼 싯고 집도 짓은 지 십년 뒈나마나 ᄒᆞ여시난 새집 ᄀᆞᇀ으다.

"이레 들어옵서 안터레 가게."

"아고 말다게. 이 마당이 씨원ᄒᆞ고 좋다."

"아이고 할마님 오십데강? 이 안터레 옵서게."

일구각시가 반지는 소리에

"아니여게. 이디가 좋다."

정잇할망은 ᄂᆞ시 집 안터렌 안 들고 마당이만 고집ᄒᆞ엿다. 마당에 의ᄌᆞ 멧 개영 족은 탁ᄌᆞ ᄒᆞ나도 시난 그레 간 문저 앚인다.

"게도 두가시가 ᄇᆞ지란ᄒᆞ여노난 마당도 잘 가꽈신게. 낭덜 문 알거시려 놓고 촘 보기 좋다. 느네 어멍이 지금ᄁᆞ지 살앙 이서시민 얼메나 좋으코이. 나가 메날 이디 놀레 왕 실 건디게. 일은도 뒈기 전이 오꼿 ᄃᆞ려가 불언….”

정잇할망은 일구어멍이 살안 이실 때 성광 아시추룩 서로간이 막 친ᄒᆞ게 뎅기멍 아이덜 먹을컷도 가당오당 멘들아다 주곡 ᄒᆞ여낫다.

“할마닌 게난 어떵 살아졊수과? 혼차 밥이영 잘 출려먹어졊수과?”

잔칫집 커피를 들런 온 일구각시가 ᄀᆞᆮ는 말에

“기여게. 나 혼차 입사 굶지느냐게. 부산에 신 ᄯᆞᆯ이 메ᄃᆞᆯ 돈을 부쪄 주난 그걸로 충분이 살아진다. 반득ᄒᆞᆫ 집도 싯곡 ᄒᆞ난 삶이 에렵진 안 ᄒᆞᆫ다.”

정잇할망은 ᄀᆞ져 온 커피가 지저운 생인고라 후~ 불언 ᄒᆞᆫ 모금 들으쓰멍 ᄀᆞᆯ은다.

정잇할망은 동카름 짐칩이 지세어멍이랏다.

하르방이 하영 배우진 못ᄒᆞ엿주마는 손재주가 좋고 잘 사는 집이라신디 아ᄃᆞᆯ 읏이 고멩ᄯᆞᆯ ᄒᆞ나 난 살단, 그 집안에 물려오는 벵인고라 간암으로 환갑도 전이 돌아가셧다.

“할마님, 하르바님 셍각 하영 나지양? 하르바님이 경 훌륭ᄒᆞ곡 잘 생겨낫젠 ᄒᆞ멍예?”

일구가 ᄀᆞᆮ는 말에,

“에고 우리 하르방 좋은 사름이랏주기. 두 씨앗 싸움시긴 적도, 나신디 공추새 ᄒᆞᆫ 번도, 굿인 소리 ᄒᆞᆫ 번토 안ᄒᆞ여나난 둘이 실탁실탁 ᄒᆞᆫ 번 웃이 살앗주. 띵띵이도 아니랏고 모지리도 아니랏고, 물토세기도 뭉끈도 아니고 어디 강 버르씀이랑마랑 그자 ᄒᆞ나 신 똘 오양ᄒᆞ멍 잘도 에껴낫주기."

정잇할망은 엿날 생각이 나는 생인고라 ᄒᆞᆫ숨 ᄒᆞᆫ 번 커피 ᄒᆞᆫ 모금 ᄒᆞ여가멍 말을 잇어간다.

ᄒᆞᆫ녁으로 들으민 정잇할망이 그자 하르방 자랑을 ᄒᆞ는 거 닮아붸여도 할망은 혼차 살멍도 느량 하르방이 생각나곡 보고정ᄒᆞᆫ ᄆᆞ음이라난 걸 알아진다.

"좀벵이 입곡, 닷말지기 밧을 고젱이에 땀이 발착ᄒᆞ게 갈당, 나가 밥 출령가민 수까락으로 거쓴 걸게 먹곡 뚬이 물랑 양지에 곤사기 전이 순다리 ᄒᆞᆫ 사발 들으싸난 후제 확 일어상 또시 밧을 갈곡 ᄒᆞ엿주기."

"게메. 사름덜 ᄀᆞᆮ는 말이 경 열심이곡 착ᄒᆞ여낫젠 ᄒᆞᆸ데다게."

할망 말에 일구가 말을 부찌난,

"손재주가 좋아노난 목신 아니라도 돌쩌귀 사당 문도 멘들아 돌곡 돌쳉이질ᄁᆞ지 ᄒᆞ고 귀주어니가 커도 귀야리지도 안 ᄒᆞ곡 시간 나민 그자 통대나 물졸리에 담배 부쪄물엉 찍 무스랑 무께도 퉤와, ᄂᆞ람지광 날렛멩텡일 짜, 막 언 저슬인 앞더레 냉가리불 살라낭 불게미광 불망굴이 재 퉬 때꼬장 손자귀 들렁 앚아둠서 목침광 솔박광 남박, 그 차단 놔 둔 덕더리로 낭방석광 돌레방석도 ᄆᆞ디게 멘들아 줘, 낭갈레 죽광 끄슬퀴광 도깨도 멩글곡 대깨기로 차롱도 멩글곡 쉐마귀 ᄆᆞ낭광 녹대도 이녁냥으로 다 멘들곡 찝신광 초궹이영 도롱이도 멘들아 두곡, 날 도웨줌으로 미녕도 반듯하게 잘 몰롸줘, ᄆᆞ슬캇당 천추읏이 돌아오곡, 하르방 죽은 후제 나 입으로 욕 ᄒᆞᆫ 곡지 못ᄒᆞ게 나 ᄆᆞ음석ᄁᆞ지 꽉 심언 살아낫주기."

"아이고, 그 커피 ᄆᆞᆫ 식어불엇수다. ᄒᆞ저 들멍 골읍서게."

일구각시가 말을 쉬멍 골읍센 커피를 권ᄒᆞᆫ다. 정잇할망은 커피를 ᄒᆞᆫ 모금 더 들으쓰고 말 나온 주멍에 다 ᄀᆞᆯ고정 ᄒᆞᆫ 듯,

"나 허지렁ᄒᆞᆫ 소리 ᄒᆞ여지는 거 답다마는 ᄒᆞ다 욕ᄒᆞ지 말앙 이해ᄒᆞ여도라. 엿날사 술칵불로 살앗주기. 하르방이 목장이 갈 땐 나가 부쉣주멩기영 부찍도 출려주곡 차롱에 서숙밥이나 보리밥광 마농지영 짐끼영 담아주곡, 집이 질루는 씨암툭이 독세기라도 나민 독세기 반찬도 ᄒᆞ여낭 목장일 보냇주."

"게난 할마닌 혼차 이실 땐 무신 일을 ᄒᆞ여낫수과?" 일구가 굼굼ᄒᆞ연 들으난,

"나사 무신 심든 일을 ᄒᆞ여서게. 집이서 그자 굴중이 입엉 베아치나 ᄒᆞ곡 바농줄레 에염에 놔둠서 바농클이나 불르멍 바농질와치나

ᄒᆞ곡 하르방옷 다루휍질광 동대나 망데기 솔피멍 궁퀭이나 장버렝이 잡곡게. 밧딧일사 하르방이영 ᄒᆞᆫ디 검질이나 메곡, 메종덜 굳올리는 거 도웨주곡 도깨로 콩이나 ᄆᆞᆫ 장만 뒈민 불림질이나 ᄒᆞ엿주기. ᄒᆞᆫ 번은 바농줄레여 미녕덜이여 다루휍여 나 살렴살이덜 ᄒᆞᆫ 반디레 모도와 놓고정ᄒᆞ덴 ᄒᆞ난 확 간 거말장도 사고 톱도 사고 ᄒᆞ연 오란 널덜 다슬루멍 ᄒᆞ꼴락ᄒᆞᆫ 옷장 닮게 멘들아도 주어라게. 이 하르방 심장이 확 살아낭 이 시상에 또로 나와시민 좋겨원."

정잇할망은 이녁이 경 골아뒨도 우수운 생인고라 빙섹이 웃이멍 남은 커피를 다 들으쓴다.

그 뒷녁날부떠,

틀어분 준기삼춘네 집 땅에 큰 건물을 짓는 생인고라 포크레인광 공사ᄒᆞ는 사름덜이 들어샷다.

"아이고 일구아주방, 오랜만이여게. 어떵덜 펜안ᄒᆞ엿주이?"

"아, 예 삼춘이로구나양? 게난 이디 무신 집을 짓젠 ᄒᆞ염수과?"

"응게. 짓는 짐에 ᄉᆞ칭집 짓엉이. 아래칭은 점포로 빌려주곡 이칭광 삼칭엔 다가구주택으로 ᄒᆞ영 빌려주곡 ᄉᆞ칭엔 나가 살카 ᄒᆞ였저마는…."

"아, 예. 삼춘, 그간이 돈을 하영 버실어수다예?"

"호호. 그게 아니란, 잘 아는 오라방이 은행담보로 돈을 하영 꾸게시리 ᄒᆞ여줍게."

"기구나예. 게민 부지런이 버실멍 잘 물어사쿠다양."

"게메게. 문 빚으로 짓는 거주기."

"아, 예. 어떵어떵 보네나게 잘 뒈시민 좋구다."

어느 놀 일구가 집을 나사는디 준기삼춘 각시가 일굴 봐지난 인ᄉᆞᄒᆞ멍 주곡 받는 말덜이랏다.

그 예펜삼춘이 쉰은 뒈여실 거 닮은디 ᄒᆞᆫ 십년은 젊아붸엿다. 눈비양을 곱닥ᄒᆞ게 ᄒᆞ여노난 시집 안 간 노처녀엥 ᄒᆞ여도 뒐 만이다. 거멍ᄒᆞ고 비싼 자가용 그렌저를 끗고 ᄉᆞ뭇 고급아주망 텔 내곡 능략거리듯 뎅기는 것이랏다.

겐디, 큰 집이 문 뒈연 빗난 전세금을 받으멍 빌려줬덴 소문도 나고 돈도 하영 버실엄직ᄒᆞ덴덜 골아간다 골아온다 ᄒᆞ던 어느 놀 그 예펜삼춘이 벵완엘 입원ᄒᆞ엿덴 ᄒᆞ는 것이다.

"살지 못ᄒᆞ커라고. 응급실 에염이 산 이서나신디 그디 간호원덜이 나오멍, 제조체 냄살이 막 심ᄒᆞ게 남서렌 곧는 소릴 들어져고나."

동네 어른 ᄒᆞ나이가 그 벵완에 볼 일이 셔 갓단 봔 도시리는 말이다.

일구는 생각햇다.

"히야신스 향이 나살 건디, 무사 제초제 냄살이라게…."

후제 일구가 들은 내용은, 준기각시가 셈토멕이 읏이 돈 하영 꾸언 그 집 다 짓어질 ᄀᆞ리에 그디 들어올 사름덜 전세금이 문ᄒᆞ연 칠억인가 뒈여신디, 집 빌려주는 일광 전세금 든 통장 가냥을 이녁이 믿어온 그 세곗놈신디 멧겻단 오꼿 그놈이 문 숨젼 돌아나부난 그 사달이 난 것이다.

그 예펜삼춘은 ᄒᆞᆫ 푼도 손에 줸게 읏언 질바닥에 나앚게 뒈난 약을 먹어분 모냥이다.

게나제나, 일구는 소곱이 펜안치 못ᄒᆞ멍도, 오멍가멍 그 집이 새로 들어완 사는 몰르는 사름덜만 보멍 지나게 뒈엿다.

중년, 십년바이러스의 탄생

세월이 하영 지나갔다.

보통 사름 일구도 그ᄉᆞ이 마은 후반에 들언 싯다.

어느 ᄂᆞᆯ ᄌᆞ냑밥덜 먹을 ᄀᆞ리,

“두모악라디오방송 ᄌᆞ냑 뉴스우다.

‘국립영주대ᄒᆞᆨ교부설 생멩공ᄒᆞᆨ연구소’에 ᄄᆞ르민, 심장에 인공바이러스를 담앙 사름덜 밍도 ᄋᆢ나문 해 늘루와짐직ᄒᆞ덴 헴수다.

보통 25개월 ᄉᆞ시를 사는 중이가 수멩이 ᄆᆞᆫ 뒐 ᄀᆞ리에 심장을 활성화시기는 미생물 바이러스를 멘들안 심장더레 디밀안 놔두난 ᄒᆞᆫ 10%쯤 밍이 질어렌 ᄒᆞ는 말마씀.

그 바이러스에 건전지추룩 유효시간이 들어간 신 건 무산고 ᄒᆞ난, ᄋᆢ라번 실험ᄒᆞᆫ 결과 심장이 ᄌᆞᆫ디멍 받아질 만이ᄒᆞᆫ 심만 디밀아사주 더 오래가게 ᄒᆞ여보젠 욕심내연 더 씨게 담으난 그 바이러스를 이기지 못ᄒᆞᆫ 심장은 파들락거리단 느랏느랏ᄒᆞ멍 죽어불어렌마씀."

게난, 그 뉴스를 더 도시리민,

이년쯤 사는 종네기의 중이를 ᄀᆞ젼 실험을 ᄒᆞ여신디, ᄒᆞᆫ 어멍 배로 ᄒᆞᆫ디 난 중이 다섯 ᄆᆞ리를 미리셍이 거세ᄒᆞ여불고, 그 중이덜이 으지암지ᄒᆞ멍 오론도론 지내곡 하간 거 푸지락푸지락 고름배기광 까불리기도 ᄒᆞ단 2년이 넘언 나으가 ᄆᆞᆫ 뒌 생인고라 오몽도 잘 안ᄒᆞ젠 ᄒᆞ고 그자 곰지락곰지락 ᄒᆞ당 구석더레만 배쓱배쓱ᄒᆞ여가난,

두 ᄆᆞ리는 그냥 놔두고 두 ᄆᆞ리신딘 건전지의 시간수멩추룩 70~80일 분 정도의 바이러스를, ᄒᆞᆫ ᄆᆞ리신딘 100일분 넘은 바이러스를 디밀련 놔두엇덴마씀.

겐디, 100일분 넘은 걸 받은 중이는 이레저레 휘틀휘틀 콕 콕 박아지단 죽어불고 아무것도 투약 안 ᄒᆞᆫ 중이 둘은 구석이서 숨만 볼락볼락ᄒᆞ단 사을 후제 ᄀᆞ웃ᄀᆞ웃ᄒᆞ멍 죽어신디 70~80일분 정도의 바이러스를 받은 중이덜은 ᄀᆞ들락ᄒᆞᆫ 냥 화륵화륵ᄒᆞ멍 두 ᄃᆞᆯ 반을 더 살아렌마씀.

그 바이러스는 피를 ᄀᆞ진 하간 목심덜신디 들어가민 혈관을 통ᄒᆞ영 똑기 심장더레 강 부떙 살멍 그 심장이 타고난 기본 수멩에 10%

정도가 더 연장뒐 가능성이 이신디, 사름신디 도움이 뒈게시리 더 정확ᄒᆞᆫ 연구를 ᄒᆞᆯ 여산이엥 ᄒᆞ멍, 그 바이러스는 역불 사름신디 디밀리지 안ᄒᆞ민 사름덜 간 돌림으로 웽기지도 안ᄒᆞᆫ다는 것이랏다.

“허 ᄎᆞᆷ, 오래 살단 보난 시상이 더 좋아젼 더 오래 살아짐직ᄒᆞᆫ게.”

“에이, 늙으민 죽어사주. 드러 나만 들어가믄 ᄌᆞ식덜신디 짐이나 뒈주. 무신 걸 ᄒᆞ겟노렌 더 살젱 ᄒᆞᆯ 거라게. 몰르주. 누게가 공상이라도 잘 ᄒᆞ여주민 몰라도.”

“하이고 저사름 말은 이그라지다마는 때 뒈영 뒈갈라지민 서쭈와 ᄒᆞ멍 더 살고정ᄒᆞ지 안 ᄒᆞᆯ 건가?”

“게메 나도 몰르주. 게나제나 ᄎᆞᆷ 좋은 시상이로고이.”

“게도 사름이 그걸 맞앙 혹시라도 잘못뒈민 것도 큰일 날 거라게.”

“에이, 그 정도사 다 ᄎᆞᆯ려낭덜 써먹을 테주기.”

그 뉴스를 들은 사름덜은 ᄆᆞᆫ덜 ᄒᆞᆫ곡지썩 말참네 ᄒᆞ멍 ᄌᆞ드는 말도 싯주마는 좋아라ᄒᆞ는 말덜이 거반이랏다.

셍멩공혹연구소 연구실에서 근무ᄒᆞ는 매꼬롯ᄒᆞᆫ 여직원덜이 ᄌᆞ동ᄎᆞ ᄒᆞ나로 퇴근을 ᄒᆞᆫ다.

ᄀᆞ슬이 뒈연 서노롱ᄒᆞ여지고 ᄀᆞ실 꼿덜토 이디저디 하영 핀 ᄃᆞᆺᄃᆞᆺᄒᆞᆫ 초ᄀᆞ슬 금요일.

퇴근질 주벤엔 농ᄉᆞᄒᆞ는 밧덜토 하고 질염엔 드문드문 꼿밧덜토 싯다.

그 여직원덜은 닐이 휴일이난 한걸ᄒᆞ고 펜안ᄒᆞᆫ ᄆᆞ음으로 집더레덜 가는디 질에 부뜬 너르닥ᄒᆞᆫ 꼿밧디 박삭이 싱거진 코스모스가 활착 피여둠서 넘어가는 사름덜신디 손을 흥글어 준다. 그 욮 ᄂᆞᆽ인 울담을 넘은 밧딘 모멀꼿이 눈 묻은 드르ᄀᆞᇀ이 헤양케 피연, ᄇᆞᆫ 바당물추룩 ᄒᆞᆫ들ᄒᆞᆫ들 춤을 춘다.

"히야 저거 잘도 곱다이?"

"게메, 우리 저디 강 사진이나 쳥 가카?"

ᄒᆞ멍 둘인 찰 질염더레 세와 놓고 ᄂᆞ린 후제 ᄒᆞᆫ 여직원이 휴대폰을 꺼네젠 가방을 ᄋᆢ는 순간,

"아이고 어멍아!"

"무사?"

"저, 저 저 중이 보라게."

중이 ᄒᆞᆫ ᄆᆞ리가 그 여직원 가방 소곱이 싯단 바깟더레 털어지멍 질염으로 ᄃᆞᆯ아나는 것이랏다.

"저거 어떵ᄒᆞᆫ 중인고이?"

"게메, 아메도 우리 연구소 중이가 나 가방 소곱이 들어갓단 나온 거 닮다게. 어떵ᄒᆞᆫ 일이고게. 아이고 큰일이여이…."

그 중이는 코스모스 꼿밧딜 지난 밧담 고망으로 ᄒᆞ연 욮이 너른 모멀밧으로 호로록기 ᄃᆞᆯ아나 불엇다.

여직원 둘이는 막 ᄌᆞ들단 올랑촐랑ᄒᆞ멍 연구소 당직실더레 신고를 ᄒᆞ여신디

“거 어떵 ᄒᆞᆯ 거라. 사름덜 동원ᄒᆞ영 그 중일 잡을 수도 읏고, 닐랑 연구소장님신디 보고ᄒᆞ곡 의논ᄒᆞ여사주.”

경ᄒᆞ연, 뒷녁날 연구소에서 확인ᄒᆞ여보난 실험중이덜 가운디 70~80일분 연장기능이 이신 바이러스를 투약ᄒᆞ고 관찰 중인 중이 ᄒᆞ나임이 확인뒈엿주마는 가끔씩 실험쥐덜이 ᄃᆞᆯ아나부는 정우가 싯곡ᄒᆞ난 경 큰일이 아니렌덜 그 고비를 넹겨불엇다.

그 모멀밧은 대ᄋᆢᄉᆞᆺ말지기 밧인디, 꼿내움살을 내우는 꼿이 ᄒᆞᆫ창 피연 싯고 모멀이 직깍 싱거젼 밧주연도 종대 세와논 그레 못 들어가게 ᄒᆞ여노난 사름덜토 그 안터렌 못 가고 에염서 구경ᄒᆞ멍 사진이나 칠 정도랏다.

어느 날 ᄒᆞᆫ창 낮 ᄀᆞ리다.

중이 ᄒᆞᆫ ᄆᆞ리가 박삭ᄒᆞᆫ 모멀 트멍을 호로록호로록 뎅기는디 멀리서 엎더진 냥 ᄀᆞ만ᄀᆞ만 여삿단 들고넹이 ᄒᆞᆫ ᄆᆞ리가 중이신더레 ᄃᆞᆯ려들엇다.

중이는 겁절에 이레 호록 저레 호록 ᄃᆞᆯ아나고 고넹이는 중일 심젱 모멀밧 ᄆᆞᆫ 헤쓰멍 ᄃᆞᆯ려드는디, 모멀덜이 잘도 ᄌᆞᆺ이 싱거져노난 고넹이도 그 중일 잡기가 보통 에려운 일이 아니랏다.

ᄒᆞᆫ참을 경ᄒᆞ단 중이가 밧디서 쮄겨나멍 뒤 막아진 밧구석에 풀광 가시덜이 왕시랑ᄒᆞᆫ 자왈 트멍에 들자마자 고넹이가 바로 눈 앞ᄁᆞ지 왓다.

고넹이가 앞발로 중일 심젠 주왁주왁 ᄒᆞ여가난 뒤컬음ᄒᆞ단 중이도 겁세에 파짝 대들멍 죽금살금 뎀벼들엇다.

게도, 아명ᄒᆞ나 중이가 고넹일 이길 수가 읏인 것. ᄌᆞᆷ시 ᄑᆞ들락ᄑᆞ들락ᄒᆞ단 중이는 ᄀᆞ딱읏이 젭현 기어지 고넹이 발콥에 치져지멍 내장광 피가 벌겅케 나오고 고넹이는 그걸 할트곡 틑으멍 먹는다.

그때, 고넹이 주둥이레 벌 ᄒᆞ나가 ᄂᆞᆯ아완 쏘왓다.

고넹이가 추물락 노레는 ᄉᆞ이 또 ᄒᆞᆫ ᄆᆞ리가 쏘왓다.

소왕벌덜이랏다. 자왈 트멍에 큰큰ᄒᆞᆫ 벌집이 싯고 그디 부떤 잇단 소왕벌덜 수무 남은 ᄆᆞ리가 ᄃᆞᆯ라부뜨멍 고넹이 입광 내장이 나온 냥 치져진 중이 몸뗑이도 들구 쏘왓다.

벌덜은 역불 거시지 안ᄒᆞ민 ᄆᆞᆫ저 공격을 잘 안 ᄒᆞ는디, 고넹이광 중이가 몸질치멍 벌집을 ᄆᆞᆫ 숙데기곡 이레저레 가리싸 놓고 와장판을 쳐노난 벌덜이 막 분제운 것이랏다.

벌은 ᄒᆞᆫ ᄆᆞ리가 침을 쏘기 시작ᄒᆞ믄 모둠치기로 공격ᄒᆞ는 성질이 싯다.

경ᄒᆞᆫ 일이 신 후제 모멀밧은 ᄌᆞᆷᄌᆞᆷᄒᆞ여졋고 ᄃᆞᆯ아난 고넹이는 간간

무중이주마는 죽어신지 살아신진 아모도 몰른다.

ᄀᆞ슬이 짚어가고 낭썹덜도 불고롱ᄒᆞ여가고 ᄇᆞ름도 웃이 포근ᄒᆞᆫ 날. 사름덜은 산광 드르로 놀레 나삿다. 단풍도 보곡 걷기도 ᄒᆞ곡….

오라동 연합청년회에서도 오랜만이 단합대회 겸 오라목장 드르레 나왓다.

술광 맛난 음식덜이 구뻔 청년덜을 간이 둥당ᄒᆞ곡 노고록ᄒᆞ게 멩글아가고, 끼가 싯곡 나사기 좋아ᄒᆞ는 사름광 숭굴락숭굴락 우시게 잘 ᄒᆞ는 멧 청년덜이 춤광 놀레로 웃음벨탁ᄒᆞ멍 노는디,

"아이고 이거 뭣고. 이 벌 보라. 날 쏘왓저게. 아우 아프다."

ᄒᆞᆫ 사름이 곧는 어이,

"어어, 나도 쉐왓저. 왕왕ᄒᆞ는 이 벌덜 보라."

보난, ᄋᆢ라ᄆᆞ리 소왕벌덜이 밤부리비영게추룩 주벤을 놀아뎅긴다.

"안뒈켜. 확 저레덜 자게 도망가사켜."

청년덜은 이것 저것 확확 간두완 들르고 그 자리에서 멀리로 돌아낫다.

게도 아까 그디서 니 사름이 벌에 쉐완, 그 쉐운딜 호호 불어간다 오좀 쌍 불라간다 숙 튿아당 돌로 닥닥 뺏앙 그레 보벼간다 난리덜이 낫다.

이때ᄁᆞ지도 '십년벵바이러스'엥 ᄒᆞᆫ 말은 시상에 웃엇고, 시간이

'십년벵'을 업언 지가 갈 질 재깍째깍 갈 뿐이랏다.

"요조금은 산이나 드르에 뎅길 때 벌덜 조심헤사커라라."

"게메양. 벌덜이 날이 갈수록 더 독헤졊덴덜 골암십데다."

"벌덜은 독이 막 씨여져 가믄 그걸 어드레 쏘와불고정 ᄒᆞ는 생이라이?"

"경ᄒᆞ는 생이라마씀. 거시지 안ᄒᆞ여도 아무상읏이 눌려들엉 쒜우기도 ᄒᆞᆫ덴양."

"겐디, 청벌은 ᄒᆞᆫ 번 침을 쏘와나민 죽어불주마는 소왕벌덜은 '쏘왁'ᄒᆞ게 침을 쏘와뒹 또시 이녁냥으로 몸 소곱더레 침을 담아노난 멧 번이고 그 침을 써진덴게."

"예. 게고, 죽금살금 일만 ᄒᆞ는 청벌덜은 ᄆᆞᆫ 암펄덜인디 수펄덜은 일도 안ᄒᆞ곡 집이 볼쌍그르게 허걸이 셔둠서 구물락구물락 건달로 그자 먹을커만 축내와노난, 간상ᄒᆞ고 분절몰른 수펄덜은 분제왕 ᄒᆞ는 암펄덜안티 팡팡 물리곡 쒜우곡 ᄒᆞ당 집 바깟디로 쬧겨난 후제, 시비룽뒌 수펄덜은 어드레 떠ᄃᆞ니당 죽기도 ᄒᆞ주마는 젊은 수펄이 가차운 낭가젱이에라도 ᄃᆞᆯ아졍 가동가동 ᄒᆞ염시민 여왕벌이 그 수펄덜을 쿰어주는 생이라양. 경 ᄒᆞ여낭 여왕벌이 알을 하영 까 놓은 덴마씀."

"벌덜은 보통 봄광 ᄋᆞ름에 여왕벌이 알을 낳곡 이슴이슴ᄒᆞ멍 번식ᄒᆞ는디 늦ᄋᆞ름광 초ᄀᆞ슬에 독이 잘도 쎄여진덴게. 게난 그 ᄀᆞ리엔 더 멩심헤사커라."

"꿈 해몽ᄒᆞ는 책에 보난양. 벌에 쒜왕 이녁 몸에 독이 돌아뎅이는 꿈은 흉몽이라도예. 그 벌에 쒜왕 죽어지는 꿈은 길몽이렌마씀. 후후. 그건 무산고 ᄒᆞ민 꿈 소곱서 죽음은 플러스렌양. 꿈 소곱이서 죽는 게 현실에선 '재생'을 곧는 거고 거기다가 '재물운'ᄁᆞ지 ᄯᆞ라온덴 뒈여십데다."

"허드렁ᄒᆞᆫ 소리 말라. 말장시덜이 ᄆᆞᆫ 멘들아 논 말덜 아니가."

이영, 사름덜은 벌을 조심ᄒᆞ여사켄 ᄒᆞ멍, 벌에 대ᄒᆞ영 관심덜토 하지고 아는 이왁덜을 주곡 받는 일도 ᄎᆞᄎᆞ 빈번헤졋다.

아닐케라, 소왕벌덜이 드르에서 을러뎅이멍 더 눌래고 거시지 안ᄒᆞ여도 사름덜을 쒜우는 ᄉᆞ고가 전이보다 ᄌᆞᆽ아졋다. ᄋᆞ름 마가 진 후제 독이 막 오른 벌침독은 독ᄉᆞ베염 만이나 독이 쎄덴 ᄒᆞ고 가당오당 그 벌에 쒜왕 죽어지는 사름덜토 싯다.

그 대신, 사름도 그 벌신디 추분ᄒᆞ는 일이 싯다. 그 종네기덜 가운디 왕벌이옝 ᄒᆞ는 말벌집은 사름신디 약으로 막 좋덴 ᄒᆞ연, 사름덜은 그디 부뜬 벌덜을 다울려뒹 그 벌집을 쳐 튿어당 약으로 먹는 일이다.

콩팔칠팔ᄒᆞ는 사름덜 말을 들어보민, 그 말벌집덜은 낭에 부뜬 것도 싯고 작벡이나 잣벡담에도 싯곡 바우에나 풀 소곱광 땅 소곱에도 이신디 약효가 질룽 좋은 건 오래 뒌 무덤 소곱에 신 거렝 ᄒᆞ는 벨ᄒᆞᆫ 이왁도 싯다.

게나제나, 벌에 쒜우는 ᄉᆞ고덜이 하영 이서가난 중앙정부에서ᄁᆞ지 '벌 예방수칙'을 멘들안 사름덜신디 멩심ᄒᆞ렌 ᄒᆞᆫ다.

〈산광 드르에 뎅길 땐, 어둑은 색보단 ᄇᆞᆰ은 색 옷이나 모ᄌᆞ를 입곡 쓰는 게 좋고 허천바레멍 줄랑줄랑 뎅기지 말앙 주벤 잘 ᄉᆞᆯ피곡 진 바지영 진 ᄉᆞ메로 뒌 옷을 똑기 입곡 향수나 ᄃᆞᆫ 내움살 나는 음식을 ᄋᆞ져뎅이지 말곡 빈직빈직ᄒᆞᆫ 장신구도 창 뎅이지 말곡〉

〈벌이 봐지거나 뎀벼들 때, 벌신디 겁을 주젱 손이나 무신걸로 주왁거려가믄 벌이 더 뎀벼드난 몰른 첵 ᄌᆞ셀 ᄂᆞᆾ추왕 가차운 집 소곱으로나 멀리 피ᄒᆞ여사 ᄒᆞ고 벌집을 잘못 거셔젓걸랑 벌덜이 ᄃᆞᆯ려들기 전이 굼작굼작 말앙 30미터 넘게 화르륵기 ᄃᆞᆯ아나곡〉

〈뎅기당 벌떼를 만나지민 그자 화륵기 ᄃᆞᆯ아나젱만 말앙 ᄂᆞᆾ인 ᄌᆞ세로 멀리 피ᄒᆞ곡, 벌침에 쒜와젓걸랑 ᄒᆞ꼼도 천추 말앙 구짝 빙완이나 약국더레 ᄃᆞᆯ을 것〉 따우를 잘 지켜사 벌 피해를 줄여진덴 ᄒᆞ는 것이다.

추석 멩질날 조상님덜이 왕 방

"ᄀᆞ자 벌초를 안ᄒᆞ연 뭣덜 홈이고?" ᄒᆞ멍 훙이카부덴,

ᄀᆞ슬만 들어가민 추석멩질 전이 조상묘 소분홀 생각에 ᄌᆞ손덜은 ᄌᆞ들아진다. 당부무 산소사 성제덜찌레 ᄒᆞ주마는 그 우티 조상님덜 묘는 가차운 궨당덜이 여산ᄒᆞᆫ 날 ᄒᆞᆫ디덜 모다들엉 ᄒᆞ는디 그걸 모둠 소분이렝 ᄒᆞᆫ다.

엿날부떠 조상숭배 방벱의 ᄒᆞ나로 제주 돌아섬에 ᄂᆞ려오는 전통문화다.

이때는 고향 떠낭 육지 강 사는 ᄌᆞ손덜도 섬에 좀시 ᄂᆞ려와그네 성제덜광 궨당덜도 보곡 조상묘 벌초도 ᄀᆞᇀ이 ᄒᆞᆫ다. 화장문화가 발달ᄒᆞ여가멍 화장 안ᄒᆞ고 매장ᄒᆞ는 정우가 ᄎᆞᄎᆞ 족아지긴 ᄒᆞ였주마는 전이부떠 못아오는 웃대 조상님덜 산소는 ᄆᆞᆫ딱 벌초를 헤사 ᄒᆞᆫ다.

음력 팔월 초ᄒᆞ루.

쉰 중반에 든 일구는 봉아름에 신 선묘덜을 벌초ᄒᆞ는 모둠소분에 참석헷다.

양력으론 구월이 들어도 삭삭 더운 날이다. 벨나게 산담이 큰 고조하르바님 산소를 똠 찰찰 흘치멍 소분ᄒᆞᆫ 후제 ᄀᆞ젼 온 제물 음식덜을 산소 앞더레 올리곡 절을 ᄒᆞ여사 소분이 끗나는 거다.

"일구야, 느도 이젠 부장으로 승진ᄒᆞ여시난 더 어룬스러와사켜이?"

"하하하. 성님, 나 어느젠 무사 아이 닮읍데가?"

팔춘성 만구광 모둠소분 간 벌초를 ᄒᆞ단, 둘이서만 이 고조하르바님 산솔 갈라 맡은 것이다.

겐디, 고조하르바지 산소 북착 산담 안엔 덤방ᄒᆞᆫ 어욱이 느량 나는 디 똑 그 구석에 소왕벌덜이 집을 짓엉 산다. 벌초때마다 몰른 소낭가젱이광 솔입 봉가당 질 문저 그 어욱더레 불살르곡 연기를 팡팡 내우멍 그디 신 소왕벌덜을 다울려낭 남은 벌집을 테여그네 먼더레 데껴분 후제 벌초를 ᄒᆞ는 디다.

그날도 그디 신 소왕벌덜을 다울려된 벌초를 ᄆᆞ치고 궤시를 올려놘 산소더레 절을 ᄒᆞᆯ 때랏다. 일구의 두굼치가 와싹 아팟다.

"아고 이거 뭐꼬게."

일구가 뒤터레 보난 소왕벌 ᄒᆞ나가 일구영 ᄒᆞᆫ디 절ᄒᆞ던 팔춘성 만구의 양지더레도 ᄃᆞᆯ라부뜨멍 확 쒜운다.

"아고 아프다."

만구성이 양지에 부뜬 소왕벌을 손바닥으로 탁 털어치완 발로 보벼된 양지를 ᄆᆞᆫ직은다. 일구광 만구는 벌에 쒜운 디가 쏘왁쏘왁 잘도 아팟다.

성안에 사는 만구성은 원체 머리가 좋아노난 중고등ᄒᆞᆨ교때부떠 전교 일등만 ᄒᆞ곡 서월에서도 질로 쳐주는 '수도대ᄒᆞᆨ'을 졸업ᄒᆞ고 일류

대기업에 들어간 근무를 오래 ᄒᆞ단 나완 제주도에서 건설회사를 출련 이레승당홀 땐 불세나게 일흠도 알리고 큰 돈을 벌언 사회봉ᄉᆞ도 ᄒᆞ멍 정치세계를 꿈꾸멍 이섯다,

겐디 사름 팔제는 몰를 일, 어느 날 'IMF외환위기'가 왓덴 들어지거니 그자 멧 ᄃᆞᆯ만에 쫄딱 망ᄒᆞ엿다. 부돌 막아보젠 아는 사름덜광 궨당덜신디 들구 돈을 꾸어가멍 메와봣주마는 하청을 주는 큰 회사가 푸더져부난 만구네 회사도 남는 거 ᄒᆞ나토 엇고 어떵도 ᄒᆞ여 볼 도래가 읏엇다.

만구는 가부레기 뒌 테레비 ᄒᆞ나 읏이 질레레 앚게 뒈엿다.

게도 백봄 ᄆᆞᆫ ᄌᆞᆫ뎌내고, 늦게 봉근 ᄯᆞᆯ ᄒᆞ나광 각시영 궨당칩이 들어간 월세살이로 서잡아가멍 하간 곱은 오몽광 벨벨 막노동이라도 고불고불 일ᄒᆞ멍 살아가기 시작헷다.

각시도 식당일 나가멍 ᄒᆞᆫ푼이라도 버실어보젠 귀크리좀 ᄒᆞᆫ 번 읏이 고생ᄒᆞ멍도, ᄌᆞ식을 ᄂᆞ시 못 나단 ᄂᆞ지막ᄒᆞ게 봉간 놔둔 동공ᄯᆞᆯ은 잘도 애꼈다.

게고 ᄄᆞᆫ 사름덜이 벨벨ᄒᆞᆫ 말로 궁작거찌는 소릴 ᄒᆞ여도, 그 두가시는 가차운 사름덜신디 빚진 걸 똑기 갚아산덴 ᄒᆞ멍 먹엉사는 돈만 넹겨놩 벌어지는 냥 빚을 갚아 나갓다. ᄯᆞ 혹비말앙은 만원 ᄒᆞᆫ 장도 해피게 안 쓰멍 열심이 살앗다.

오라동

오라오동 ᄆᆞ을회관.

올리도 설멩질 넘으난, ᄆᆞ을 청년회광 부녀회에서 어르신덜을 못아놘 '만수무강 ᄒᆞ십서' ᄒᆞ는 경노잔치를 ᄒᆞᆫ다. ᄒᆞᆫ 해 이 ᄀᆞ리에 똑 ᄒᆞᆫ 번 ᄒᆞ는 일이다.

ᄒᆞᆫ 칭 넘는 도세기 두 ᄆᆞ리 잡아 놓고 청년덜은 아칙이부떠 동네 어르신덜 못아오고 부녀덜은 돗궤기영 내장을 숢고 곤쏠을 익인 미왑에다 베지근ᄒᆞᆫ 몸쿡도 큰 솟디 끓여 놘 잔치를 ᄒᆞᆫ다.

어는제고 잔칠 시작ᄒᆞᆯ 땐 오도낫이덜 앚앙 정초의 과세문안 이왁덜광 덕담덜로 시작ᄒᆞ는디 낮후제 뒈여가민 술덜이 얼건ᄒᆞ게 들어가곡 창가불르는 아지방 아주망덜이 나상 술장귀 두드리멍 가락덜로 흥을 돋진다. 이때는 문덜 앞이 나왕 서툰 춤이라도 추와주곡 섞어지멍 놀아주는 게 부주다.

일구 어멍이 목청이 좋안, 경노잔치 때마다 앞이 나산 민요타령을 잘 ᄒᆞ여나난산디 어멍을 물려신고라 일구도 술장귀 들렁 제벱 두디리곡 타령을 ᄒᆞᆫ다. 경ᄒᆞ고 일구는 어멍이 죽어분 후젠, 어멍생각으로 이 경노잔치에 더 열심이 뎅겻다. 경ᄒᆞᆫ디, 니나노 창가불르멍 오래 놀당 보민 술에 취ᄒᆞ영덜 똑 숭시가 난다.

보통 땐 누게신디나 심드렁이 헤삭헤삭 잘 웃당 술만 취ᄒᆞ여가민 가름돌멍 술광질ᄒᆞ는 서카름 '필추'.

오널도 질 만이 질어진 생인고라 앞이 나산 배운 춤추룩 멩심멩심 창부타령에 맞촨 건사지게 발을 앞뒤터레 웬겨가멍 추단, 술상더레 또시 돌아젼 괄락괄락 ᄒᆞ염선게 술부름씨 ᄒᆞᆯ 때가 뒌 생인고라 앞이 앚인 춘식이 넛하르방신디 부룩부룩ᄒᆞ는 소리로,

"무사 언치냑은 나가 고박ᄒᆞ멍 인ᄉᆞ를 ᄒᆞ여도 경 내무리는 소리만 ᄒᆸ데가?"

"아이고 어떵ᄒᆞᆫ 말이고게. 야이, ᄀᆞ는 귀 막아나시냐? 언치냑 느가 인ᄉᆞᄒᆞ관테 '기여, 어디 좋은 디 값구나이.' ᄒᆞ멍 나가 무사 느 인ᄉᆞ를 받지 안ᄒᆞ여냐?"

필추가 거스뭇거스뭇 부에내멍,

"경헤수과? '놂이 좋은 생이여이. 한량이로고.' ᄒᆞ멍 넹기리지 안 ᄒᆸ데가?"

"경혼 말이 아니여게. 느 ᄆᆞ음이 한걸헤 뒓연 그자 '좋은 디 감샤?' ᄒᆞ는 소리로 골앗주기."

"아니우다게. 나가 아명 촌떼기주마는 말곡질 못 알아 들으카부덴 ᄒᆞ염수과? 삼춘은 느량 간상부리는 소리로 ᄄᆞᆫ 사름을 하시ᄒᆞ멍 뎅긴덴 다덜 골아마씀."

이 말 끗딘 춘식이 녓하르방도 불착ᄒᆞᆫ다.

"이 ᄌᆞ석이 취ᄒᆞ여졋고렌 웬장치멍 그자 아모 말이나 흠불로 광질ᄒᆞ염시니?"

"양? 이ᄌᆞ석마씀? 하이고, ᄒᆞᆫ 뒈연 널 모리 죽어질 지도 몰르는 하르방이 누게신더레 욕ᄒᆞ멍 경 능략거림이우꽈? 경ᄒᆞ지 맙서!"

"무시거 어떵? 촘단촘단 보난, 이ᄌᆞ석 촘말 못뒌 놈이로고. 느네 아방이 나보단 우이긴 ᄒᆞ다. 게도 술이사 아명 쳐 질엇주마는 터진 입이엥 아모신디나 경 호량가달ᄒᆞ나? 못 배운 새끼 ᄒᆞ여당. 너런 건 이 동네에 ᄀᆞᇀ이 안 살아시만 좋으켜."

춘식이 녓하르방이 후려야단ᄒᆞ는 소리를 ᄒᆞ난,

"이 하르방, 늙다리가 입만 살앙 ᄋᆞ을랑ᄋᆞ을랑 호렝이질 ᄒᆞ는 거 보라. 그자 확 죽어불도 안ᄒᆞ고…."

"이놈이 새끼가?"

"하이고 나원 춤, 게민 어떵ᄒᆞᆯ 거우꽈? ᄆᆞᆷ냥 ᄒᆞᆸ서보저."

대여들단 필추가 앒이 이신 술상을 엎어불멍 퍼짝 일어산다. 놀단 사름덜 ᄆᆞᆫ 노레연 ᄉᆞᆯ장귀광 타령덜이 ᄌᆞᆷᄌᆞᆷᄒᆞ여진다.

"아고게. 경덜 맙서게. 필추 느 술 하영 취ᄒᆞ엿구나. 어른신디 경 ᄒᆞ는 게 아니여."

갑장인 일구가 욕ᄒᆞ는 체 ᄒᆞ멍 필추를 ᄒᆞᆫ펜 구석더레 끗언 가분다. 게고 ᄒᆞᄊᆞᆯ 시난 ᄉᆞᆯ장귀 소리광 창가가 또시 나오기 시작ᄒᆞ엿다.

할락산에서 오라동을 지낭 성안 앞바당 용소 펜으로 흘르는 한내창이 싯다. 아메도 이 '한천'이 돌아섬에서는 질 큰 내다.

할락산이서 북펜으로 흘러ᄂᆞ리는 물질이 ᄋᆢ라개주만 그중 ᄒᆞ나는 백록담 알에 탐라계곡서부떠 ᄂᆞ려오고 ᄒᆞ나는 열안지오름 동녁펜 계곡으로 ᄂᆞ려오당 두 개의 물가달이 방선문에서 서로 만난다.

요즘은 농ᄉᆞ용이여 뭐여 ᄒᆞ여가멍덜 할락산 주벤을 돌아가멍 지하수 물고망덜을 들구 똘롸노난 내가 터져도 ᄒᆞᆫ 이틀이민 ᄆᆞᆫ 물라불주마는, 1970년대ᄁᆞ지는 큰 비 후제 내가 터지믄 ᄒᆞᆫ 보름은 물이 흘르곡 ᄀᆞᆯ랑 그디서 사름덜이 히염도 치곡 서답도 ᄒᆞ곡 귀경ᄒᆞ멍 놀기도 ᄒᆞ엿다. 그때는 내창 돌트멍마다 털이 박삭ᄒᆞᆫ 산깅이덜토 하영 살앗고 ᄀᆞᆫ나웃이 청정지역이랏다.

게도 안적ᄁᆞ지 기암절벡 바우덜이 주짝주짝 사둠서 좋은 풍광을 페와놓은 디로, 설문대할망모ᄌᆞ가 신 고지래ᄃᆞ리부떠 방선문ᄁᆞ지 한내 에염 숨풀로 걸어가는 '오라올레'는 오라동 사름덜이 정성들연 멘들아 논 질이고 이디저디서 사름덜이 하영 촟아오는 곳이다.

이 오라올레가 끗나는 방선문은 말 그대로 '신선이 촟아오는 문'이렝 ᄒᆞᆫ 뜻이멍 큰큰ᄒᆞᆫ 바우 가운디가 출입문ᄀᆞ찌 고망이 터젼 싯다. 이 방선문 주벤을 '영주십경'의 ᄒᆞ나인 '영구춘화'렝 불러난 딘디, 엿날이 방선문 주벤에 춤꼿덜이 만발ᄒᆞ게 핀 풍광이 바로 '영구춘화'인 것이다.

예부떠 목ᄉᆞ나 임ᄉᆞ사는 ᄋᆢ라 베슬아치덜광 시인 묵객덜이 이딜 촟아왕 시를 을프곡 풍류를 즐기멍 놀앗단 '마애'덜이 돌아섬 어느 멩소보단 지금도 질 하영 남안 싯다. 안적도 주벤엔 웅장ᄒᆞᆫ 바위덜광 풍광덜이 살아이신 디다.

오라동 사름덜은 이 방선문을 옛 모십 그대로 지키고정 ᄒᆞ연 헤년마다 '방선문축제'를 ᄒᆞ멍 너르게 알리곡 가꾸곡 ᄒᆞᆫ다. 축제는 양력 오월에 ᄋᆢᆯ리는디, 그날은 ᄌᆞᆯ마롱ᄒᆞᆫ 아으덜토 하영 왕 겡삭겡삭ᄒᆞ멍 곱질락ᄒᆞ는 보물촟기영 백일장도 ᄒᆞ곡 준비ᄒᆞᆫ 선물 구지베기도 ᄒᆞ곡, 육지사름덜쾅 제주도민덜이 어마넝창 하영덜 왕 ᄒᆞᆫ디 어우라졍 ᄋᆢ라 가지 행ᄉᆞ를 즐기곡 ᄒᆞᆫ다.

이 '영구춘화'가 봄날 방선문 에염 ᄉᆞ방 팔방으로 흐드러지게 베르싸진 ᄎᆞᆷ꼿 풍광이랏주마는 똑 그때 말앙 뜬 절기에도 경치가 ᄎᆞᆷ 좋아 노난 사름덜이 하영 뎅기는 디다.

이 한내창이서 벗덜광 하간 자파리ᄒᆞ멍 커 온 일구의 ᄆᆞ음 소곱 두린 동심엔 이 한내창 추억이 잘도 하다. 쉐멕이레 목장에 갈 때는 쉐덜신디 이 내창물을 멕영 가곡 이녁이 목ᄆᆞ를 때도 내창바우 호겡이에 고른 물을 입으로 뿔아먹곡….

추석멩질 ᄀᆞᆺ 넘은 어느 ᄀᆞ슬 방선문.

새벡이 빗주제ᄒᆞ엿주마는 아칙 뒈난 웃날 들러젼 하늘이 ᄆᆞᆯ깡ᄒᆞ다.

미리셍이 준비ᄒᆞᆫ 오라오동 주민덜이 이 방선문으로 놀레 나왓다.

동네 사름덜 간이 단합대회도 ᄒᆞ는 ᄀᆞ을 소풍인 거다. ᄆᆞ을 청년회광 부녀회에서 앞이 나산 먹을커영 놀것덜 ᄆᆞᆫ ᄎᆞᆯ리고 노인덜ᄁᆞ지 못안 나온 거랏다.

"히야, 꼿은 웃어도 ᄇᆞᆯ긋ᄇᆞᆯ긋 ᄒᆞ여가는 낭썹덜광 저 기암절벡덜이 잘 어울렶저이?"

"게메, 보기만 ᄒᆞ여도 ᄆᆞ음이 노고롯ᄒᆞ다이."

"저 엄부랑ᄒᆞᆫ 바우만 봐도 ᄆᆞ음이 ᄃᆞᆫᄃᆞᆫᄒᆞ여지는 거 답다."

"느 경 ᄆᆞ음이 ᄃᆞᆫᄃᆞᆫᄒᆞ여졌건 이디 온 짐에 저 방선문 앞이 강 신선님신디 소원이나 ᄒᆞ나 빌어두라게."

“경ᄒᆞ카? 온 주멍에 잘못ᄒᆞᆫ 일 토패도 ᄒᆞ곡 나 잘뒈게 비두웨도 ᄒᆞ여사켜.”

멧사름썩 지녁네찌레 하간 말덜광 장난꾸레기질도 ᄒᆞ고 어떤 이는,

“돌덜이 이거 무사 영 민찌러우니게.”

ᄒᆞ멍 터둑거리기도 ᄒᆞᆫ다.

“어르신님덜, 내창이 ᄒᆞ끔 민찌러우난 멩심ᄒᆞ멍 구경ᄒᆞᆸ서양. 경ᄒᆞ고, 우리 이 방선문 본 다음에랑 저 우티 테역밧디 강 ᄌᆞ미나게 놀게마씸.”

청년회장이 목청을 크게 ᄒᆞ연 ᄀᆞᆮ는 말에

“경덜 ᄒᆞ주게.”

“좋수다.”

영덜 대답ᄒᆞ멍 내창에염에 신 테역밧으로덜 올라가기 시작ᄒᆞ엿다.

이 방선문 주벤은 어느제 봐도 신선이 왕 놀암직이 웅장ᄒᆞ고 아늑ᄒᆞ다. 일구는 내창에 신, 곡데기가 펭펭ᄒᆞ게 생긴 큰 바우 ᄒᆞ나를 문직아 본다. 엿날 막 젊은 때 그 바우 우티 올라간 건불리멍 늘싹이 누워둠서 하늘을 붸리멍 유행갈 흥알거리단 셍각이 낫다.

“그게 어느제라게. 나 나으 이제 쉰 ᄋᆢ듭. 에고, 난 어떵 살아와신디 몰르켜. 이 바우는 그때나 지금이나 똑 ᄀᆞᇀ은디….”

“불써 ᄉᆞ십년이 ᄆᆞᆫ 뒈엾구나게. 세월이 뻘름도….”

와자ᄒᆞ는 사름덜 트멍이서도 일구는 혼차 털어져둠서 방선문더레 ᄇᆞ레멍 주마등추룩 튼나는 옛날덜을 생각ᄒᆞ엿다.

"에에 게도, 놈부치렵게 안 살곡 각시광 아이덜이 건강ᄒᆞ고 펜안ᄒᆞ민 뒛주게. 나도 후제에 죽을 때가 뒈여도 아프지만 말앙 죽어져시민 좋으켜."

테역밧으로 올라온 사름덜은 ᄆᆞ음이 들떳다.

"아아 으악새 슬피 우난 ᄀᆞ슬인 생이우다. 지나분 그 세월이 나를 울렶수다."

ᄆᆞ을 안 큰질에서 우카름 동카름 서카름으로 갈란 놀렐 께 ᄒᆞᆫ다는 대표 두 멩썩 솜씨를 전줄 때 일구도 우카름 대표로 나완 불렀다.

일구는 놀레ᄒᆞ멍 감상에 젖엇다.

시상이 ᄆᆞᆫ ᄀᆞ슬이다.

아까침이 ᄒᆞᆫ 잔 먹은 쉐주 따문인가. '으악새'가 정말 슬피 울멍 흥글거리는 거 닮다.

붸리진 못ᄒᆞ여도, 지나가분 그 세월이 날 울린다. 감정을 물착ᄒᆞ게 담안 몸뗑이 뒈와가멍 불르단 보난 ᄃᆞᆺᄃᆞᆺᄒᆞᆫ 심장에서 눈물이 올라옴직도 ᄒᆞ엿다.

"으악– 으악–" ᄒᆞ멍 간주를 맞촤주던 사름덜이 일구 놀레가 ᄀᆞᆺ나난

"강일구 멩카수여!" 우찬ᄒᆞ멍 큰 박수덜을 보낸다.

"자인, 노래방에 뎅거멍 돈 깨나 바쪄시켜이?"

"아니라. 자이도 어멍 물린 생이라. 자이네 어멍이 놀렐 촘 잘 불러낫주기게."

"자이옌 ᄒᆞᆫ 건 ᄀᆞᆮ 놀레ᄒᆞᆫ 일구말가?"

"예게, 자이가 여ᄌᆞ덜이 좋아ᄒᆞ게 생겨노난 집이선 ᄌᆞ들아지커라양?"

"일구아주방마씸? 누게가 아명 꼬슬려도 ᄀᆞ딱도 안ᄒᆞ는 돌텡이우다게. 경ᄒᆞ고 어멍 아방은 인칙 죽어불언 웃어도 저 일군 잘도 소재라서마씀. 경ᄒᆞ난 ᄌᆞ들들들덜 맙서."

동네 할망덜광 아주망덜이 일구를 붸리멍 두이서 ᄂᆞ지겡이 소곤닥ᄒᆞ는 말이다.

"아이고 삼춘덜, 두이서 무신 숙닥공론덜이우꽈게. 오메기떡이라도 맛촘수과덜? 이레 ᄒᆞᆫ저 나왕덜 ᄒᆞᆫ디 놀게마씸."

왈캐기주마는 두룸쉬 좋은 ᄆᆞ을 부녀회장이 할망덜을 앞더레 잡아ᄃᆼ긴다.

"오돌 또오오기 저기 저냥 노오오온다. ᄃᆞ오오어얼도 ᄇᆞ오오어얼꼬 나가 머리로 가아알ᄁᆞ나." 동카름 대표로 나온 부녀회장이 불르는 '오돌또기'에 맞찬 앞이 나온 할망덜쾅 ᄒᆞᆫ디 어울언, 일구광 녹대쉬염 나고 걸걸ᄒᆞᆫ 서카름 '상주'도 민요춤을 닮암직사리 춘다.

경혼디 갑제기,

앞이 나완 덜싹덜싹 춤을 추던 '상주'가 가심광 숭머리를 씰멍 멜락멜락ᄒᆞ게 ᄎᆞᆫᄎᆞᆫ이 앚인 다음 털싹 엎더진다.

"이거 무신 일이고게."

"술 취ᄒᆞ연 그것가?"

"야, 상주야 무사?"

"아이고, 상주가 급벵이 들린 생이여게. ᄒᆞᆫ저 119 불러사켜."

상주는 일구보다 대ᄋᆢᆺ ᄉᆞᆯ 아래다. 일구가 상주신더레 ᄃᆞᆯ려간 등땡이를 받치멍 일리젠 들러봐도 멜락ᄒᆞᆫ 냥 숨도 안 쉰다.

서툰 솜씨로 상주의 가심을 누루떳닥누루떳닥 ᄒᆞ여봐도 옴짝홈 ᄒᆞᆫ번 읏이 그냥 느랏ᄒᆞᆫ 냥이랏다. 홀목에 맥을 짚어보고 심장에 귀를 대여봐도 ᄂᆞ시 좀좀이다.

119가 완 청년회장이영 ᄒᆞᆫ디 상주를 실러가고, 나머지 사름덜은 갑제기 일어난 일에 소풍 나온 흥이 ᄆᆞᆫ 벌려져불고 ᄌᆞ들아지멍도 ᄉᆞᆼ코리에 출련 온 음식이 무리카부덴 건 것덜만 먹언 집으로덜 돌아왓다.

겐디, ᄌᆞ뭇께 '애앵, 애앵' ᄒᆞ는 119차가 또시 동네에 들어왓다.

상주 연거레 뒈는 야드락지게 똥똥ᄒᆞᆫ 서카름 진수가 집이서 ᄂᆞᆺ 싯치고 시숫대양에 발을 ᄃᆞᆷ간 앚안 선하위염 ᄒᆞ멍 '끅 끅' ᄒᆞ여가난, 하영 먹언 개틀왐시카푸덴 ᄒᆞ여신디 갑제기 세완 놔둔 낭토막이 석언 씨러지듯 욮으로 탈싹 씨러진 거랏다.

"혹시, 소풍 음식더레 누게가 굿인 걸 카불어신가?"

영 ᄀᆞᆯ아뎅기기도 ᄒᆞ엿주마는, 그날 밤이 이윳 동네에서도 그추룩 씨러진 사름이 둘이나 셧던 거랏다.

"아이고, 요번 추석멩질 정성이 부작ᄒᆞ여난 거 아닌가?"

"게메게. 누게가 비린 몸으로 멩질ᄒᆞ여먹고 입 ᄌᆞᆼ간 신 생이여."

사름덜은 궁상시럽게도 ᄒᆞ루 ᄉᆞ이에 젊은 사름 닛이 저 시상더레 가부난 베라벨 말덜이 다 나왓다. 갑제기 죽은 사름덜을 부검ᄒᆞ여보난 니 사름 똑ᄀᆞᇀ이 심장이 마비뒈고 괴사뒈여분 거랏다.

"이상도 ᄒᆞᆫ 일이여."

"ᄀᆞᇀ은 날 똑 ᄀᆞᇀ은 상태로 닛 씩이나 죽은 건 무신 문제가 신 거여."

그제사, 행정에서영 ᄒᆞᆨ계에서영 ᄋᆢ라단체에서 '역ᄒᆞᆨ조ᄉᆞ'를 시작ᄒᆞ엿다.

ᄋᆢ라가지 조ᄉᆞ를 ᄒᆞ던 중 니 사름 공통점이, 비듯ᄒᆞᆫ 연거레로 청년회 활동을 ᄒᆞᆫ디 ᄒᆞᆫ 게 나오고,

"아, 십년 전쯤이 오라목장이서 청년회 단합대회 ᄒᆞᆯ 때 소왕벌덜이 ᄂᆞᆯ아들언 그 니 사름을 쒜와낫수다게."

연합청년회 활동을 ᄒᆞ엿단 사름 ᄒᆞ나가 그 엿날 일을 ᄀᆞᆯ으난, 의학계에서 모다들언 ᄌᆞ근ᄌᆞ근 더 조ᄉᆞ를 ᄒᆞ게 뒈엿다.

“십년 전이?”

“십년?”

생멩공ᄒᆞᆨ 연구관덜은 기분이 이상ᄒᆞ엿다.

“십년!”

어느 직원 ᄒᆞ나이가 ‘사름심장기능 십년연장’ 연구 시작광 그 ᄀᆞ리 실험용 중이 ᄒᆞ나를 잃어분 것광 그때 여직원 가방에 곱앗단 중이 ᄒᆞ나가 어느 모멀밧으로 ᄃᆞᆯ아난 거ᄁᆞ지 튼내게 뒈엿고, 아메도 그 중이가 ᄀᆞ젼 신 바이러스가 어떤 경로로 벌덜신디 웽긴 걸로 유추ᄒᆞ게 뒈엿다.

경ᄒᆞ연 메틀 전이 죽은 실험중이 ᄒᆞ나를 ᄉᆞᆯ펴본 결과, 마지막 순간에 밧데리가 ᄆᆞᆫ 떨어진 로봇추룩 베실베실 ᄒᆞ멍 숨이 그차지고 괴사뒈는 심장의 모든 형태가 이번이 죽은 사름덜광 똑기 ᄀᆞᆮ은 걸 발견ᄒᆞ난 적실ᄒᆞᆫ 징멩이 나오게 뒌 거다.

“큰일이 낫저. 이 연구바이러스가 돌림벵인 ‘십년벵’이 뒈불어신게. 이거 어떵ᄒᆞᆯ 거라게.”

생멩공ᄒᆞᆨ연구소는 난리국이 뒈싸지고 메틀 후제 이 ᄉᆞ실을 재확인ᄁᆞ지 ᄒᆞᆫ 결과, 이 ‘십년벵바이러스’가 시상을 ᄂᆞᆯ아뎅기는 소왕벌신디 전이뒌 걸 인정ᄒᆞ게 뒈엿고, 십년벵바이러스를 ᄀᆞ진 벌침에 쒜우민 그 바이러스가 혈맥을 ᄄᆞ라들어왕 사름 심장에 딱 ᄃᆞᆯ라부뜨는 것이랏다.

이 ᄉᆞ실이 전국 방송을 탄 나라안엣 사름덜이 ᄆᆞᆫ 알게 뒈엿다.

교도소에 수감된 바이러스

십년벵이 시상에 알려지기 직전 영주조도소.

할락산이 가차운 중산간 지경에 싯다.

ᄉᆞ방이 높은 울담으로 둘러젼 싯고 바깟디서 안으로 들어오는 ᄒᆞ나 벢이 읏인 문으로 들어사믄 바로 앞이 보안과가 싯고 그 어염 건물에 경 크지 안 ᄒᆞᆫ 강당광 의무실이 잇다. 경ᄒᆞ고, 그 안에 감방 건물로 1사, 2사, 3사, 요영 큰 건물이 싯다. 1사는 안적 형이 확정 안 뒌 미결수덜이 생활ᄒᆞ는 디고, 2사는 단기수, 3사는 비교적 장기수덜을 수용ᄒᆞ는 디다.

미결수덜은 검찰이나 법원에 출정ᄒᆞᆯ 때 말앙은 바깟디로 나올 정우가 벨로 읏주만, 기결수덜은 펭일날 낮이 조도소 안에 신 인쇄공장이영 목공장이영 삭강기술 익이는 디 따우 멧가지 기술을 배와주는 디 강 생활을 ᄒᆞᆫ다. 이런 밋디서 수형인덜이 출소ᄒᆞ민 사회에 나강 재생ᄒᆞ도록기 ᄒᆞ는 교정정책의 ᄒᆞ나인 것이다.

조도소를 둘른 울담 ᄂᆞ방 구석마다 조도소 안팎을 망보는 망동산 닮은 감시대가 주짝 둥두렷ᄒᆞ게 니 개 이신디 그디서는 24시간 하간 걸 감시ᄒᆞ는 곳이다.

게고, 그 조도소 울타리 안에 너르진 안ᄒᆞ여도 일과중 중간중간 수형자덜이 운동ᄒᆞ는 운동장도 싯다. 게고 또시, 재소자덜이 운동 ᄒᆞᆯ 때에도 담당 교도관이 의자 ᄒᆞ나에 걸터 앚앙 감시를 ᄒᆞᆫ다.

조도소 바깟디는 감귤농장이 이신디, 그딘 조도소 소곱 ᄒᆞ곤 달른 바깟시상이난 수형 성적도 좋곡 아끗ᄒᆞ민 ᄃᆞᆯ아나 불 염려가 읏인 재소자덜을 뽑앙 '경운' ᄒᆞᆫ뎅 나강 과원 일덜을 도웨주기도 ᄒᆞᆫ다.

바깟디로 나가는 ᄒᆞ나 이신 문을 나가곡 들어올 땐 '검신'이렝 ᄒᆞ영 소지품 검사를 ᄒᆞ게 뒈는디, 이 재소자덜이 어떵사 머리가 좋은지 베라벨 방벱으로 ᄒᆞ지 말렝 ᄒᆞ는 담베 ᄀᆞᇀ은 걸 반입ᄒᆞ당 껄쳥 압수도 당ᄒᆞ곡 징벌로 '경운'에서 제외시기기도 ᄒᆞ고, 어떤 정우엔 껄치지 말젠 ᄆᆞᆯ아초를 또꼬망 소곱에 담앙 들어온덴도 ᄒᆞᆫ다.

그 담베는 징역을 ᄆᆞᆫ ᄆᆞ쳐그네 출소ᄒᆞᆫ 사름이 감귤농장더레 곱아 들어왕 놔두민 '경운' 나가는 날은 미리셍이 입낙ᄒᆞᆫ 디서 그걸 곱져 들어 오는 것이다.

하여간이 그 안엔 돌콤셍이 닮은 사름덜토 싯곡 ᄀᆞᆯ앙 몰를 만이 응얼털멍 말썽피우는 수형자덜토 싯곡 올캐로 초초ᄒᆞ곡 오도낫ᄒᆞ게 생활ᄒᆞ는 고정벡이 수형자덜토 싯다.

공장벨로 교대ᄒᆞ멍 시간을 정ᄒᆞ영 운동을 ᄒᆞ거나 2사나 3사별로 사름 수정을 정ᄒᆞ영 나왕 운동을 ᄒᆞᆯ 땐, ᄉᆞᆯ짝치기로 금지 시긴 짓이라도 ᄒᆞ카부덴 담당교도관도 똑기 지켜산다.

경ᄒᆞ고 가차운 감시대에서도 ᄉᆞᆯ피곡 모범 장기수덜이 '지도'렝 ᄒᆞ는 완장을 창 목다리마다 사둠서 지켜주는 걸 도웨기도 ᄒᆞᆫ다.

"야, 넌 뭐 ᄒᆞ염나?"

"이 벌덜 보라게. 벳이 ᄃᆞᆺᄃᆞᆺᄒᆞ난 소왕벌덜이 벡에 부뜬 놀앖저게."

"그거 ᄎᆞᆯ래기ᄀᆞᇀ이 ᄒᆞᆷ불로 건들지 말라. 쒜우민 잘도 아픈다이."

ᄒᆞᆫ 재소자가 벡에 부뜬 벌을 곰작곰작 건드렴시난 ᄄᆞᆫ 재소자가 ᄇᆞᆯ딱이추룩 멩심ᄒᆞ렌 ᄀᆞᆯ앗다.

"맞다게. 거, 거, 거시믄 안데여."

ᄄᆞᆫ 재소자가 다도액이로 말참녜 ᄒᆞᆫ다.

겐디, 벌을 거시단 사름이 멩심ᄒᆞ여시민 벨일이 읏어실 건디, 벌을 거시는 게 ᄌᆞ미난 생인고라 ᄋᆢ라 ᄆᆞ리를 문지각문지각 드립더 거셧다. 벌 ᄒᆞ나가 건디리는 사름 양지레 ᄃᆞᆯ려들언 와싹 쏘왓다.

"아고게, 벌에 쒜왓저게."

"거 보라. 머굴쳉이 닮은 것아, 게메선 나가 뭐센 골아니? 아고 나 신디도 돌라부떲저. 혼저덜 돌아나사켜."

벌덜은 ᄒᆞ나가 쐐우기 시작ᄒᆞ난 ᄋᆢ라 ᄆᆞ리가 왕~ ᄒᆞ멍 그디 신 사름신더레덜 돌려들엇다.

사름덜은 머리를 숙이고 양지를 곱지멍 돌아나기에 바빳다.

"저 벌덜 보라 큰일이여. 얼른 문걸쒜 율앙 문덜 방으로 들어가라!"

담당 교도관이 웨울르멍 체족을 ᄒᆞ엿주마는 벌덜은 아모신디나 무루 뎀벼들엇다.

보난 조도소 울담 넘어로도 소왕벌덜이 수룩짓언덜 막 놀아들언 그디 신 사름덜만이 아니고 다른 디 신 사름덜도 쐐우고 문이 율아진 방에도 들어간 ᄉᆞ정읏이 쐐우멍 사름덜 ᄉᆞᆯ카죽을 ᄒᆞᆫ긋들로 벌겅케 멘들앗다.

쉬나문 멩이 그 소왕벌에 쐐우고 그중 ᄒᆞᆫ 사름은 벌독 따문 위독ᄒᆞ연 시내에 이신 벵완에 간 치료를 받고 메틀 후제사 조도소로 돌아왓다.

겐디,

사을 후제 전국방송으로 '십년벵바이러스'가 시상에 발표되고 중앙정부나 지방정부 ᄆᆞᆫ 비상ᄉᆞ태에 들어갓다.

영주조도소에서 일어난 벌떼 ᄉᆞ건으로 그 소왕벌에 쒜운 재소자 설나문 멩이 '십년벵'에 확진뒈엿고 나라에선 '벌 예방 수칙'을 멘들고, 그 벌덜신딘 ᄑᆞ릴 잡는 에프킬라가 소용웃이난 벌 방어용으로 '불총'도 멩글잇다.

뎀벼드는 벌덜신디 에프킬라를 쏘우민 그걸 맞인 벌은 웨려 더 뎀벼들멍 쒜와노난, 벌덜이 질 문저 뎀벼드는 양지에다 씨우는 모기장 닮은 얼굴가리개인 복면포도 멘들안 쓰고 '불총'은 스프레이식 총인디 그걸 맞인 벌은 거멍케 캉 죽은다. 게도, 그게 불 날 위염이 하노난 나 든 사름만 소지ᄒᆞ곡 두린 아으덜은 ᄆᆞᆫ지지 못ᄒᆞ게 ᄒᆞ엿다.

경ᄒᆞ고, 이 십년벵이 사름 사는 일상엔 아모 지장이 읏덴 발표ᄒᆞ엿다.

사름간이는 돌림ᄒᆞ지 안ᄒᆞ는 이 십년바이러스가 안적은 소왕벌덜 소곱에만 션 벌에 대ᄒᆞᆫ 멩심을 크게 강화ᄒᆞ여사주마는 아모제고 그 바이러스가 달른 곤충이나 버렝이신디 웽길 지도 몰르난, 대소간ᄒᆞ고 어떤 곤충이나 버렝이를 느량 조심ᄒᆞ여사 ᄒᆞᆫ다고 경고ᄒᆞ멍 만약 시 나쁜 ᄆᆞ음으로 이 바이러스를 ᄄᆞᆫ 사름신디 주사ᄒᆞ거나 웽기민 10년 넘게 지녁살이를 시겨산덴도 ᄀᆞᆯ앗다.

게고, 이 십년벵에 확진뒌 사름을 가차이 안 ᄒᆞ젱 기피ᄒᆞ는 정우가 실 거난 나라에서 십년벵 확진자덜을 국가책임하에 보호관리ᄒᆞ는 대책을 멩글앖덴도 ᄒᆞ엿다.

게고제고 산이나 드르에서 일ᄒᆞ는 사름덜은 궁근팡에 앚인 거추룩 느량 또가또가ᄒᆞ멍 지내여사 헷다.

어느 ᄂᆞᆯ.

"일구야, 뉴스 들어시냐? 십년벵 바이러스 뉴스."

만구의 전화랏다.

"예. 나도 들언양. 성님광 고조하르바지 산소 벌초때 셍각이 납데다."

"으게. 나도 경ᄒᆞ연 전화ᄒᆞ엿저게. 그때가 어는제지?"

"그끄르헤 아니우꽈양? 절ᄒᆞ단 소왕벌에 쒜운 거마씸."

"맞다게. 혹시 몰르난 검사 받아봐사 뒘직ᄒᆞ연이?"

"예. 닐랑 ᄒᆞᆫ디 가 보게마씀."

일구와 만구는 뒷녁날 보건소를 ᄎᆞ앗다.

의사선싱는 나가 한 ᄋᆢ자랏다.

심전도 검사영 ᄋᆢ라가지 심장질환 검사를 ᄆᆞ치고 초음파 검사를 오래 ᄒᆞ연게마는,

"아~ 안뒈여수다예. 십년벵바이러스가 들어앚아신게마씀. 게도 ᄒᆞᆫ창 치료제 개발을 ᄒᆞ는 중이난 ᄆᆞ음 펜ᄒᆞ게 ᄀᆞ졍 지냄십서. 무신 일이나 지금ᄀᆞ찌 다 ᄒᆞ멍 살아도 뒙네다."

의사선싱의 확진판정을 듣는 순간 둘이는 정신이 히어뜩헷다.

"십년벵에 걸리다니…."

"게민, 이제 똑기 칠년 남은 거 아니라? 이거 어떵ᄒᆞᆯ 거라. 큰일낫저게."

둘이는 뭉ᄒᆞᆫ 얼굴로 서로간이 손을 꼭 줴여주멍도 뭐가 뭔지 생각ᄒᆞᆯ 수가 읏엇다.

십년벵에 걸려신디도 어떵 ᄒᆞ여 볼 내기가 읏다.

게도, 벵을 구완ᄒᆞ는 약도 안 먹곡 살아가는디는 아모 불펜이 읏이 난 환자가 아닌 것추룩 지금ᄀᆞ찌 뎅기멍 살당 때 뒈민 죽는 거다. 겐디 ᄆᆞ음은 궤롭곡 어드레 곱아불고정만 ᄒᆞᆯ 것이다. 경 안ᄒᆞ여도 일구는 직장이서 명예퇴직을 ᄒᆞ젠 ᄆᆞ음먹은 때랏다.

"퇴직ᄒᆞ곡 살아갈 방벱을 생각헤사켜…."

일구는 하간 게 허망ᄒᆞ덴 생각이 들어도 희망을 버리고정 안헷다.

만구도 "우리 ᄄᆞᆯ 미라! 시상이서 질 곱닥ᄒᆞᆫ 강미라! 후유~ 불쌍ᄒᆞᆫ 것."

ᄒᆞ멍, 질 ᄆᆞᆫ저 ᄒᆞ나 이신 동공ᄄᆞᆯ이 ᄎᆞᆷ말 안쓰럽다는 생각을 ᄒᆞᆫ다.

"나가 오래 살멍 저 ᄄᆞᆯ을 지키곡 ᄒᆞ고정ᄒᆞᆫ 거 ᄆᆞᆫ 헤줘살 건디…."

누명과 변명

메틀 후제,

"강일구씨! 당신을 살인죄로 체포ᄒᆞ쿠다."

"?"

"아명 취중이라도 경 무자비ᄒᆞᆯ 수가 잇수과?"

"그게 무신 말이우꽈?"

"당신은 취중에 ᄃᆞ투단 사름을 이 폐가에서 돔베칼로 찔련 죽인 거 아니우꽈? 어떵 경 열 반디나 잔인ᄒᆞ게 찔러집데가? 당신 손에 줴여졋던 돔베칼광 당신 옷에 존뜩 묻은 죽은 사름의 피가 증거물로 보전뒈엇고, 당신을 현행범으로 연행ᄒᆞ는 중이우다. 그 사름은 구급차로 벵완에 가신디 이미 사망ᄒᆞ엿젠 연락이 왓수다."

ᄉᆞ타귀가 깨 신 형ᄉᆞ가 ᄀᆞᆯ앗다.

일구는 그제사 정신이 펀짝 들엇다. 옛날집인고라 ᄆᆞᆫ 삭은 지게문광 문절귀광 천장도 베스룸ᄒᆞ고 막 그슬은 폐가에 와졋구나도 알아지고 이녁 행착도 말이 아니랏다.

어이가 읏엇다.

"나가 술은 하영 먹엇주마는 아멩ᄒᆞᆫ들 놈을 죽일 사름이 아닌디…."

누게산디 질 막 못ᄌᆞᆫ디게 구는 거 닮안 눈을 튼 건디

"이거 무신 일이고?"

보난, 이녁이 입엇단 잠바도 벳겨지고 피 묻은 손에는 수갑이 채와진 냥 정복 입은 순검광 사복 입은 남자 둘이서 이녁을 일려세왕 걸려보젱 ᄒᆞ는 거랏다.

"나 집더레 전화나 ᄒᆞᆫ 번 ᄒᆞ게 ᄒᆞ여줍서. 집이선 ᄌᆞᆷ도 못자고덜 ᄌᆞ들암실 건디…."

"안뒙니다. 당신 휴대폰도 그 사름광 싸움박질 ᄒᆞᆯ 때 털어진 생인고라 피묻은 바닥에 셧고 그것도 증거물로 ᄒᆞᆫ디 싯수다. 당신 신분을 확인ᄒᆞᆫ 지갑은 정찰서에 강 말짜에 돌려드리쿠다."

더께눈을 ᄒᆞᆫ 형사가 ᄌᆞᆯ라 말ᄒᆞᆫ다.

아, 미치겠다. 아모 생각도 안 나고 이디가 어딘지도 몰르겟다.

"내가 살인을? 말도 안뒌다. 뭣산디 크게 잘못 뒈엿다."

무신 걸 생각ᄒᆞ여보젠 머리를 흥글멍 털어봐도 아모 생각이 안 난

다. 탑동 방파제에서 술 ᄒᆞᆫ 펭 먹고 또시 그 뒷골목에 신 민속주점서 니펭 불런 먹어진 거 닮긴 ᄒᆞᆫ디….

죽은 남자는 55세 뒌 육지서 여행 온 사름이랏다.

그 사름도 만취상태엿단 모냥이다. 일구광은 일면식도 웃인 사름인디 어떵ᄒᆞ연 싸우게 뒈여신디사 귀신이 곡ᄒᆞᆯ 노릇이랏다. 게고 그 돔베칼은 어디서 들런 와져심광, 일구는 정말 미쳐짐직ᄒᆞ엿다.

각시광 식솔덜이 울음바당 멘들단 가불고 정찰서 유치장 구석에 혼차 뒷고개광 뒷곡뒤를 손으로 눌런 앚인 일구.

아멩 생각ᄒᆞ여 봐도 꿈을 꾸는 거 ᄀᆞᆮ앗다.

"이건 꿈일 테주."

ᄒᆞ멍도 요ᄉᆞ이 메틀 동안 일어난 일덜이 튼난다.

상그르헤부떠 ᄆᆞ음 먹은 것이 명예퇴칙을 ᄒᆞᆫ 후제 추억을 먹으멍 살지 말곡 꿈을 먹으멍 살아사지 ᄒᆞ는 생각이라신디, 오래 손놧던 기타도 치곡 가심 소곱에 밀려둔 시광 소설도 쓰곡, 졸바로 뒌 제주어도 공부ᄒᆞ곡, 사회봉ᄉᆞ활동도 ᄒᆞ곡, 남제기 인생 보내나게 살아봐사주 ᄒᆞ멍….

ᄋᆢ라가지 꿈덜이 하나신디, 이 '십년벵'이라는 웬수 바이러스가 심장 소곱에 들어앚아 부난 엄창웃이 실망ᄒᆞ여진다.

하여간이 일구는 환자가 뒈거니 바로 30년 뎅긴 직장이서 명예퇴직을 ᄒᆞ엿다.

ᄒᆞᆫ디 ᄒᆞᆫ솟밥 먹던 직원덜이 잘도 섭섭헨 헷주마는 요즘 직장 풍토도 경ᄒᆞ고 회ᄉᆞ 위ᄒᆞ영이라도 그게 온생각 닮앗고 우선은 '십년벵'을 쿰은 냥 졸바로 근무ᄒᆞᆯ ᄌᆞ신이 읏엇다.

퇴직ᄒᆞ고 집이 완 ᄒᆞᆫ동안을 콱 박아진 냥 이섯다.

미칠 거 ᄀᆞᇀ앗다.

"나가 무사 십년벵에 걸려사 ᄒᆞ나."

온밤을 거자 튼 눈으로 지낫다. 지나온 일덜이 ᄆᆞᆫ 꿈만 ᄀᆞᇀ앗고 이녁 ᄌᆞ신이 '강일구' 닮질 안ᄒᆞ다. 눈열도 ᄆᆞᆫ 읏어지고 어느 세계에서 둥글어 뎅기단 잘못 기여들어온 세겟놈 답다.

"무시거? 퇴직ᄒᆞ여도 꿈을 먹으멍 살 커라? 크크."

ᄌᆞ신이 잘도 초라ᄒᆞ고 밉다. 아무 것도 ᄒᆞᆯ ᄌᆞ신이 읏다.

"써넝ᄒᆞᆫ 가심엔 꿈이 읏다!"

ᄒᆞ멍 헤삭이 웃는 준기삼춘이 터올른다.

"준기삼춘도 이 ᄉᆞ실을 알암실 거라. 삼춘! ᄒᆞ꼼만 지드립서!"

눈물이 나왓다. 나가 무사 죽어사 ᄒᆞ는고…. 속이 터짐직ᄒᆞ고 아무 것도 손에 젭히지 안ᄒᆞᆫ다. 각시광 주벤이서 달래는 소릴 ᄒᆞ여도 소곱에 들어오들 안헷다. 오랜만이, 뎅기단 직장 벗덜 만나켄 핑계ᄒᆞ연 바깟딜 나삿던 거다.

늦인 ᄀᆞ슬, ᄒᆞ꼼 시민 초ᄌᆞ냑이 뒐 ᄀᆞ리다.

야겔 폭 숙이고 걸엇다.

벚낭 단풍덜이 불고롱 ᄒᆞ여가는 제주시 공설운동장 지나고 전농로 벚낭질도 지낫다. 서문통광 무근성을 지나멍 전방에 들언 술 ᄒᆞᆫ 펭광 오징에포 ᄒᆞ날 사고, 준기삼춘광 가끔 왓던 탑동방파제에 올라삿다.

가차운 디서 테 ᄒᆞ나가 느렁테로 지나가고, 서가리가 부는 듯 ᄒᆞᄊᆞᆯ 얼어붸긴 ᄒᆞ여도 뒤에 신 질엔 베지딱 허리지딱 걷는 사름도 싯고 설랑설랑 걷는 사름도 싯고 설레미나멍 걷는 사름도 싯다.

바당은 들물로 ᄀᆞ득곡 불아노난 먼 바당 물ᄆᆞ르도 번듯헷다. 물창도 반득ᄒᆞ게 봐지고 물질 ᄆᆞ친 나 든 ᄌᆞᆷ녜 싯이 갯ᄀᆞᆺ디서 망시리에 ᄀᆞ득은 바릇거를 풀어놘 정리ᄒᆞ고 이섯다.

ᄒᆞ꼼 시난 날이 어슥ᄒᆞ여 가고 바당에 튼 궤깃배덜이 ᄒᆞ나 둘 불을 싸기 시작ᄒᆞ는 걸 보멍 일구는 술펭을 까들고 앚앗다. ᄒᆞᆫ숨에 반 펭쯤 드르쓰난 소곱이 ᄒᆞᄊᆞᆯ 페와진다.

먼 바당을 밀꾸룻이 붸리단 일구는,

“에이 씨발, 나가 무사 죽어사 뒈지? ᄄᆞᆺᄄᆞᆺᄒᆞᆫ 가심이 이추룩 탕탕 튀는디…, 이제 아모 일이라도 다 ᄒᆞ여질 거 닮은디.”

각시도 건강ᄒᆞ고 아이덜토 ᄆᆞᆫ 컨 절혼ᄒᆞ연 잘 살암시난 큰 걱정읏이 죽어지긴 ᄒᆞᆯ 거 닮아도 정말 죽고정치 안ᄒᆞ다.

저착 축항펜이서 "뿌우웅~!" 사름덜 하영 태운 큰 배가 어드레사 감신디 벳방귀 소릴 내멍 축항을 나산다.

괄락괄락,

남제기 반 펭을 다 드르쌋다. 취기가 올라왓다. 뭐가 뭔지 몰르겠다. 나가 누겐지도 잘 몰르겟다. 갑제기, 가심에 들언 싯단 준기삼춘이 나타난다.

"삼춘, 무사 삼춘은 술을 경 ᄌᆞ주 먹없수과?"

"하하. 일구야, 속상ᄒᆞᆯ 때 술을 먹으민이. ᄆᆞ음이 페와진다게. 유식ᄒᆞᆫ 말로 긍정! 시상 일덜이 ᄆᆞᆫ '경 ᄒᆞᆯ 수도 싯주기'로 ᄆᆞ음이 풀어져 뷉다게. 게난 난 술이 아니라 긍정을 ᄌᆞ주 먹는 거주. 하하하."

맞다. 긍정을 먹자. 긍정을 놰이게 먹어보자.

바당에 든 배덜이 ᄆᆞᆫ 불을 싼 바당이 훤ᄒᆞᆯ ᄀᆞ리다.

"어디로 가코?"

고망술칩도 생각이 낫주마는 탑동 뒤펜 골목에 신 민속주점엘 들어갓다.

두어 시간에 니 펭쯤 먹어져신가.

"아접씨, 일어납서게. 하영 취ᄒᆞᆫ 생이우다양."

술에 취ᄒᆞ연 비쓱 누워분 생이다.

술칩 주연이 깨와 준 건 베롱ᄒᆞ게 생각이 난다. 바깟디로 나완 아모 셍각읏이 어딘지도 몰르고 아롱고롱ᄒᆞᆫ 냥 비틀락비틀락 걸어뎅겨진 거 닮은디, ᄉᆞ건이 생긴 무근성 폐가 소곱으로 무사 들어가져신고…. 오좀이 ᄆᆞ려와나신가? 술이 웬수다! 튼나지는 것덜 셍각ᄒᆞ단 일구는 뒷목을 더 짚이 누들은다.

증거물이 충분ᄒᆞ고 아멩 아니렌 변호도 헷주마는 아니라는 증거도 내놓을 게 읏엇다. 기억도 안나는 살련다리로 10년형을 선고 받앗다.

상호간이 심ᄒᆞ게 취ᄒᆞ엿고, 피고인이 그날에 생각나는 일덜을 체얌부더 끗ᄁᆞ장 굴축읏이 일관뒈게 진술ᄒᆞ는 것광 사름을 죽인 기억이 당췌 읏덴ᄒᆞ는 피의자의 진술이 일관뒌 걸로 봐서 우발적으로 생긴 ᄉᆞ건이라고 인정ᄒᆞ멍 판결ᄒᆞᆫ 10년이랏다.

일구는 항소ᄒᆞ지 안ᄒᆞ엿다. 재판기간 동안 ᄀᆞᆯ아난 말 ᄀᆞᆯ악ᄀᆞᆯ악 멧번이나 헤신디사 넘이 지겨왓고 이 허망ᄒᆞᆫ ᄆᆞ음으론 항소를 못ᄒᆞ켄 ᄒᆞᆫ 것이다.

동네에선, "그 사름 보메 답지 안ᄒᆞ게 숭악ᄒᆞᆫ 거로거이?" ᄒᆞ멍 놈이 말 소도리 좋아ᄒᆞ는 사람덜 입이 재게 돌아뎅겻다.

"확 나가 죽어불어사주."

ᄒᆞ멍도 사름덜은 어떵ᄒᆞ민 더 오래 살아지코 ᄒᆞ는 욕심이 누게신디나 싯다.

어느 날 아칙이 ᄀᆞ실ᄇᆞ름이 서노롱ᄒᆞ단 낮후제 뒈난 벳이 나고 ᄒᆞ꼼 더운 날이랏다. ᄆᆞ을에서 춘식이 넛하르방광 ᄋᆢ든 넘은 노인네 ᄋᆢ나문이 오라목장 열안지오름펜더레 나삿다.

“ᄇᆞ름 불민 ᄆᆞᆫ 불려부는 그딘 벌집이 엇이메게.”

“벌덜토 벳도 잘 들곡 ᄇᆞ름도 폭ᄒᆞᆫ디 집덜 짓엉 살메.”

춘식이 넛하르방도 말참녜 ᄒᆞᆫ다.

“개똥도 약에 쓰젱 ᄒᆞ민 웃넨 ᄒᆞ연게. 그 하간디 나왕 쒜우는 벌덜이 ᄆᆞᆫ 어드레 가불어신고이. 오널은 멜쪽이로고원.”

“게메, 엿날이라시민 올리도 촐ᄒᆞ레 이덜 멧 번 나들어 가멍 어느 펜이 벌집이 하영 신 것도 ᄆᆞᆫ 알아져실 건디….”

지레가 질 족은 하르방이 춘식이 넛하르방 말끗디 끼여든다.

나가 ᄋᆢ드나문 뒌 하르방덜이 요영 중중ᄒᆞ멍덜 목장질을 돌아뎅이는 내용은,

‘십년벵’에 쒜와보젠 이영 드르에 나산 거다.

아이러니ᄒᆞ게도 소왕벌덜 몸 소굽에 들어간 ‘십년벵바이러스’가 전염뒈멍 사름 목심을 십년으로 콱 ᄌᆞᆼ가불주마는 나가 하영 들엉 죽을 ᄀᆞ리가 뒈여가는 노인덜안틴 십년 더 사는 희망을 주는 것이기도 ᄒᆞ엿다.

경헨, ᄆᆞ을 노인덜이 ᄉᆞ렴ᄉᆞ렴 생각ᄒᆞᆫ 끗디 ᄋᆢ라이가 모다들언 영

나사게 뒌 거다.

손엔 지펭이덜 들르고 그걸로 주왁주왁 가시자왈이영 낭 트멍덜을 톡 톡 건디려도 보곡 탁탁 두디리기도 ᄒᆞ멍 ᄒᆞᆫ참을 젓어뎅긴다.

"게난, 그 십년벵 벌침을 맞이민 뜰림읏이 심장이 죽지 안ᄒᆞ영 십년을 더 산덴 말 아니라?"

"게메, 경ᄒᆞᆫ덴 ᄒᆞ난 우리가 영 나산 거주기. 그자 씰데기읏이 온 건 아니라게."

"나도 멧 해 전이 위암 수술을 ᄒᆞ여신디, 어떵 ᄌᆞᆫ디멍 ᄒᆞᆫ 십년 더 살아질 건가원."

"심장이 멈촤지지 안ᄒᆞ게 ᄒᆞ는 거난 몸은 못ᄌᆞᆫ뎌도 십년 더 살아지긴 ᄒᆞ는 생이라."

오라목장 열안지오름 에염 숨풀 앞. ᄇᆞ름에 불린 낭썹덜이 수닥이 모다든 자왈 에염.

"아, 저디 싯저. 보라 저 큰 벌집에 부뜬 소왕벌덜. 저것덜이 십년 바이러슬 ᄀᆞ진 것덜산딘 몰르켜이."

춘식이 넛하르방이 앞더레 주짝 나산 지펭이로 벌집을 톡톡 친다.

벌덜이 노레연 ᄂᆞᆯ게기가 들러지멍 ᄇᆞ르르 턴다. 춘식이 넛하르방이 더 크게 벌집을 지펭이로 흥근다.

"와~앙!"

ᄒᆞ는 소리광 ᄒᆞᆫ디 소왕벌덜이 사름신더레 둘려든다.

"아고, 와싹 쒜왓저. 아프다게."

춘식이 넛하르방은 벌에 쒜완 아프멍도 쒜운 양지를 문직으멍 벵삭이 웃인다.

"에엥, 엥~ 에엥~ 엥"

수십 ᄆᆞ리의 소왕벌이 주벤을 놀아뎅이멍 둘려든다.

침을 질 문저 맞인 춘식이 넛하르방은 손으로 양질 막으멍 구석더레 간 노고롯이 앚고….

"왕, 와앙~"

벌덜은 더 부에난 듯 뎀벼들고 하르방덜토 벌덜을 주왁주왁 더 거신다.

"아고, 나도 쒜왓저게."

"나도 와싹 쒜와져신게."

소왕벌에 쒜운 노인덜은 그 쒜운딜 손으로 문직으멍 코삿ᄒᆞ연 ᄒᆞᆫ다.

에염에 앚앗단 춘식이 넛하르방이 이녁 풀에 부뜬 소왕벌 ᄒᆞ나를 손가락으로 놀게를 심언, 눈을 헤뜩헤뜩ᄒᆞ멍 누게 안보게 두터운 비닐봉다리에 놘게마는 ᄀᆞ져온 배낭가방더레 쏙 담은다.

ᄆᆞ을에선 난리국이 뒈싸졋다.

노인네 열이 드르에 놀레갓단 와신디 양지덜이 문 덩드렁마께추룩 뒈엿고 못ᄌᆞᆫ뎐 죽어가는 소릴 ᄒᆞ여가난 ᄆᆞᆫ 빙완더레 ᄃᆞ련 간 치료를 받앗주마는 그 중 ᄒᆞᆫ 사름은 벌독으로 오꼿 죽어불엇다.

메틀 지나난 나머지 하르방덜은 아무상토 안ᄒᆞ고 ᄒᆞ고정 ᄒᆞᆫ대로 서녕케 십년벵 확진을 받앗다. 저 시상 천 질 만 질 가사 ᄒᆞᆯ 시간을 십 년은 번 거다.

춘식이 넛하르방은 심이 더 나신고라 눈공ᄌᆞ를 이레저레 둥굴리멍 전이 답지 안ᄒᆞ게 "필추나 봐져냐?" ᄒᆞ멍 회관엘 ᄌᆞ주 뎅겻다.

어느날 ᄌᆞ냑. 노인당으로도 ᄒᆞᆫ디 쓰는 동네 ᄆᆞ을회관이서 여점 모다덜 들언 하르방, 할망, 아주망, 아지방덜 찌레찌레 펜덜 갈란 화토를 친다.

큰 돈 내기도 아니고 백원짜리광 오백원짜리 쒜돈덜 ᄒᆞᆫ 이천원썩 지 앞이 놩 질 쉬운 까스치기를 ᄒᆞ는 것이다. 아멩헤봣자 이천원이나 삼천원이믄 어스름 새벨이 틀 때ᄁᆞ지 ᄒᆞ루헤원 즐기는 거다.

ᄒᆞ당보민 어느 ᄉᆞ이에 술상이 출려진다.

쉐주에 짐끼 ᄒᆞᆫ 젭시영 줄게 썬 둠빌 놩 먹는 술상이다.

소나이 삼춘덜이 ᄒᆞᆫ 잔썩 ᄒᆞ는 술상이주마는 요즘은 아주망이나 할망덜토 가끔 ᄒᆞᆫ 잔썩 ᄒᆞ는 펜이다. 술도 ᄒᆞᆫ 잔 ᄒᆞ여지고 화토도 실픈 사름 멧은 이레저레 슬탁슬탁 갈라지기도 ᄒᆞ고….

"이녁이 돈 하영 따시난 나 ᄒᆞᆫ꼼 갈라주라게."

“헤에 나원, 이녁은 요자기 하영 따지난 누게신디 개펭도 읏이 그자 옴막 들러먹언 가불언게게.”

“그땐 집이 손지가 와부난 인칙 갓주기게.”

화톳말덜토 ᄒ곡 술 멧 잔 ᄒᆫ 사름덜은 어디서 봉가들은 실읏인 소리광 허지랑ᄒᆫ 세계 이왁도 ᄌ미나게 ᄒ멍 비득비득ᄒ당 웃음차제기도 ᄒ는디,

“어, 필추 아지방 왓구나게.”

양지가 솔모랑ᄒᆫ 동카름 대기할망이 크게 ᄀ는 소리에 ᄌ시 문덜 ᄌᆷᄌᆷ이다.

‘필추’ ᄒ민, 술광질다리의 대명사다. 필추는 일구영 갑장이고 안적 쉰 중후반이난 젊은 축에 든다. 성질도 불다당케 ᄃᆯ곡 젊은 때 씨름선수도 ᄒ여난 ᄃᆫ직ᄒᆫ 덕대다. 사름덜은 다덜 필추가 건트집이라도 ᄒ카부뎬 눈치를 ᄉᆯᄉᆯ 본다.

필추는 무신 재주산딘 몰라도 ᄒ는 일 읏이도 술을 ᄌ주 먹는디 술이 안 들어간 땐 제벱 오도낫도 ᄒ여 뷉다. 겐디 술만 질어지민 술먹은 부름씰 똑 ᄒᆫ다.

“이 군늉다리 ᄌ석, 뷀려지기만 ᄒ여보라. 불망대길 ᄀ겨불켜.”

누겔 욕ᄒ염신지 아모도 몰른다. 동네 좁은 질 아글락아글락 ᄒᆫ 바

쿨 돌다그네 이 아접씨가 저훈 아으덜이 돌아나가믄 필추는 더 기십이 살앙 풀찜져가멍 목청을 크게 내와가멍,

“야, 내미가 경ᄒᆞ더냐? 나신디 손꼬락질 ᄒᆞᆫ 그 새끼 이레 ᄃᆞ려오라! 손꼽데길 ᄆᆞᆺ아불커메.”

더 쎈 입살로 술광질을 ᄒᆞᆫ다.

아메도 이녁신디 ᄒᆞ꼼이라도 궂인 소릴 ᄒᆞ믄 그걸 소곱에 ᄋᆞᆨ먹엇당 웨울러뎅기는 생인고라, ᄆᆞ을 사름덜은 이 술광절다리 필추가 멀리서라도 봐지민 몰른 첵 욮지왕 ᄉᆞᆯᄉᆞᆯ 비켱 가부는게 상책이랏다.

그 술코래 필추가 오널도 어디 간 하영 질언 완 비틀락거리멍 ᄆᆞ을 회관에 들어산 것이다.

“아이구 삼춘덜 그냥 놉서게. 나가 잡아먹카푸덴마씸?”

경 골아된 술상 앞더레 간 앚인다. 이레저레 실긋실긋ᄒᆞ단 이녁냥으로 술 ᄒᆞᆫ 잔 비완 드르쓴다.

화토도 안 치고 귀경ᄒᆞ단 춘식이 넛하르방이 노인네 답지 안ᄒᆞ게 눈이 빈직거린다. 화토치는 사름덜신디 무신 말 ᄀᆞᆮ는 체 ᄒᆞ멍 필추 뒤터레 ᄉᆞᆯᄉᆞᆯ 들어앚인 후제, ᄒᆞ쏠 싯단 슬그뭇이 일어산게마는,

“에에, 난 볼 일이 션 ᄆᆞᆫ첨 가사켜.” ᄒᆞ멍,

춘식이 넛하르방은 나 든 멧 어른덜신더레 새벤주롱ᄒᆞ게 고개 자울이멍 인사를 ᄒᆞ여된 집이 가불엇다.

"에이, 씨발!"

필추가 혼찻말로 중은중은ᄒᆞ멍 술 ᄒᆞᆫ 잔 더 ᄄᆞ란 들으쓴다.

"착 착!"

화톳장 치는 소리덜이 ᄋᆢ라밧디서 나고,

"아고 오니 나왓저. 그 똥 찍으라게."

누게 산디 지꺼진 소리로 ᄀᆞᆯ는디,

"아고 이거 뭐꼬? 와싹 쉐와라게."

필추가 웨울르멍 파들락기 일어산다.

"무사 경헴시?"

필추는 우통을 벗언 이디저디 ᄉᆞᆯ핀다.

"이거 소왕벌이우다게. 어떵ᄒᆞ연 이게 나신디 완 쉐와신고."

"소왕벌?"

소왕벌광 십년벵 말만 들어도 금칠락ᄒᆞ는 ᄀᆞ리라노난, 사름덜은 벌이 나완 놀아드는 거 ᄀᆞᇀ이 노레멍 문 회관 바깟더레 푸더져가멍 ᄃᆞᆯ려 나간다.

"거 어떵ᄒᆞᆫ 일인고이?"

"게메게. 이상도 ᄒᆞ다. 그 벌 십년벵 이신 벌 아닌가?"

"큰일 날 지도 몰르켜이?"

바깟더레 ᄃᆞᆯ아난 사름덜 멧멧이 ᄌᆞ드는 소릴 ᄒᆞ고,

"탁!" 소리 나게 그 소왕벌을 방바닥더레 까추완 죽여분 후제 필추는 허천더레 실그리멍 벌에 쒜운 ᄌᆞ깡이를 자꼬 ᄆᆞᆫ직은다.

뒷녁날,

ᄀᆞ랑비가 ᄒᆞᆫ 시간 ᄂᆞ린 후제란 시상이 축축ᄒᆞ다.

보건소에서 각시광 ᄒᆞᆫ디 나오는 필추. 필추 각시도 양지가 벌겅ᄒᆞ고 눈바위가 축축ᄒᆞ다. 넘이 어이읏인 일이 갑제기 생겨노난 눈앞이 왁왁ᄒᆞ다.

"이거 어떵 ᄒᆞᆯ 거우꽈게."

또시 울어진다. 보건소 안이서도 하영 운 생이다.

검사ᄒᆞ여보난, 어제 쒜운 소왕벌이 십년벵 바이러스를 ᄀᆞ진 생인고라 그 바이러스가 심장에 들어앚안 '십년벵'이 확진뒌 것이랏다. 이제 십년 살민 죽어질 거난 젊은 사름이 얼메나 속상ᄒᆞ곡 억울ᄒᆞᆯ 건고. 필추는 무신 생각을 ᄒᆞ염신디사 니 ᄌᆞ그려물고

"이놈이 하르방…."

ᄒᆞ멍 중은중은ᄒᆞᆫ다.

요즘도 보리멩질 ᄒᆞ는 디가 신 생인고라 ᄆᆞ을회관에 누게산디 돗궤기적이영 둠비적이영 ᄀᆞ져 완 그딧 사름덜이 ᄒᆞᆫ 점썩 먹어가멍 ᄌᆞ드는 소리덜을 ᄒᆞᆫ다.

“큰일 낫저이?”

필추가 십년벵에 걸렷젠 ᄒᆞᆫ 소문에 동네가 난리다.

“올리 ᄆᆞ을제가 잘못뒈여신가원.”

“게메, 것도 ᄆᆞ을회관이서 소왕벌에 쒜와시난게….”

이때 ᄆᆞ을회장이 급ᄒᆞ게 들어오멍,

“아이고 진짜 더 큰일이 낫수다게.”

ᄆᆞ을회장은 양지가 헤양케 벤ᄒᆞ연

“오널 아칙이 한내창 골레수테기 물에 누게산디 둥둥 턴 이선 지나가단 섯동네 사름이 119에영 정찰서에 신고ᄒᆞ연 실런 가신디, 그 죽은 사름이 춘식이 넛하르방이렌마씸. 경ᄒᆞ연 나도 정찰서에 간 촘고인으로 조ᄉᆞ를 받안 나오랎수다게.”

동네 사름덜은 어안이벙벙헤졋다.

“아고게, 이거 무신 숭시덜인고?”

“이거 보통 일은 아니여게. 더 노레여질 일이 심직ᄒᆞ다.”

동네 사름덜은 물에 빠젼 죽은 춘식이 넛하르방 이왁에 귀자울이멍덜 정보수집에 눈이 벌겅ᄒᆞ엿다. 냉중에 나온 ᄉᆞ연은 영헷다.

어제 초ᄌᆞ냑 동네 우녁전방에서 춘식이 넛하르방광 필추가 ᄒᆞᆫ디 술을 먹으멍 ᄃᆞ퉛다.

춘식이 넛하르방은 필추가 십년벵에 걸린 소문을 못 들은 생이다.

“무시거 어떵? 늑신네옝 냉그리멍 느 게난 얼메나 살아짐직ᄒᆞ니? 나도 늙엇주마는 나 목심도 느만인 더 살아지켜.”

춘식이 넛하르방은 ‘칵’ ᄒᆞ멍 바닥더레 게춤을 밖아뒨 또시,

“지가 무신 걸 잘 ᄒᆞ노렌 아모디서고 거딱거딱이라?”

“히야 이 사름 잡는 하르방아, 늙으민 곱게 죽을 중 몰랑 못즌디게 죽을 하르방이로고.”

“알아서. ᄋᆢ든에 고든에 ᄒᆞ지말고 양지도 보지 말앙 살게. 나도 느 닮은 거 꼴보기 궂언 죽어지켜.”

필추도 ᄋᆢᆨ먹은 듯

“알앗수다. 따신 우리 절대 보지말게마씀.”

ᄀᆞᆯ는 필추의 양지가 ᄀᆞ그극ᄒᆞ다.

영덜 ᄃᆞ투단 전방이서 나가신디 뒷녁날 아칙이 춘식이 넛하르방이 물에 빠젼 죽은 게 발견뒌 것이랏다.

“필추가 죽여신가?”

“경노잔칫날부떠 말덜이 한게마는….”

“게메, 경노잔칫날 그 두 사름이 크게 ᄃᆞ투멍 싸와난 후제 이디저디서 입여께가 족족ᄒᆞ지 안ᄒᆞ여라게.”

“경ᄒᆞᆫ다 ᄒᆞᆫ들 ᄒᆞᆫ동네에 사는 사름덜찌레 그자락 큰 일을 내우진 안ᄒᆞ여실 거라게. 경 ᄃᆞ툰 일에 사름 죽인뎅 ᄒᆞ민 밍 쫄른 사름덜 잘도

하켜.”

“게난, 정찰서이서 나완 필추를 ᄃᆞ려갓덴 ᄒᆞ연게 어떵 뒈어신고이?”

“필춘, 정찰서이서 당추 경 안ᄒᆞ엿고렌 ᄒᆞᆫ 생이라.”

“게메, 경 사름 죽일 만이 불호량덜 ᄒᆞ멍 ᄃᆞ투와나신가원. 아이고 선선ᄒᆞᆷ도. 몰라게. 하르방이 술 취ᄒᆞ연 젓어뎅기단 물에 빠져실티사. 그 하르방도 하르방만이 술광질이 신 사름이라노난….”

동네 사름덜은 영 정 ᄒᆞᆫ 말덜쾅 도리삽삽ᄒᆞ멍도 놈이 일이난 그자 아멩이나 ᄀᆞᆯ아뎅겻고, 방답덜은 정찰서에 간 을러대멍 범인 심어내렌 백백 울러두드리곡 ᄒᆞ엿다.

메틀 후제 춘식이 넛하르방을 죽인 범인이 필추라는 게 확인뒈여신디,

“게난예. 그 하르방이 나 실게창지그차지게 ᄒᆞᆸ데다게. 그 하르방이 날 십년벵에 걸리게 ᄒᆞ영 죽이젠 바이러스가 신 소왕벌을 심어단 나 ᄋᆞᆺ 소곱더레 담안 ᄌᆞ깡일 쒜우게 ᄒᆞ여불엇수게. 그거 사름이 ᄒᆞᆯ 짓이우꽈? 게도 난양, 아멩 나영 ᄃᆞ투긴 ᄒᆞ엿주마는 넘이 분ᄒᆞ고 억울ᄒᆞ여도 ‘나가 잘못ᄒᆞ여수다. 우리 내창에 강 ᄒᆞᆫ 잔 더 ᄒᆞ곡 화해ᄒᆞ게마씀’ ᄒᆞ멍 내창 ᄀᆞᆯ레수테기 에염에 간 앚안 더 먹단, 나가 ᄎᆞᆷ아사주 생각으로 ‘삼춘도 얼메나 살 거우꽈게. 따시랑 경 나신디 호렝이질 ᄒᆞ지

말아줍서' 부탁ᄒᆞ멍 골으난, 그 하르방이 불딱불딱 썽내멍 '무시거? 나 목심 얼메나 더 살 거냐고? 느 아멩 ᄒᆞ여보라. 나보다 더 살아지카 부덴 ᄒᆞ염샤?' ᄒᆞ는 말에 그만 어떵사 분제운지 하르방 모감질 심어 집데다!"

이게 광들린 사름추룩 웨울르멍 자백ᄒᆞᆫ 필추의 말이랏다.

바이러스의 탈옥

그루후제,

십년벵바이러스를 ᄀᆞ진 벌덜이 돌아섬 ᄆᆞᆫ 돌아가멍 너르게 퍼젼다.

사름덜은 바깟디 나갈 때마다 옷도 잘 출려 입곡 복면포광 불총도 꼭 ᄀᆞ지곡 하간 준비를 ᄒᆞ여사 헷다.

벌 습격 ᄉᆞ건이 셔난 후제, 영주조도소 소곱인 싱숭상숭ᄒᆞ엿다. 미결수덜은 피해가 읏엇주만 기결수덜 가운디 장기수덜이 하영 그 벌에 쒜우고 확진뒌 것이랏다.

"야, 이거 영 살앙 뒈카이?"

"게메, 이 바이러스는 벵구완 ᄒᆞᆯ 수도 읏고 치료제 연구가 잘도 에렵덴게. 어는제 치료제가 나올 지도 몰르고… 나 형기가 15년 남아신디 그 전이 이디서 죽을 거 아니라?"

"빙완에서도 벨 방벱이 읏고, 나도 10년 넘이 남아신디, 미치켜이.

그냥 죽을 날만 지드려살 거 아니라?”

특히 장기수덜이 ᄌᆞ드는 소릴 하영 ᄒᆞ멍 조도소 분위기가 두상걸게 돌아갓다.

새 봄이 들 ᄀᆞ리.

새날 ᄃᆞ겨지고 이슥ᄒᆞᆫ 어느ᄂᆞᆯ 암팜.

조도소 울담 에염에 보안등이 멧 개 싸진 냥 꾸박꾸박 졸앖고 시상은 조용ᄒᆞ다.

3사 출입구 쒜문이 ‘쓰르릉’ ᄋᆢᆯ리멍 교대ᄒᆞ레 들어온 담당교도관이 안으로 들어산다. 순간, 벡에 부뜬 냥 곱앗단 수형자 싯이 그 교도관을 확 심어눅져 ᄂᆞᆫ 소리 못ᄒᆞ게 수건으로 입을 틀어막고 험벅으로 멩근 끈으로 온몸을 돌아가멍 ᄃᆞᆫᄃᆞᆫᄒᆞ게 묶은다.

저착 구석엔 ᄆᆞᆫ저 근무하던 교도관이 볼써 ᄀᆞᇀ은 모양이 뒌 냥 누원싯다.

화륵화륵 일을 ᄆᆞ친 수형자덜이 교도관신디서 빼앗은 열쉐로 감방문덜을 돌아가멍 ᄆᆞᆫ ᄋᆢᆯ앗다. 방에 잇단 수형자덜이 입을 ᄌᆞᆷ근 냥 3사 바깟디로 나완 허릴 수그려 가멍 울타리가 신 펜으로 우르르 몰려간다.

“거기 누게냐?”

동녁펜 구석에 신 감시대에서 근무ᄒᆞ던 교도관이 웨울른다.

"담을 넘는 사름은 쏜다."

"보안과, 보안과! 재소자덜이 남쪽 울담으로 탈옥을 ᄒᆞ젠 헴수다."

ᄒᆞᆫ 손에는 총을 촐려가멍 ᄒᆞᆫ 손으론 당직근무대에 급히 보고를 ᄒᆞᆫ다. 울담 바깟디서 훍은 벳줄 ᄋᆞ라개가 울담 안으로 데껴진다.

수형자덜은 바깟 시상에 신 사름덜쾅 탈옥 모의를 오래 전이부떠 ᄒᆞᆫ 생인고라 그 일덜이 순식간에 일롸진다. 수형자덜은 미리셍이 당직 근무로 보안과에서 대기 중인 직원들이 바깟더레 얼른 나오지 못ᄒᆞ게 쒜로 뒌 통로덜을 ᄆᆞᆫ ᄌᆞᆼ가 두기도 헷다. 시간을 벌젠 ᄒᆞ는 것이다.

울담 바깟디는 감귤농장이다.

그 벳줄덜도 경운기광 트렉타광 큰 감귤낭 낭뎅체기에 ᄐᆞᆫᄐᆞᆫᄒᆞ게 ᄆᆞᆫ 묶어젼 싯다.

울담 바깟디도 가망ᄒᆞᆫ 옷 입은 일반 사름덜 대ᄋᆞᄉᆞᆺ이 ᄋᆞ라가지 ᄉᆞ복광 신ᄁᆞ지 페와놓고 수형인덜이 넘어왕 그것덜을 입곡 신엉 돌아나게 지드리는 것이랏다.

멧멧 재소자덜이 벳줄을 타고 울담을 기어올른다.

"울담을 기어올르는 사름은 총으로 쏜다! 탈옥을 ᄒᆞ민 얼메나 큰 죄인줄 몰르나?"

3감시대와 4감시대 근무자덜이 웨울러도 재소자덜은 못들은 체 화륵화륵 울담을 기어올르고 담질이 익숙ᄒᆞᆫ ᄂᆞᆯ랜다리 멧은 벨써 넘어갓다.

“타~앙!”

3감시대에서 쏜 단발식 칼빈소총 소리가 좀든 시상을 깨왓다.

“꿔~꿔~꿩~”

왁왁ᄒᆞᆫ 시상이서도 장꿩덜이 ᄂᆞᆯ레연 ᄂᆞᆯ아간다.

“타앙~!”

총소리광 ᄒᆞᆫ디 그디서 질 걱대쉬인 재소자 ᄒᆞᆫ 사름이 울담을 넘단 아래로 털어진다.

게도, 담을 넘어가는 탈옥은 멈촤지지 안ᄒᆞᆫ다. 다음 벳줄을 지드리는 수무 남은 재소자덜이 웅상웅상ᄒᆞ멍 범벅젼 이신디,

“일구 삼춘, ᄂᆞ려오는 벳줄 확 심읍서. 나가 잡아ᄃᆞᆼ겨 주커메. 경ᄒᆞ영 얼른 넘어갑서. 나도 ᄀᆞᆺ 가쿠다.”

춘식이가 일구신더레 ᄀᆞᆮ는 말이다. 일구가 주저미저ᄒᆞᆫ다.

“탈옥은 큰 죄인디….”

가카 말카, 어떵ᄒᆞ민 좋고 ᄒᆞ는 생이다.

경ᄒᆞ단, 저착에 산 이신 필추를 붸리멍 필추신더레 “벳줄을 주카” ᄒᆞ는 모냥새다.

춘식이가 확 ᄀᆞ로막으멍

“확마씸게.”

일구를 훙이듯 다울인다.

춘식이는 나쁜 친구덜광 ᄒᆞᆫ디 벨벨 악행을 ᄒᆞ멍 뎅겻주만 두린 때 지녁 목심을 구ᄒᆞ여 준 준기삼춘을 느량 은인으로 생각ᄒᆞ엿고, 준기삼춘이 좋아ᄒᆞ는 일구를 좋아라 헷다.

조도소 안이서 어떵ᄒᆞ당 둘이 봐지민 삼춘광 조케추룩이나 성제추룩 반갑곡 서로 위ᄒᆞ엿다. 경ᄒᆞ고 춘식이는 십년벵이 들도 안ᄒᆞ엿주만 조도소이서 돌아나젠 생각ᄒᆞᆫ 것이랏다.

“맞다. 죽어도 바깟디서 죽자. 나 가심이 뜨겁게 뛰는디…. 춘식아, 알앗저. 느도 멩심ᄒᆞ영 나오라이?”

일구가 벳줄을 ᄃᆞᆼ겨심언 울담을 올르기 시작ᄒᆞᆫ다.

군대에서 유격훈련 받을 때 말앙은 체얌이주만 확ᄒᆞ게 곡데기ᄁᆞ지 올르고 담 넘어로 튀어ᄂᆞ렷다.

일구가 넘어간 걸 본 춘식이가 욮구리에서 무신 걸 ᄒᆞ나 꺼낸다.

보난, 진 송곳이다. 지 에염더레 보멍

“오필추, 당신이 우리 넛하르방을 죽엿지? 너도 죽어봐라.”

춘식이가 필추의 목을 송곳으로 콱 찔른다. 피가 찰찰 나고, 필추가 손으로 목을 심으멍 둥구는디도 춘식이는 빼고 찔르고 시 번이나 더 헷다.

벳줄을 지드리는 사름덜이 멀릴 트멍도 읏이 아씩 일어난 일이랏다. 필추가 담에염으로 둥굴어가는 걸 본 춘식이가 벳줄 ᄒᆞᆫ날 심언 올른다.

춘식이는 부량헷주만, 성질머리가 페라왓던 그 넛하르방은 게도 춘식이만 봐지민 막 애껴주곡 용돈도 주곡 ᄒᆞ여난 것이다.

ᄂᆞᆯ싸게 담을 타올르는 춘식이가 울담을 거자 올랏다. 곡데기를 심어지난 그디 걸터 앚아둠서 아래를 거쓴 본다. 안적도 필추가 살안 파들락파들락ᄒᆞᆫ다. 춘식이는 필추가 느랏ᄒᆞ여지는 걸 똑 보젠산디 그디서 천추ᄒᆞᆫ다.

"타~앙!"

춘식이가 조도소 울담 바깟디로 털어젼 '탈싹' ᄒᆞᆫ다.

이번엔 4감시대에서 쏜 총소리다.

그때, 자작거리멍 무장을 ᄒᆞᆫ 교도관덜이 몰려 나오고, 불빗덜이 빈직빈직ᄒᆞ멍 싸이렌 소리가 나고 출동ᄒᆞᆫ 경찰 타격대가 조도솔 에와싼 상황을 정리ᄒᆞ기 시작헷다.

바깟디서 돌리던 이도 젭히고 안에서 벳줄을 지드리단 재소자덜은 문 손을 머리레 올렷다. 이 탈옥ᄉᆞ건은 이추룩 잠깐 ᄉᆞ이에 일어나고 끗낫다.

일구는 ᄃᆞᆯ렷다.

그디 준비뒌 신이영 옷 따운 생각도 안나고 입엇단 죄수복에 고무신을 신은 냥 ᄃᆞᆯ앗다.

입을 각물앗다. 울담 넘을 때 장모개기가 야쏠 ᄀᆞ무끄고 풀고비에 헐리가 나도 ᄃᆞᆫ당 푸더지민 확 일어상 또시 ᄃᆞᆯ앗다. 체얍엔 할락산 펜더레 ᄃᆞᆫ단 도거시련 한내창으로 들어산 오라올레 질로 들어삿다.

"맞다. 죽어도 집이 강 식솔덜 앞이서 ᄂᆞᆯ을 말 실피 ᄀᆞᆫ곡 젭히든 죽든 ᄒᆞ자. 아모 죄도 웃이 저 조도소 안이서 죽는 건 넘이 억울ᄒᆞ다. 젭형 징역을 더 받아도 나 목심 멧 년 안 남아시난…. 겐디, 지금 집으로 가도 날 심으레 온 사름덜이 이제만이 이유칩ᄁᆞ지 들어간 지드릴 것 ᄀᆞᇀ으다. 어떵ᄒᆞ코…."

ᄃᆞᆫ도 ᄒᆞᆫ푼 웃이 어딜 가밧자 곱을 디가 웃다. 어디 강 도독질 ᄒᆞᆯ ᄌᆞ신도 웃다.

시내가 가차울수록 더 걱정이 뒌 일구는

"아 촘, 우선 그딜 강 곱자." ᄒᆞ멍

오라올레에 신 연북로 ᄃᆞ리 밋디 거방지고 좁작ᄒᆞ고 옴탕ᄒᆞᆫ 디라도 좀졍 누우민 ᄇᆞ드낫이 두어 사름 들어가지는 오시록ᄒᆞᆫ 디가 이신 걸 생갓헤냇다.

"그딜 가사켜."

ᄆᆞ음을 정ᄒᆞ고 그펜더레 ᄂᆞ려가기 시작ᄒᆞ엿다.

일른 봄이주마는 어슬먹 새벡빗으로 올렛질 에염 낭에 ᄃᆞᆯ아진 감귤덜이 봐진다.

맛이 쉬우룽ᄒᆞ여도 새곰지지도 안ᄒᆞ고 ᄃᆞᆯ다. 확확ᄒᆞ게 탄 비닐봉다리 ᄒᆞ나 봉그고 ᄀᆞ득 체왓다. 경ᄒᆞ고 생각ᄒᆞ엿던 그 ᄃᆞ리 소곱ᄁᆞ지 멩심ᄒᆞ멍 기어들엇다.

버렝이덜이 구물구물 기여뎅이고 곰셍이가 피연 내우살이 구리구리 ᄒᆞ엿주마는, 바깟디선 이딜 못 볼 거난 일단 안심이 뒌다. 좁은 바닥에다 질게 다리를 페우고 몸을 눅젓다.

ᄃᆞ리 우이를 지나는 차덜이 쿵쾅거리멍 지나뎅긴다.

배가 고프다. 일구는 탄 온 감귤 열 개를 확ᄒᆞ게 깐 먹엇다.

바닥에 신 돌셍기에 어깽이광 등짱이 누루떠지고 바닥이 사락사락ᄒᆞ연 등ᄆᆞᆯ리도 불펜ᄒᆞ다. 주벤에 나간 ᄋᆢ라가지 냇건데기 따우 검부레기영 북닥덜 걷어단 ᄁᆞᆯ고 누웟다.

ᄆᆞ음은 심숭삼숭ᄒᆞ여도 펜안ᄒᆞ다. 경ᄒᆞ고 허기가 체와지난 조랍다. 시도 때도 읏이 ᄌᆞ동차덜이 ᄃᆞ리 우티서 탕탕거려도 조라운 걸 이기지는 못헷다.

얼메를 자져신고….

큰 차가 지나가는 생이다.

ᄃᆞ리가 ᄂᆞ려앚암직이 머리 우티서 쿵쿵 쾅쾅거리는 소리에 눈이 터졋다.

날은 훤ᄒᆞ여졋고 목이 물랏다.

“어떵ᄒᆞ코….”

또시 감귤 여나문 개 깐 먹엇다. 목고냥이 들쿠릉은 ᄒᆞ여도 노고롯도 ᄒᆞ고 배고픈 것도 읏인디 바깟더레 나살 ᄌᆞ신이 읏다.

“나상 가봐도 누겐간 날 알아볼 거고, 그냥 이디 싯당 어둑아지민 나사자.”

일구는 또시 들어누웟다.

솜비치멍 눈을 곰앗다. 몸이 으스슥으스슥ᄒᆞ다. 생각ᄒᆞ여보난 ᄌᆞ신이 잘도 서우리ᄒᆞ다.

하간 생각덜이 여붓여붓 허천더레 ᄃᆞ겨지멍 나온다. 멧 시간 전이 조도소 울담을 넘단 총 맞안 털어진 재소자의 청보 입으로 피가 괄괄 나오단 모십이 얼랑거린다.

우리집 두깡에 해년마다 요ᄉᆞ시에 나오는 난시덜이 하영 돋아나실 건가…. 일르게 피는 노리롱ᄒᆞᆫ 유채고장도 피여신가…. 식솔덜은 나 말앙 뜬 일론 기탄읏이 잘덜 이신가….

각시광 아이덜 얼굴이 터올른다. 어머니가 나타낫단 ᄉᆞ라지고, 준기삼춘이 술을 망창 질언 개틀락ᄒᆞ멍 세가 고부라진 소리로 ᄀᆞᆮ던 말덜이 생각난다.

“일구야, 사름덜은 시녜이. 지금 느영 나추룩 가심이 ᄄᆞᄄᆞᆺᄒᆞᆯ 때가 목심이여. 느도 목심일 때 ᄒᆞᆫ펭승 잘 살곡 좋은 일름을 넹기라이. 일름! 거 중요ᄒᆞᆫ 거여. 호렝이가 시상에서 읏어져도 가죽은 넹기느녜. 일름 놀리는 방벱사 ᄋᆢ라가지 싯주기. 악멩도 일름이고, 그도 저도 아니고 아모디 가서도 이시나 엇이나 ᄒᆞᆫ 허멩도 일름이주. 허멩이 반대로 대통령이나 높은 베슬로 놈덜이 웃주와주는 훌륭ᄒᆞᆫ 이의 유멩도 일름이여. 게도 일구야, 진ᄍᆞ베기 일름은 늘 불러주는 그 일름이여. ‘강일구!’ ᄒᆞ멍 불러줄 때 그게 일름이엥 ᄒᆞ는 거주. 나사 누게 불러주도 안ᄒᆞ고 ᄀᆞᆮ 웃인 일름이 뒐 테주마는 늘랑 사름덜이 느량 좋게 불러주는 일름이 뒈게 열심이 살라이! 꺼억~ 넘이 몰명져도 안 뒈주마는 지보다 ᄒᆞ꼼 못ᄒᆞ뎅 ᄆᆞ르줍앙 눈알로 보곡 강팩ᄒᆞ멍 잘난 띠기도 말곡, 어디 나상 떠덕거리멍 이녁만 맞뎅 말앙 놈말도 들어주곡, 쪼난 것에 ᄐᆞ다지지도 말곡, 피아만 ᄀᆞᆯ류멍 이녁 펜 안 닮으민 웬수로 네기곡 불쑥불쑥 부에나 내믄 안뒌다. 경ᄒᆞᆫ 사름은 뒤티서도 욕을 먹을 거고 말짜에 가민 ᄆᆞᆫ 허멩이 뒐 거여. 꺼억!”

영 ᄀᆞᆮ던 준기삼춘 목소리가 귀에 생생ᄒᆞ다. 술은 취ᄒᆞ여도 말은 분멩ᄒᆞ게 ᄀᆞᆮ는 준기삼춘이랏다. “아, 강일구!” 나 일름이다. 준기삼춘이 비념ᄒᆞ단 것광은 ᄄᆞ나게 불쌍ᄒᆞᆫ 일름이 뒈고 말앗다. 일구는 설루완 ᄌᆞ죽ᄌᆞ죽 ᄒᆞ단 눈물이 팡팡 나왓다.

그때랏다. ᄋᆢ라사름이 왕왕작작ᄒᆞ는 소리광 개 죾으는 소리도 ᄒᆞᆫ 디 나멍 가차이 오는 거 닮다.

ᄎᆞᄎᆞ, 웅상웅상ᄒᆞ는 사름덜 소리가 바로 앞이서 들린다.

"요 다리 아래 막아진 디가 이신디 그디도 봅주. 누게 곱안 실지도 몰르난…."

아, 일구는 눈에 훼가 싸졋다.

그 사름덜은 탈옥수덜을 심으레 나온 수색대원들이랏다. 누게 ᄒᆞᆫ 사름이 학학대는 개광 오는 거 닮다.

"강일구 씨!"

"아, 나 일름인디…."

일구는 이녁 일름 불르는 소리가 똑 귀신이 ᄀᆞᆮ는 소리 ᄀᆞᇀ앗다.

"그디 누게 엇수과? 이시민 확 나옵서, 경 안ᄒᆞ민 개덜을 풀어 놓구다양. 그디 보난 감귤 겁데기광 옷도 봐지는 거 닮수다. 확 나옵서!"

확 나오렌 훙이는 소리가 내창에 메아리로도 돌려들고, 일구는 대답도 웃이 굼작굼작 꾸물락거리멍 기어나왓다. 속솜ᄒᆞᆫ 냥 뒤창절박 뒌다.

아멩 일구가 집 가차운 디 곱안 셧주마는 그디 곱안신 걸 뎁번에 알아맞추는 그 수사관덜이 촘말 귀신 ᄀᆞᆮ앗다.

탈옥수덜이 돌아나거니 ᄀᆞᆮ 검거율이 높은 건 조도소 당국이나 수사기관광 ᄋᆢ라반디 행정기관 덜이 발ᄈᆞ른 협조광 능력덜이 좋은 것도 셧주만, ᄉᆞ실 돌아난 재소자덜이 ᄀᆞᆮ 젭혀오게 뒌 디는 누게나 거쓴 생각을 못ᄒᆞ는 특벨ᄒᆞᆫ 이왁이 싯다.

영주조도소는 수형인덜을 위ᄒᆞᆫ 정책으로 '인권광 건강'을 내세왕 ᄋᆢ라가지 방벱덜을 쓰는디, 수형인덜 운동시간 하영 주기·수형인덜 특벨멘회 기회를 제공ᄒᆞ기·수형인덜이 펀지 쓰곡 보내는 일 도웨주기·똘림받곡 약상ᄒᆞᆫ 수형인 멘담 ᄌᆞ주ᄒᆞ기·수형인덜신디 버드락지게나 써글르멍 말ᄒᆞ지 말기·수형인덜이 출소ᄒᆞ영 나강 살아갈 뜨집을 알아보곡 도웨주기 따우가 싯다.

요번 ᄉᆞ건광 관계뒈는 일 중 ᄒᆞ나가 특벨ᄒᆞ다. 기결수덜신디 건강을 도웨주젠 일주일에 ᄒᆞᆫ 번 우유 ᄒᆞᆫ펙광 종합비타민제 ᄒᆞᆫ방울썩 ᄂᆞ놔준다. 그 비타민은 몸 소곱에 흡수도 잘 뒈고 하간 미량요소로 멘들아진 거고 사름덜이 하영 춫는 비타민인 생이다. 말만 들어도 건강ᄒᆞ여짐직 ᄒᆞᆫ 거난 수형인덜도 그 비타민 배급받는 날을 지드려지곡 ᄒᆞᆫ다.

이 비타민이 정말로 사름 건강을 도웨줨신지는 몰라도 이 비타민엔 특징이 ᄒᆞ나 싯다. 먹은 후제 소화도 잘 뒈주마는 보통 사름 코엔 내우살이 안 나도 그 비타민의 특벨ᄒᆞᆫ 내우살은 소화뒈여분 후제도 ᄒᆞ루 이틀 사름신디 남안 이신 거다.

게난, 사름덜사 그걸 몰랑 살앖주마는 개코는 ᄐᆞ나다. 그 비타민 내우살을 아명 곱져봐도 눈절 좋고 훈련이 잘 뒌 개의 코는 풀풀 호벼오는 그 내우살을 세아리멍 구짝 그 발라로 ᄄᆞ라강 촟아내는 거다. 영주조도소 탈옥ᄉᆞ건이 신 ᄒᆞ루 전이도 재소자덜은 그 비타민을 맛좋게 받안 먹은 것이랏다.

전국으로 방송뒌 이번 탈옥ᄉᆞ건의 전말을 고남ᄒᆞ는 걸 도시려 보민,

조도소에 '영왕'이엥 ᄒᆞᆫ 수형인이 셧다.

조폭 두목으로 경쟁 조폭광 싸우멍 멧 사름을 죽인 살인범인디, 조도소 안에서 수형자덜이 '영왕'님이렝 ᄒᆞ는 '왕'이다. '영왕'은 '영어의 몸이 뒌 왕'이엥 ᄒᆞ는 말을 쫄인 거다.

나는 오십쯤이주마는 바깟 시상엔 돈도 하고 큰 갑부랏다.

재소자덜은 구석당장 ᄀᆞᆮ은 그 사름신딘 아모 말에도 ᄀᆞᆫ당ᄀᆞᆫ당 안ᄒᆞ고 굽박거리곡 굽어들멍 못아주는 것이랏다.

무기징역을 받앗단 30년으로 감형뒈고 이제 20년이 남은 사름이주마는 조도소 안이서는 호렝이질 ᄒᆞ곡 우름장ᄒᆞ는 '왕' 노릇을 ᄒᆞ는

디 그 사름도 오꼿 요조금 돌림벵으로 시상을 어지럽게 ᄒᆞ는 '십년벵'에 걸려노난 ᄆᆞ음이 확 바꽈진 거다.

이번 ᄉᆞ건은 그 '영왕'이 조도소 바깟디광 안에 신 조직원덜을 숙공댕이ᄒᆞ멍 시견 멩근 ᄉᆞ건이라신디, 십년벵에 걸린 재소자덜광 십년벵에 걸리진 안 ᄒᆞ여도 징역살이가 하영 남은 재소자덜이 탈옥을 ᄒᆞ젱 ᄒᆞᆫ 것이랏다.

"이디 셔도 바깟디 나가기 전이 죽어질 거, 바깟디 강 살당 죽고정 ᄒᆞ다."

조도소에서 펭승을 오래 살아사 ᄒᆞᆯ 사름덜은 그런 생각을 ᄀᆞ지는 게 보통인 생이다.

영ᄒᆞ연덜,

바깟디 조직원 다섯신디 1억원썩 주멍 이 ᄉᆞ건을 멩근 것이다.

그 탈옥 현장은 피가 ᄀᆞᆫᄀᆞᆫᄒᆞᆫ 참상의 현장이랏다. 조도소 울담을 넘단 재소자덜 둘이 총에 맞안 죽고 ᄒᆞᆫ 멩은 담을 기어올르단 털어젼 죽고, 또시 ᄒᆞᆫ 멩은 담 넘단 총에 맞안 죽은 재소자신디 울담 아래서 송곳에 찔련 죽은 것이다.

울담을 넘언 탈옥ᄒᆞᆫ 사름은 ᄆᆞᆫ 열ᄒᆞᆫ 멩이랏다.

경찰덜 수사망은 제라게 촐려졋다.

돌아난 수형자덜 중 질 앞이 돌아난 '영왕' 말앙은 이틀만에 ᄆᆞᆫ 젭

현 돌아와신디,

그 ‘영왕’은 경찰에 쬧견 돌아나단 어느 큰 건물 곡데기로 간 후제 지냥으로 투신ᄒᆞ연 목심을 들러쏴 불엇다. ‘영왕’이 게쏙에 썬 놔둔 유서의 내용은,

“아멩ᄒᆞ여도 십년 안에 죽을 거. 이제 탈옥죄ᄁᆞ지 ᄒᆞ믄 ᄒᆞᆫ 삼십년 이상 조도소 안이서 썩어사 ᄒᆞᆫ다. 난 벡으로 숨통이 탁 막아지는 그 조도소 안이서 죽고정치 아니ᄒᆞ다. 연심엣 말을 ᄒᆞ겟다. 바깟시상에 신 퍼렁ᄒᆞᆫ 하늘광 곱닥ᄒᆞᆫ 꼿덜광 웃이멍 질에 나상 뎅기는 사름덜을 보당 죽고정ᄒᆞ다. 나가 넘이 연육대연 날 미와라ᄒᆞ는 사름덜신디 용서를 빈다. 이제 난 이 시상을 떠난다. 시상이서 난사름이 뒈고정 ᄒᆞ엿던 나는 밉주만, 시상은 목심가치가 싯고 ᄎᆞᆷ말 고운 디고 ᄉᆞ랑스럽다. 나가 또시 시상에 나온뎅 ᄒᆞ민 착ᄒᆞ게 살고정ᄒᆞ다.”

십년벵 바이러스가 소왕벌을 통ᄒᆞ영 사름 심장 소곱에 감염 뒌다는 ᄉᆞ실이 나온 후제, 치료제 개발을 오돌랑오돌랑 ᄇᆞ당거려봐도 ᄀᆞᆷᄀᆞᆷ 무소식이라노난 사름덜은 나라에 대ᄒᆞᆫ 원성이 자자ᄒᆞ다. 국가에서 ‘백배사죄’엥 ᄒᆞᆫ 말광 불급시리 치료제 개발 중이렝 셋가시가 돋을 만이 달레옍주마는,

“그자 얼합쉬추룩 말로만 넹기젱 ᄒᆞ지 말라!” ᄒᆞ멍,

사름덜은 국립대훅 생멩공훅연구소에서 멩근 인공 바이러스난 국가가 문딱 그 책임광 보상을 헤사 혼덴 ᄒᆞ는 것이다.

대훅총장의 사과문 내용은,

"우리 생명공학연구진이 사름 목심을 ᄒᆞ꼼이라도 더 질게 ᄒᆞ여보젠 심장기능 십년 연장을 연구ᄒᆞ단, 심장기능 십년만 남는 '십년벵'이라는 시행착오가 나와불엇수다. 백배사죄 드리오며, 저를 비롯ᄒᆞ영 관련자덜이 책임지고 옷을 벗어사 ᄒᆞ나 진정훈 책임은 이 난리국이 수습뒈게시리 ᄒᆞ루라도 재게 치료제 개발을 ᄒᆞ는 거렝 생각흡니다. 목심 바쳥 노력ᄒᆞ쿠다."

금목걸이

만구의 십년벵을 아는 각신 메날 눈물광 한숨이다.

똘신딘 비밀로 헷다.

이 십년벵이 사름찌레 전념이 안 뒈는 벵이난 나라에서도 확진자를 비공개로 관리ᄒᆞ고 잇다.

아방이 십년벵에 걸린 중 몰르는 똘은 집안이 에려와도, 그 족고 동근 양지로 느량 멩랑하고 붉다.

"아빠, 요즘은 바쁘지 안 ᄒᆞᆫ 생! 메날 집이만 인!"

"응, 미라야, 요즘은 일이 읏음. 겐디 우리 미라가 얼메 웃엉 어른 뒈엿음. '성년의 날'엔 무신거 ᄀᆞ지고정 ᄒᆞᆷ?"

"에이, 아빠도. 난 아무것도 필요 읏어. 재게 고등ᄒᆞᆨ교 졸업ᄒᆞ영 취직ᄒᆞ곡 월급 타민 나가 필요ᄒᆞᆫ 거 사고정 ᄒᆞᆷ!"

"미라야, 는 대ᄒᆞᆨ에 똑 가산다. 나가 어떵 ᄒᆞ영이라도 늘 대ᄒᆞᆨ에 보내주커메.”

“아고 알앗수다게. 아빠 엄마만 건강ᄒᆞ민 난 걱정이 읏어마씀.”

“우리 미라 촘 착ᄒᆞ다. 게도 ‘성년의 날’에 ᄀᆞ지고정ᄒᆞᆫ 거 골아보라게.”

“호호 나양, 말짜에 취직ᄒᆞ영 월급 타민 아빠 엄마 맛좋은 것도 사안네곡 또 아이덜 다 ᄒᆞ영 뎅기는 그 금목걸일 똑 사젠마씸.”

“에구, 소도ᄒᆞ는 우리 소녜 미라!”

“금목걸이?”

“금목걸이!”

만구가 소곱으로 중은중은ᄒᆞᆫ다.

“지금 헹펜으론 돈이 생기는 냥 십만원썩이라도 굳후와 가멍 빚을 물어사 ᄒᆞᆫ다. 똘신디 금목걸이를 사 줄 헹펜은 안 뒌다.”

“금목걸이?”

순간, 만구의 눈에 훼가 싸진다.

ᄒᆞᆫ 번도 못 본 성안 황칩할망이 봐지는 거 닮다.

“아이고 이 예펜삼춘은 저 시상에 가도 금목걸이영 금풀찌광 금반지영 ᄆᆞᆫ 주랑주랑 창 뎅겨보젠양, 이녁 패물덜 ᄒᆞ나토 건들지 말앙 ᄒᆞᆫ디 묻어도렌 ᄒᆞ연 그자 오고셍이 몸에 체운 냥 묻엄수다게.”

넘은 해 해안목장에 신 성안 부제 황칩 가족묘지에서 그집 할망 무덤을 멩그는 인부를 홀 때, 그 일가 누게산디 입바위가 두터운 아지망이 이그라지게 곧는 모냥이 눈에 송송ᄒᆞ게 튼내지는 것이다. 만구는 눈을 질그시 곰앗다.

"아, 나 목심 육년쯤 남앗구나."

어느 놀 짚은 밤.

반돌이 구름 소곱에 들어갓닥 나왓닥 ᄒᆞ고 그자락 왁왁ᄒᆞᆫ 밤은 아니다.

벨장게 가는 것도 봐지는디 ᄇᆞ름은 제벱 씬 밤이다.

십년 넘이 탄 차난 멘짝ᄒᆞᆫ 아스팔트 질이라도 차소리가 크다. 비가 오젠산디 날세가 ᄒᆞ꼼 무큰ᄒᆞ다. 유리창문을 욜앗다. 차 소곱에 놔 둔 신문지가 이레저레 불린다. 만구는 유리문을 덖으고 핸들을 더 븥끈 줸다.

질이 구불랑구불랑ᄒᆞᆫ 해안목장 주벤엔 밤이라도 새 풀덜이 나울나울 넙삭넙삭 하영 돋은 게 알아진다.

ᄎᆞᆽ기 쉬운 황칩 가족묘지는 깨끗이 정리 뒈연 싯다.

만구는 그 가족묘지 입구에 차를 세우고 두텁고 거멍ᄒᆞᆫ 입마게를 ᄒᆞᆫ 후제 차 뒷트렁크에서 삽광 ᄃᆞᆫᄃᆞᆫᄒᆞᆫ 쒜지렛데영 큰 망치를 꺼내들언 ᄄᆞᆫ더렌 보도 안ᄒᆞ고 구짝 어느 산소 앞더레 갓다.

"휘익."

갑제기 쎈 ᄇᆞ름이 둘려들언 만구의 옷을 팔락팔락ᄒᆞ게 ᄒᆞᆫ다.

만구는 삽을 봉분 곡데기에 쑤욱 박앗다. 다리가 ᄇᆞ들ᄇᆞ들 떨린다. 게도 삽은 쉽게 들어간다. 곡데기 테역 ᄋᆢ나문 장 벳겨낸다.

ᄒᆞᆫ 삽 두 삽 봉분이 헤싸져가고, 양지가 뚬으로 발착ᄒᆞ여가난 만구는 ᄆᆞᄉᆞ운 생각도 읏어지고 그 어이에도 갈갈 불어오는 ᄇᆞ름이 산도록ᄒᆞ여붼다.

좋은 흑으로 멘든 봉분이난 삽질도 쉬왓고 얼메읏언 삽 끗디 딱딱ᄒᆞᆫ 개판이 건드려진다.

흑을 긁어내고 손으로 얼른 멩전광 개판을 걷어낸다.

관이 봐진다. 썸지그랑ᄒᆞ다. 등골이 오싹ᄒᆞ고 독술이 온몸에 돋는다. 정신이 줌시 아뜩ᄒᆞ다. 똘 미라가 ᄒᆞᆨ교에서 집더레 오는 모십이 생각난다. 머리를 크게 ᄒᆞᆫ 번 흥글고 난 후제 관을 문직은다. 관이 실렵다.

“뚜껭일 ᄋᆢᆯ아사 ᄒᆞᆫ다.”

쒜지렛데 끗 얄룬 디로 관뚜껭이를 ᄋᆢᆯ젠 찔르난 트멍이랑마랑 그딱도 읏고 당췌 안템직ᄒᆞ다. ᄋᆢ라번 ᄒᆞ여봐도 ᄇᆞ들락ᄇᆞ들락 ᄒᆞᆯ 뿐이다.

“어떵ᄒᆞ코…. 저 뚜껭이 어느 ᄒᆞᆫ 펜을 ᄆᆞᆺ앙 트멍을 내와사 지렛데가 들어갈 거 닮다.”

만구가 큰 망치를 들렷다.

줌칫ᄒᆞ여진다. 삽질만 ᄒᆞᆯ 땐 소리가 벨로 안 나신디 망치질을 ᄒᆞ민 이 목장 끗ᄁᆞ지 들릴 것이다.

주제미제ᄒᆞ여진다. 게도,

"도새 ᄆᆞ쳐사 ᄒᆞᆯ 일…."

"탁~!"

관 ᄒᆞᆫ 귀야지를 ᄂᆞ리친다.

"타~악~~~"

목장 어느펜이서산디 뒈울렝이가 울린다.

"빨리 끗내산다."

"탁. 탁 탁. 탁 탁 탁~!"

귀창이 터졈직이 ᄆᆞᆺ암시난 관 ᄒᆞᆫ 귀야지가 물러지멍 고망이 낫다. 쒜지렛데를 찔런 들르난 뚜껭이도 들러진다. 입마겔 ᄒᆞ여신디도 이상ᄒᆞᆫ 냄살이 팍 난다.

"뒛다."

관 뚜껭이를 ᄋᆢ는 순간, 어두룩ᄒᆞᆫ 관 소곱서 히영ᄒᆞᆫ 옷 입고 머리꺼럭으로 덖어진 얼굴 ᄉᆞ이로 비룽이 붸렴시는 할망.

"으~"

만구가 몸을 독독 턴다.

"제기 헤산다."

손이 달달 떨려도 만구는 할망의 머리꺼럭을 욮더레 제낀다. 얼굴이 물캉ᄒᆞ게 헤싸진다.

"으~~~. 저건 무신건고?"

헤싸진 건 얼굴이 아니라 바글바글ᄒᆞᆫ 구데기 덩어리랏다.

"어떵ᄒᆞ든 금목걸이…."

비우가 약ᄒᆞ덴 소릴 듣는 만구주마는 짐작치기로 할망 목이 이신 디쯤에 손을 찔럿다.

구데기덜이 얄룬 멘장갑을 찐 손가락 ᄉᆞ이를 ᄆᆞᆫ작ᄆᆞᆫ작 ᄁᆞ물락ᄁᆞ물락 긴다. 손을 웨로 ᄂᆞ다로 젓어봣다. ᄐᆞ가리 뻬가 ᄆᆞ져지난 그 알레레 손을 ᄂᆞ리왓다.

"아~!"

뭣산디 싯다. 손을 더 짚이 찔럿다. 상손가락에 뭔가 걸어진다. 손가락 ᄆᆞᆫ 그레 모도와 놘 확 좁아뎅겻다.

"아!"

"금목걸이다!"

어두룩ᄒᆞᆫ 관 소곱이서도 금은 빈직거렷다.

금목걸이를 게쏙에 담아놓고

"ᄒᆞᆫ저 이딜 나가사 ᄒᆞᆫ다."

만구는 이제 뜬 생각을 ᄒᆞᆯ 저를이 읏다.

화륵기 관 뚜껭이를 덖은다. 두껭이가 안 맞안 공글공글 ᄒᆞ여도 ᄒᆞᆯ 수 읏다.

개판광 멩전을 아멩이나 꼴아두고 삽으로 흑을 지치기 시작헷다.

온몸에 ᄄᆞᆷ이 잘잘 흘르고 무덤을 팔 땐 시간이 걸렷주마는 굴랑굴랑ᄒᆞ게라도 덖어놀 때ᄁᆞ진 시간이 벨로 안 걸렷다.

"봉분이 체얌보다 ᄂᆞ즘칙ᄒᆞ고 도리대기지 못ᄒᆞ연 어리발주리발이라도 ᄒᆞᆯ 수 읏다."

공동묘지 입구에 산 이신, 코가 뭉툴락ᄒᆞᆫ 돌하르방이 부러 몰른 체 ᄒᆞᆫ다. 만구는 삽광 연장덜 확 확 줏언 차 이신더레 돌앗다.

더을ᄒᆞᆫ 생인고라 ᄒᆞᆫ 메틀 집이 늘싹이 누웟단 만구가 으실렉기 일어난 바깟디로 나산다.

칠성통 '빈직빈직 금은방'.

"이거 우리 어멍이 ᄒᆞ여난 목걸인디양. ᄄᆞᆯ신디 주젠 ᄒᆞ난 ᄒᆞᆫ꼼 곱게 새로 멩글아주시쿠광?"

"엽서보저."

나으가 한 금은방 주연이 목걸이를 저울여 본다.

"순금 열돈이우다양. 그냥 모냥만 바꽈 안넵네까?"

"게메 난 잘 몰란양. 어떵ᄒᆞ민 좋으쿠과?"

"요즘 사름덜은양. 순금보단 십팔금을 더 좋아ᄒᆞ여마씀. 게난 요즘 아이덜 좋아ᄒᆞ는 뿐으로 이 목거릴 십팔금으로 곱닥ᄒᆞ게 바꽈 안네쿠다."

"돈은 얼메나 듭네까?"

"십팔금으로 바꾸는 거난 나가 돈을 내드려사 ᄒᆞᆯ 건디, 그건 수공깝으로 ᄒᆞ영 ᄆᆞᆫ 애기데기ᄒᆞ곡 그냥 ᄀᆞ져가는 걸로 ᄒᆞ게마씸."

"예, 경 ᄒᆞ여주민 막 고마우쿠다."

새로 멩그는 금목걸이를 까드랍지 안ᄒᆞ게 금지ᄌᆞᆯ라노난 만구는 ᄆᆞ음이 노고롯ᄒᆞ엿다.

'성년의 날'ᄁᆞ지 그 산소의 문제가 발견뒈지 안ᄒᆞᆫ 생인고라 아무 일이 안 생겻다. 만구가 금은방이서 목거릴 ᄎᆞᆽ고 무판집 들련 돗궤기 두 근 사고 집더레 들어산다.

"우리 미라 성년 축하 선물!"

미라가 페우고 ᄋᆢᆯ고 손에 들런 본 후제

"와~ 우리 아빠 최고!"

막 좋아라ᄒᆞ는 ᄄᆞᆯ을 보난 만구의 심장이 ᄃᆞᆺᄃᆞᆺ헤지멍 울칵헤진다.

지꺼젼 ᄐᆞᆯ락ᄐᆞᆯ락 튀는 ᄄᆞᆯ을 쿰어주멍, 만구는

"멩왕이 후제 날 구렁지옥더레 보내켕 ᄒᆞ더라도 지금ᄁᆞ지 산 인생

중 질 코삿ᄒᆞ고 멩지바당추룩 펜안ᄒᆞᆫ 날이다."렌 생각헷다. 잘도 나쁜 짓을 ᄒᆞ엿주만, 보네나는 것도 닮아 붸는 이녁 생각이 부치로완 아무더레나 곱아불고정도 ᄒᆞ엿다.

만구가 망ᄒᆞ연 빚주시가 뒈엿주마는 두가시가 고생ᄒᆞ멍 빚을 ᄒᆞ나썩 에와가는 걸 봐오는 은행광, 또시 가차운 사름덜 ᄋᆢ라이가 ᄒᆞᆫ 십년 이ᄌᆞ도 대깍대깍 받아지난 ᄇᆞ깨지도 안ᄒᆞ고 돈을 받은 폭 ᄒᆞ곡 무컬로 ᄒᆞ여주켄 ᄒᆞ난, 만구는 ᄒᆞᆫ 이삼년만 지나민 '신용불량자'에서 벗어남직도 ᄒᆞ고 빚짐이 얼추 ᄂᆞ려앚일 것 ᄀᆞᇀ앗다.

ᄄᆞᆯ도 ᄌᆞᆷ든 어느날 밤. 만구 각시 우는 소리가 난다.

만구가 금목걸이 이왁을 ᄒᆞᆫ 거다.

"경ᄒᆞ난, ᄒᆞᆫ 이년만 촘암서봐. 미라신딘 아방이 저 몽골서 건설사업ᄒᆞ는 친구네 회사에 일ᄒᆞ레 갓뎅ᄒᆞ곡…."

"어떵 혼차 저 육지에 강 고생ᄒᆞ멍 살 말이우꽈게."

각시는 애줓는 소리광 ᄒᆞᆫ디 눈물이 ᄀᆞᆫᄀᆞᆫ헤진다.

"울지 말곡 ᄆᆞ음 크게 먹엉 살암서봐. ᄀᆞᆮ 우리도 페와지는 좋은 날이 올 거라."

만구는 ᄒᆞ루헤원 생각나는 그 무덤광 머리꺼럭광 구데기가 몿존뎟다. 섬을 떠낫젱 그 생각이 이ᄌᆞ불어지랴마는 만구도 생각이 셧다.

섬을 떠나던 날,

각시광 똘의 숙닥ᄒᆞᆫ 눈물을 닦아주고 비영게로 서월에 ᄂᆞ린 만구는 그디서 질 가차운 정찰서를 ᄎᆞ아간 것이다.

무덤 도굴을 자수ᄒᆞ고, 부치러운 소리를 ᄒᆞ꼼이라도 덜 들어짐직ᄒᆞᆫ 육지로 강 죄깝 절차를 치르곡, 마기 십년벵 치료제영 백신이 나오민 새로운 삶을 살켄 ᄒᆞ는 셍각이랏다.

거래 속의 선과 악

시상을 ᄒᆞᆫ불테기 와자자하게 멘들앗단 영주조도소 탈옥ᄉᆞ건이 끗난 후제 조도소에서는 십년벵에 걸린 수형인덜을 분리 수용ᄒᆞ엿다.

일반 죄수덜광 ᄒᆞᆫ디 두민 또시 무신 일을 벌릴 지 몰르난 그 대비책으로 분리시겨신디, 탈옥ᄒᆞ엿단 젭현 돌아온 열 멩 수형자는 검찰에서 ᄒᆞᆫ ᄃᆞᆯ 가차이 그 탈옥ᄉᆞ건을 조ᄉᆞ 중에 싯고 열 멩 ᄆᆞᆫ ᄯᆞ로ᄯᆞ로 독방에 가두왓다.

일구는 이제 모든 걸 포기ᄒᆞ엿다.

"아멩ᄒᆞ여도 이 조도소 안이서 죽어사 ᄒᆞᆯ 거."

남은 형기가 구 년 반쯤 남은디다가 이번 탈옥죄로 얼메나 늘어날티사 몰르기도 ᄒᆞ연 이 목심으로 더 살아가는 게 아모 가치가 읏인 거닮앗다.

"게난, 당신은 그 탈옥ᄉᆞ건을 여산ᄒᆞ는디 곹이 촘녤 안 ᄒᆞ엿단 말이우꽈?"

"예."

일구가 '예'만 ᄒᆞ멍 뜬 대답을 안 ᄒᆞ여가난 수사관이 엄피를 논다.

"겐디 무사 ᄒᆞᆫ디 탈옥을 ᄒᆞ게 뒈엿수과? 탈옥죄가 얼메나 큰 건 중은 알주양?"

"…."

"이런 곱곱도 이시카원. 억담이랑 말곡 ᄉᆞ실말을 ᄒᆞᆸ서보저. 늦추악 늦추악ᄒᆞ지 말앙 이 ᄉᆞ건을 확 ᄆᆞ꽈사 ᄒᆞᆯ 거 아니우꽈."

검찰 수사관이 좋게 ᄀᆞᆮ단도 부에난 듯 따문다.

"…. 예 난 그자 놈덜이 담을 넘어가난 나도 ᄒᆞᆫ디 넘고정 ᄒᆞᆫ 셍각이 아쓱 난게마는 어느 성안에 경 담을 넘어져불어십데다."

"또시 그 대답 뿐이로구나양. 이 사름 잘도 어긋진 사름이로고. 알앗수다. 오널은 이만 ᄒᆞ곡 또시 ᄒᆞᆫ 번 더 조ᄉᆞ기일을 정ᄒᆞᆫ 후제 조도소로 기벨ᄒᆞ쿠다."

일구가 검찰청에서 ᄋᆢ라 재소자덜광 호송버스를 타고 조도소로 돌아오는디 조도소 정문 에염에 신 은행낭 가젱이에 앚안단 머쿠실생이 ᄒᆞ나가 'ᄑᆞ로롱' 놀아간다.

일구가 이녁 풀을 ᄆᆞᆫ진다. 오널은 벨나게 교도관이 포승줄을 흘랑

ᄒᆞ게 안 묶언 씨게 졸라메여부난 장심이 하영 누루떠져난 생인고라 양착 폴다시가 아프다.

조도소 안에도 날이 정글아 간다.

ᄒᆞ꼼 시민 때부름씨ᄒᆞ는 재소자가 헐무랑ᄒᆞᆫ 아레미사발에다 ᄌᆞ냑 밥을 디물롸 줄 시간이다. 오널도 배가 안 고프다. 아모 것도 먹고정 칠 안ᄒᆞ다. 각시광 식솔덜이 떠올른다.

"멘회 올 때마다 눈물만 닥닥 흘치는 각시신디 이제냑이랑 핀지를 써사커."

'나 목심 이디서 ᄆᆞ치게 뒌다ᄒᆞᆫ들 ᄒᆞ다 설루와 말곡 나가 이 시상에 웃인 폭 ᄒᆞ영 아이덜쾅 열심히 살곡 이디레 멘회도 ᄌᆞ주 오지 말게나. 나 죽은 후제랑 화장ᄒᆞ영 짱 멧 개에 불치 ᄒᆞᆫ 사발만 ᄒᆞ꼴락ᄒᆞᆫ 유골단지에 담앙 문중회 세장산에 잘 묻어줄 생각만 ᄒᆞ여. 게고, 물고도 기ᄒᆞᆫ내에 잘 ᄒᆞ영 하간 일덜 잘 출리곡. 난, 이녁광 우리 식솔덜 넘이넘이 ᄉᆞ랑ᄒᆞ메….'

어두룩ᄒᆞᆫ 독방에 조침앚아둠서 식솔덜 걱정을 ᄒᆞᆯ 때랏다.

감방문 통쒜가 찰카닥 율린 후제 땅딸보 교도관 ᄒᆞ나이가 방더레 비죽이 고개 들이치멍,

"777번 강일구 씨!"

"예."

"나옵서. 이제 출소우다. 천추말앙 늦기전이 필요훈 것덜 포따리에 싸곡 확 출령 글읍서."

일구는 어안이 벙벙후엿다. 이몽지몽에 들어산 거 곧으다.

"나 이거 허령난 거 아니가? 이건 꿈일 테주."

이녁 엉치를 꼬주와 봣다. 아프다. 더 씨게 꼬주와 봣다. 와싹 아프다.

일구가 오몽을 안후연 주제미제 오래 뭉케여 가난 두리레 온 사름이

"확 출립서게."

교도관 테후멍 훈켕일 훈다.

일구가 조도소 울담 출입문을 걸어 나왓다.

바깟디 시상은 공기가 정말 씨원후다. 집이 매농훈 구들이 그렵다. 말롱말롱훈 눈으로 보난 먼디 신 시가지에서 불빗덜이 후나 둘 싸지멍 빈직거린다.

슬짝후게 우라번 이녁 몸을 꼬주와 봐도 아픈 걸 보난 정녕간에 꿈은 아닌 게 맞다.

하늘로도 눌아짐직후다. 물부글레기가 뒈여분 꿈이 또시 살아나는 거 답고 이녁이 모나게 살지 안후여시난 조상님덜신디 상덕을 입은 거 곧으다.

조도소 정문이 보인다.

그 ᄌᆞᄁᆞᆺ디 신 섭상귀 웃인 은행낭아울라 가젱이 벌리멍 지드리는 거 닮다.

"자, 게민 잘 갑서양."

정문ᄁᆞ지 ᄀᆞᇀ이 와 준 교도관이 ᄇᆞ드랍게 인ᄉᆞ를 ᄒᆞᆫ다.

정문을 나삿다. 기분이 묘ᄒᆞ다. 아멩 불담으레 온 인생이주마는 무한ᄒᆞᆫ 이 지쁨! 이런 것이 지쁨이다. 새장이서 바깟더레 나왕 하늘더레 올르는 생이가 영 지꺼질 거다.

영 정 ᄒᆞᆫ 셍각 소곱에 빠젼 걷는디

"팍!"

"따시랑 이디 오지 말라!"

둠비 ᄇᆞ스레기덜이 가심더레 놀아들엇다.

집더레 미릇 기벨이 뒌 듯 조도소 안이서 인그리던 각시광 친구 찬용이영 찬용이 각시인 수정이 친구 다정이가 마줌을 나완 둠비를 부술루완 뿌린 거랏다.

"여보!"

각시가 엥겨든다. 쿰어준다. 미안헷다.

"나 따문 얼메나 심들어시코…."

"일구야, 촘 기분이 좋다. 죄 웃이 들어가 앗안 고생 하영 ᄒᆞ엿저."

찬용이가 일구를 쿰어주멍 웃둑지를 톡톡 건드리고 쓸리 문직은다.

"찬용아, 나 배도 고프고 술도 기렵다."

"에구, 그놈이 술! 그 술로 문 망ᄒᆞᆫ 사름이게…."

각시가 눈꿀ᄒᆞ멍 ᄀᆞᆮ는 말이다.

"나 차로 우리 동네 횟칩이 글라. 나가 사마."

찬용이가 웃이멍 ᄀᆞᆯ은다.

찬용이네 집은 안적도 갯ᄀᆞᆺ이다. 그 전이도 하영 뎅긴디주마는 체 얍 온 디추룩 ᄂᆞᆾ이 설다.

바당물이 ᄇᆞ짝ᄒᆞ게 얍천이 싼 싯다.

갯ᄀᆞᆺ 안터레 들어강 돌을 일려세우민 보말덜이 다락다락 털어짐직 ᄒᆞ다. 일구가 혼찻말로 중은거린다.

"아, 시상은 궂임만 ᄒᆞᆫ 게 아니로구나…."

일구는 무죄로 석방이 퉤엿다.

무근성 페가의 살인ᄉᆞ건 진범이 자수를 ᄒᆞᆫ 거다.

여행 왓단 죽은 그 육짓사름은 부동산 투기 ᄉᆞ기꾼이랏던 것이다.

오천 펭 과수원을 거래헤신디 펭당 십만원썩 오천펭 오억원짜리 흥성이랏다.

겐디 그 육짓사름이 보징금 일억원만 내고 밧을 이전ᄒᆞ연 ᄀᆞ져분 거다.

펭승 농ᄉᆞ만 ᄒᆞ는 그 농바니는 예쉰 나고 덤방덤방ᄒᆞᆫ 사름인디, 각신 죽어불고 이녁 혼차 말년을 펜ᄒᆞ게 때먹으멍 살켄 농ᄉᆞ를 두루싸불고 밧을 ᄑᆞ는디 그 촌사름 농바니는 계약이나 거래에 분쉬가 웃인 사름이라노난 그 육짓사름 ᄎᆞᆷ지름 ᄇᆞᆯ른 입에 민찌럽게 닝끼려진 폭이다.

그 육짓사름이 보징금을 일억이나 주멍

“계약서를 작성ᄒᆞ곡 공징을 헤사ᄒᆞ난 인감징멩광 인감도장을 나신디 줍서. 나가 다 알앙 처리ᄒᆞ여 안네커메.” ᄒᆞ난,

이 분쉬웃인 촌사름은 계약금도 하영 주곡 ᄒᆞ난 그자 그 사름을 믿언 인감징멩이영 인감도장을 멧견 내분 거랏다.

밧 멩이가 이전뒈난 버세기에다 지렌 족아도 배붕탱이인 그 육짓사름은 이피닥저피닥ᄒᆞ멍 알아수덴 ᄆᆞ른대답만 ᄒᆞ곡 본금에서 계약금 말앙 남은 금을 ᄒᆞᆫ 헤가 다 가도 ᄂᆞ시 안 줘 가난 밧을 ᄑᆞᆫ 촌사름은 부엣짐에

“좋다. 게민 나가 그 밧주연이난 나가 농실 더 ᄒᆞ여먹어사켜.”

계약금 받은 것도 싯고 ᄒᆞ연 좋은 종네기 감귤로 ‘비닐하우스재배’를 ᄒᆞ젠 ᄒᆞᆫ 귀야지 오백 펭쯤 낭을 그차뒨 ᄄᆞᆫ 종네기 낭을 새로 싱것다.

겐디 그 ᄉᆞ기꾼은 느량 그 밧을 ᄉᆞᆯ핀 생인고라

"무사 놈이 밧 낭을 홈불로 졸라불고 또시 새로 싱그곡 ᄒᆞ염수과? 나 고소홀 거난 경 압서."

"야, 이놈이 ᄌᆞ석아, 돈도 안 물어뒹 어떵ᄒᆞ연 느 밧이냐? 오냐라! 이 ᄉᆞ기꾼 놈아, 느 ᄆᆞ음냥 ᄒᆞ여보라. 이 밧은 안적 나꺼난 나 눈에 흑이 들어가도 나냥으로 농시ᄒᆞ여먹으켜."

경ᄒᆞ여난 그 ᄉᆞ기꾼은 촘말로 고소를 ᄒᆞ엿고, 그 촌사름이 정찰서에 간 조ᄉᆞ를 받단 보난, 도장 눌룬 작연덜찌레 그 밧 계약ᄒᆞᆫ 본금이 일억으로 뒌 냥 등기멩이가 이전뒌 거다.

넘이 분통이 터지고 ᄂᆞ시 춤지 못홀 일이란 그 촌사름 눈에 훼가 싸졋다.

"나가 놈 살룰 오멍이나 ᄒᆞ다니… 이 ᄉᆞ기꾼을 그냥 두민 안뒈켜. 나가 아명 ᄉᆞ줏공이 웃고 실겟머리가 웃어도 그놈 봉그랑ᄒᆞ게 베부르 멕이진 못ᄒᆞ켜…."

전화를 ᄒᆞ여도 그 ᄉᆞ기꾼은 만나주지도 안ᄒᆞ고 솔솔 피ᄒᆞ연만 뎅겨가난 ᄉᆞ건이 난 아시날 눈이 돌아진 그 농ᄉᆞ꾼이 ᄒᆞᆫ 꿰를 빳다.

"아, 사장님! 게민 알앗수다. 밧이 지럭시나 너베기가 반득ᄒᆞᆫ 밧인디 일억원은 넘이 싸지 안ᄒᆞ우꽈게. 나가 돌르켕은 못 ᄀᆞᆮ고양. 밧금을 ᄒᆞ쏠만 더 도렝 ᄒᆞ커메 닐랑 ᄒᆞᆫ 번 만납주게. 나가 반작을 ᄒᆞ는 방벱도 싯고양."

이영 촘말인 떼기 ᄒᆞ멍 ᄀᆞᆯ안 뒷녁날 그 ᄉᆞ기꾼을 만나게 뒌 것이다. 용연 ᄌᆞ끗디 신 식당이서 만낫다.

“사장님, 일억원은 나가 넘이 억울ᄒᆞ난 이억만 더 냅서게.”

“안뒙네다. ᄆᆞᆫ 끗난 일인디마씀.”

“게민 사장님, 일억원이라도 더 줍서게.”

“것도 안뒈여마씀. 오천만원이랑 생각ᄒᆞ여 보쿠다.”

“…. 아이고 게민 알앗수다. 사장님 그거라도 고맙수다.”

“경ᄒᆞᆸ주. 오천만원 더 안넬 걸로 ᄒᆞ쿠다. 닐 모리 ᄉᆞ이에 준비ᄒᆞ영 놔두쿠다.”

“에고 좋수다. 술이나 ᄒᆞᆫ 펭 더 먹게마씀.”

이 촌사름이 촘말로 고마운 듯 지뿐 듯 ᄒᆞ멍 술도 하영 먹곡 농ᄉᆞᄒᆞ는 방볩도 ᄀᆞᆯ아가난,

“이 하르방 촘말로 경ᄒᆞ영 끗내젱 ᄒᆞ긴 ᄒᆞ는 생이여.”

말덜이 ᄇᆞ드랍게 오곡가곡 ᄆᆞ음도 놓아지난 이 ᄉᆞ기꾼이 이녁도 좋아라ᄒᆞ는 술이란 하영 먹게 뒈엿다.

ᄒᆞᆫ참 주거니 받거니 ᄆᆞᆫ 먹어지난 촌사름이 남은 밥광 ᄎᆞ무새ᄁᆞ지 ᄆᆞᆫ 그너먹은 후제 등뗑이를 의자 두터레 비슬멍 니쑤시게로 니도 쑤시고 니께염도 텐다.

“촘, 사장님 숙소 이신 디가 저 탑동이렌 ᄒᆞ멍양?”

“예, 탑동 팡호텔이우다.”

“게민 나도 그 펜더레 갈 일이 싯고 ᄒᆞ연 나가 그레 ᄃᆞ려다 안네쿠다.”

둘인 용연구름ᄃᆞ리를 걸언 탑동 펜으로 갓다. 제벱 취ᄒᆞ연덜 ᄒᆞ쏠은 흥창거리멍 걸엇주마는 ᄀᆞ노롱ᄒᆞ게 튼 그 촌사름 눈은 살기가 돋안 번뜩번뜩헷다.

동한두기로 넘어상 탑동엘 가젱 ᄒᆞ민 무근성을 지나사 ᄒᆞᆫ다.

“일로 글읍서. 이디로가 더 ᄇᆞ뎌마씀.”

촌사름이 ᄉᆞ기꾼을 안내ᄒᆞ멍 ᄃᆞ려간다. 사름덜이 읏인 어두룩ᄒᆞᆫ 골목질을 걷단 그 페가 앒이ᄁᆞ지 왓다. 촌사름이 우치 안이서 고무장갑을 꺼내연 ᄉᆞᆯ리 찐다.

갑제기,

“이 나쁜 개새끼!”

촌사름이 그 ᄉᆞ기꾼 폴을 확 심언 페가 안터레 잡아ᄃᆞᆼ겨 놘 곱젼온 돔베칼로 배를 콱 찔럿다.

“컥!”

술 취ᄒᆞᆫ ᄉᆞ기꾼이 엉겁절에 그 소리만 내움뿐 촌사름이 입을 틀어막안 콱콱 찔르는디 비멩소리 ᄒᆞᆫ 번 내들 못ᄒᆞ엿다.

소리도 못ᄒᆞ고 볼락볼락만 ᄒᆞ는 ᄉᆞ기꾼을 눅져놓고 촌사름은 헤뜩헤뜩ᄒᆞ단 페가 안터렐 봣다. 먼디 신 ᄀᆞ르등 불빛으로 막 훤ᄒᆞ진 안ᄒᆞ여도 집 안이 봐진다.

주벤에 사그마치덜이 멧 개 신 거 닮고 그 가운디 사름 ᄒᆞ나가 누원 싯다. 누원 이신 그 사름이 숨쉬는 것도 알아지고 술 취ᄒᆞᆫ 사름 ᄀᆞᇀ앗다.

ᄉᆞ기꾼을 끗언 그 안터레 들어갓다.

술이 취ᄒᆞ연 누운 그 사름은 짚은 돗ᄌᆞᆷ이나 쉐ᄌᆞᆷ에 든 거 ᄀᆞᇀ으다.

촌사름 눈이 헤뜩헤뜩 돌아가거니, 죽은 사름 피를 ᄌᆞᆷ 든 사름 손광 휴대폰더레 막 ᄇᆞᆯ르고 칼에도 더 ᄇᆞᆯ롸 놘 ᄌᆞᆷ든 사름 손에 그 칼을 ᄋᆢ라번 비비멍 심져주고, 사기꾼 옷에서 휴대폰도 빼여 앗안 ᄉᆞ방을 ᄉᆞᆯ피멍 돌아낫다.

그 촌사름은 '완전범죄'를 셍각ᄒᆞ멍 돌아낫주마는 ᄒᆞᆫ시도 ᄆᆞ음이 펜칠 못ᄒᆞ엿다.

그 ᄉᆞ기꾼신디 포마시ᄒᆞ연 분통이 덜레여진 것 보단 이녁따문 죄 읏인 사름이 징역을 사는 게 ᄆᆞ음 아프기도 ᄒᆞ고, 휘틀ᄒᆞ멍도 칼을 막아보젠 손을 휘휘 둘르던 그 ᄉᆞ기꾼 모십이 자꼬 허령나멍 아모 일도 졸바로 뒈질 안ᄒᆞ고 머리가 지근거리멍 ᄌᆞᆷ도 퉤께ᄌᆞᆷ일 뿐이란 넘이 못ᄌᆞᆫ뎐, 정찰서 앞일 갓닥 왓닥 ᄒᆞ멍 초부정 삼부정 끗딘 들어간 자수를 ᄒᆞᆫ 것이다.

이게 일구가 누멩을 썬 징역살이를 ᄒᆞ게 뒌 ᄉᆞ건의 전말이다.

일구는 넘이 억울헷다.

살련다리렌 놈덜이 ᄆᆞᆫ 옥훼구ᄒᆞ게 멘들아 놓고, 나가 확 죽어불어사 뒐로구나… ᄒᆞ멍 못ᄌᆞᆫ디단 생각,

식솔덜광 궨당덜은 얼메나 궤로와실 거고, 생각ᄒᆞᆯ수록 넘이 분ᄒᆞ고 억울헷다.

일구는 나라를 상대로 배상을 청구ᄒᆞ엿고 삼억원을 배상 받앗다. 그걸 받아도 이녁 소곱에 신 십년벵 따문 허ᄒᆞᆫ ᄆᆞ음이 메와지들 안ᄒᆞ고 뭣산디 부작ᄒᆞᆫ 생각만 낫다.

"햐, 일구야! 는 돈 버는 재주가 히얀지다이?"

ᄒᆞᆫ펭승 구짝 인사리ᄒᆞ여오는 친구 찬용이가 일구신디 웃지젠 ᄀᆞᆮ는 말이랏다.

ᄒᆞᆫ펜, 김포공항서 질 가차운 정찰서에 들어간 이신 만구.

"아 경ᄒᆞᆫ 일을 헷구나양."

"죄송ᄒᆞ우다. 그 벌은 ᄃᆞᆯ게 받으쿠다."

"무사 경 ᄒᆞᆸ데강게. 도굴범은 죄가 크고 피해자광 합의가 안뒈민 피해보상광 징역형을 멘ᄒᆞ기 에려와마씀. 겐디 무사 이디ᄁᆞ지 왕 자

수를 ᄒᆞ는 거우꽈?"

"제주도는 좁은 디라노난 그 소문이 방송에나 나오민 사름덜이 ᄆᆞᆫ 알아부난 부치러운 셍각이 난마씀. 죄송ᄒᆞ우다."

"아이고 선싱님, 그 부치러움이 ᄆᆞ수운 사름이 경ᄒᆞᆫ 짓을 ᄒᆞᆸ데가?"

"잘못헷수다. ᄉᆞ실은 똘아이가 금목걸이를 넘이 ᄀᆞ지고정ᄒᆞ덴 ᄒᆞ연예. 돈은 읏고…."

"똑ᄒᆞ긴 허우다마는, 이 ᄉᆞ건은 제주에서 처리헤사 ᄒᆞᆸ네다. 그디신 정찰서레 연락ᄒᆞ영 이 ᄉᆞ건을 넹겨사쿠다."

"게민 ᄒᆞᆯ 수 읏이쿠다양. 게민 형사님, 나가 우리집더레 전화 ᄒᆞᆫ 번만 ᄒᆞ민 안뒈쿠과? 이 내용을 집이 ᄀᆞᆯ아주젠마씀."

"아, 기우꽈? 경ᄒᆞᆸ서. 나 앞이서 그 내용만 간단이 ᄀᆞᆯ아사 합네다양."

영ᄒᆞ연,

만구의 금목걸이 도굴ᄉᆞ건은 서제주정찰서로 넘어오게 뒈엿고, 제주에서 순검 둘이 서월로 완 만구를 ᄃᆞ려가게 뒈엿다. 정찰서에서도 이 ᄉᆞ건을 출입기자덜신디 ᄀᆞᆮ지 안ᄒᆞ고 조용히 처리ᄒᆞ기로 ᄒᆞ엿다.

경ᄒᆞᆯ ᄀᆞ리,

일구가 만구성네 집이 전화를 ᄒᆞ엿다.

"아, 형수님, 잘덜 계시지양? 형님은 집이 읏수과?" 영 들어보거니,

만구 각시가 갑제기 운다.

"예…, 흑흑흑."

"아이고, 무사마씀? 무신 일 시수과?"

오랜만이 만구성님이 생각난 전화를 헤신디, 만구 각시가 그자 울기만 ᄒᆞ멍 무신 말을 못ᄒᆞ는 것이랏다. 일구는 바로 만구성님네 집을 ᄎᆞ아갓다.

"게난, 성님이 그 무덤을 퐛구나양? 아이고 불쌍ᄒᆞᆫ 만구성님…."

"흑흑흑."

"알앗수다. 나가 정찰설 ᄎᆞ아강 어떵 뒈염신갈 알아보쿠다. 형수님은 넘이 ᄌᆞ들지 말앙 ᄀᆞ만이 이십서보저."

일구는 서제주정찰서 유치장에 이신 만구를 면회헷다.

"일구야, 나가 양지를 못들르켜."

"아이고, 나도 성님 ᄆᆞ음 ᄆᆞᆫ 알아지쿠다게. 넘이 걱정마십서. 겐디 어떵 뒈여감신지 몰란양. 그디 황씨 집이선 사름이 와십데가?"

"응. 그 할마니 아ᄃᆞᆯ이 와서라게. 그냥 용서ᄒᆞᆯ 수는 읏고 무덤 원상복구영 정신적인 피해보상을 ᄒᆞ렌이."

"아, 어느 만이 보상ᄒᆞ렌은 안 ᄀᆞᆮ고마씸?"

"으, 어느 만이 도렌 돈 말은 안ᄒᆞ고…."

"게민, 알아수다 성님, 나가 ᄒᆞᆫ 번 그 사름을 ᄎᆞ아가 보쿠다."

"일구야, 정말 미안ᄒᆞ다이. 이런 꼴을 보게 ᄒᆞ연."

"성님, 심냅서. 넘이 ᄌᆞ들지 말곡양."

일구는 황씨네 집을 알아내고 ᄎᆞᆽ아갓다.

초인종을 누루뜨멍 엿날 수정이 큰아방을 ᄎᆞᆽ아가던 셍각이 문뜩 낫다.

"맞다. 용기를 내자. 무럽 꿀령 그자 ᄉᆞ정만 헤 봐사켜."

집 안터레 들어오렝 ᄒᆞ는 그 황씨 집주연은 얼굴광 반듯ᄒᆞᆫ게 노인이멍 말멍ᄒᆞᆫ 사름이랏다.

일구는 그 집 삼방에 들어가거니 바로 무럽을 꾸려앚앗다.

"선싱님, 우리 성님이 지은 큰 죄를 사죄드립니다."

"……."

"용서ᄒᆞ여 주십센 영 허락읏이 ᄎᆞᆽ아완 죄송ᄒᆞᆸ니다."

"게난, 그 강만구 씨광 어떵 뒙네까? 당성제우꽈?"

"아니우다. 팔춘 성마씀."

"아, 팔춘이믄 먼 친족인다게. 책임을 졍 말을 ᄒᆞ여지쿠과?"

"예, 저가 ᄆᆞᆫ 책임을 졍 말씀을 듣곡 처리ᄒᆞᆯ 수 잇수다."

"…. ᄉᆞ실, 난 어이도 읏고 그 일 따문 심장이 튀연 ᄌᆞᆷ도 못 자고 메날 빙완에 뎅겸수다. 절대로 용서를 못ᄒᆞ켄 셍각도 들고양."

일구가 더 넙작이 엎더지멍 고개를 수그렷다.

"선싱님, 선싱님 ᄆᆞ음이 ᄒᆞ꼼이라도 페와질 방벱이 이시민 말씀ᄒᆞ여 주십서. 저가 어떤 일이라도 ᄆᆞᆫ ᄒᆞ여안네쿠다."

"휴우~"

황씨가 짚은 ᄒᆞᆫ숨을 쉬고난 후제

"어떤 방벱으로도 나 ᄆᆞ음은 페와지기 에려울 거우다마는, 그 강만구 씨네 집 이왁이 뚝ᄒᆞ긴 허우다. 경ᄒᆞ고, 먼 성제간이라도 이영 나사주는 당신이 고맙기도 허고양."

ᄋᆢ라가지 진 이왁 후제,

일구는 보상금 오천만 원으로 합의를 끗낼 수 이섯다.

게고, 다행이 그 황씨네 집이서도 이 일이 시상에 소문나는 걸 궂어라 헷다. 이녁네 집이 그런 일이 셔난 걸 돈으로 ᄆᆞᆫ 정리ᄒᆞ엿덴 ᄒᆞ는 말은 부치러운 일이렌 ᄒᆞ는 거랏다.

일구는 국가로부터 보상받은 돈도 이섯고 만구성님을 울언 지꺼진 ᄆᆞ음으로 돈도 대여줫다. 경ᄒᆞ고 만구 ᄄᆞᆯ 미라의 목에 이신 목걸이영 똑ᄀᆞᇀ은 걸로 ᄒᆞ나 산 만구 각시신디 주멍,

"형수님, 미라가 알지도 못ᄒᆞᆯ 테주마는, 형수님이라도 목걸일 볼 때마다 기분이 이상ᄒᆞᆯ 수 이시난 이 목걸이로 미라가 몰르게 ᄉᆞᆯ짝이 바꽈줍서양. 그 묵은 건 데껴불든 어떵ᄒᆞ든 알앙 ᄒᆞ곡예."

"흑흑. 넘이 고마왕 어떵ᄒᆞ코마씀."

만구 각시는 일구가 정말 고마왓고, 그 큰 일이 영 끗나지난 넘이 지뻣다.

일구는 돈이 아깝뎅 ᄒᆞ는 생각은 손콥만이도 안 들고, 뭣산디 간이 둥당ᄒᆞᆫ ᄆᆞ음만 들엇다.

시간이 감시민 생일날은 똑 온다.

이제 예순이다. 목심이 오년쯤 남앗다. 게도 느량 ᄒᆞ듯 식솔덜은 생일상을 출려준다.

오널 생일날은 바깟 시상이 헤영케 눈이 묻어노난 아으덜이 좋아라 들러퀸다.

'해피버스데이 투유!'

죽을 날이 미리셍이 정헤져신디도 생일축가는 올캐로 불리와진다.

"게도 웃어사주. 설룬 모십을 내놩은 안뒈주. 식솔덜 정성을 본 송만 송 ᄒᆞ민 안뒈주."

"우리 식솔덜 ᄆᆞᆫ 건강ᄒᆞ곡 잘 살게 ᄒᆞ여줍서…."

양착손 모도완 비념ᄒᆞᆫ 일구는 식솔덜을 울언 '후~' 단박에 생일쵓불 ᄋᆢᄉᆞᆺ 개를 끈 후제

"자, 봣주덜. 나 정정ᄒᆞ녜이?"

지꺼진 소리를 ᄒᆞ난, 식솔덜이 큰 박수를 친다.

문뜩, 꺼진 휏불 ᄉᆞ이로 빙섹이 웃는 준기삼춘 모십이 솔짹이 지나 간다.

"아, 맞다. 닐은 준기삼춘을 촟아가사지. 오래 못 간 미안도 ᄒᆞ고…."

일구는 ᄉᆞ실, 생일이라도 지꺼진 생각이랑마랑 뭣에산디 쮓기는 ᄆᆞ음에 가심이 툴랑거리기만 ᄒᆞ였다.

회귀

영ᄒᆞ연,

일구는 얼메 안 남은 목심광 하간게 불안ᄒᆞᆫ ᄆᆞ음에 준기삼춘 산소를 촟아왓단, 개덜광 가냐귀덜신디 죽을 지도 몰를 지경에 이르러도 쏠쏠 촟아온 ᄌᆞᆷ 소곱이서 '나가 ᄒᆞᆫ펭승 살아온 게 ᄆᆞᆫ 튼내여지고, ᄎᆞᆷ말로 나 목심이 넘이 불쌍ᄒᆞ고 아깝다. 어떵어떵이라도 살아산다' ᄒᆞ는 ᄆᆞ음이 심장 ᄀᆞ득 더 체와진 거다.

"일구야! ᄒᆞᆫ저 일어사라. 확 일어낭 이디서 안 나가믄 느 죽음직ᄒᆞ다. 오년 남은 거 아꼽지 안ᄒᆞ냐? 오년이민 느가 ᄆᆞ쳐사 ᄒᆞᆯ 일덜 다 ᄒᆞ여진다. 어떵ᄒᆞ당 치료제라도 나올 티사. 확 일어낭 골째기 ᄯᆞ랑 제주시 펜 알러레 감시민 ᄆᆞ을도 봐질 거여. 확 일어낭 ᄃᆞ르라!"

헤양ᄒᆞᆫ 옷 입언 ᄒᆞᆫ 손엔 책을 들르고 ᄒᆞᆫ 손엔 지펭이 들런 사둠서 준기삼춘이 울르멍 체족ᄒᆞ는 눈설메영 귓설메가 나멍 일구는 또시 눈을 텃다.

ᄀᆞᆽ 얼메쯤 자져신고. 심이 좀 나는 거 답다.

안적 왁왁ᄒᆞ여지진 안ᄒᆞ고 하늘이 심웃이 부영ᄒᆞᆫ 거 보난 ᄀᆞᆫ 어둑을 거다.

“캉, 캉.”

“까옥, 까옥.”

들개덜 죾으는 소리가 멀리서 나고 가냐귀덜은 주벤 낭가젱이에덜 주랑주랑 ᄃᆞᆯ려잇다.

“맞아, 살아사지, 오년이민 날 잘 ᄆᆞ끌 수 잇다. 나가 이디서 죽어불민 집사름광 아이덜이 얼메나 ᄌᆞ들멍 지드릴 거라. 기여, 강일구야! 심내자. 가자. 나가 오몽ᄒᆞ민 저 가냐귀덜토 날 틑어먹젱 뎀벼들지 못ᄒᆞᆯ 거다.”

일구는 가시자왈 트멍이서 나왓다. 일구가 나오는 걸 본 가냐귀덜이 ᄒᆞᆫ꺼번에 파들락 파들락 ᄂᆞᆯ아올른다. 일구 몸에 ᄃᆞᆨᄉᆞᆯ덜이 ᄃᆞᆮ아난다.

“살아사주.”

일구는 눈 묻은 골째기 알녁 펜으로 거줌 기어가듯이 ᄎᆞᆫᄎᆞᆫ이 ᄂᆞ려가기 시작헷다.

오그랑다그랑ᄒᆞᆫ 골째기주마는 족은 내란 ᄉᆞ망일케 그정덜이 웃엇다.

ᄋᆢ라번 닝끼령 푸더지멍 굽억일억 죽금살금 기곡 걸엇다. 저슬인 디도 똠이 왈락 난다. 양지에서 훍은 똠방올이 털어진다.

"살아사주."

글로부떠 ᄒᆞᆫ 시간쯤 지나신가.

하늘은 거멍ᄒᆞ고 주벤이 왁왁헤졋주마는 골째기에 신 눈 덕분에 앞으로 가는디는 에렵지 안헷다. 경ᄒᆞ단 굴진딜 ᄂᆞ려사는 순간, 먼 디서 게미용ᄒᆞᆫ 불빗이 보인다.

"아, 살앗저. 겐디 이 골째기에 무신 불빗인고?"

일구는 불빗이 이신 그펜더레 ᄀᆞ로질런 솔솔 멩심멩심 다가갓다.

골째기 ᄀᆞᆺ진 그딜 간 보난,

에염 숨풀 ᄉᆞ이에 웽막도 닮은 비저리초막 ᄒᆞ나 비슴칙ᄒᆞ게 짓어 놓고 사름 ᄒᆞ나 기여뎅겨질 만 ᄒᆞᆫ 트멍을 넹겨둰 ᄉᆞ방 문 돌광 흑을 답고 볼른 집이랏다.

사름 뎅기는 디도 큰 널착으로 막는 생인고라 그 널착이 에염에 세와젼 싯다.

그 안에 불이 싸젼 신디 사름 그적은 웃고, 초막 바꼇디 족은 솟덕 우틴 ᄒᆞ꼬만ᄒᆞᆫ 솟단지가 앚져져신디 그 강알엔 솟검뎅이가 두텁게 눌언 싯다.

그 집 뒷펜으로 돌아가 보젠 그레 가는디 눈 소곱 뭣예산디 니끼려지멍 골총 닮은 딜 ᄌᆞ세이 보난 ᄎᆞ낭덜 굽동 ᄉᆞ이에 무신 짱덜산디 즐비ᄒᆞ다.

발에 불려지멍 ᄃᆞ그락ᄃᆞ그락ᄒᆞᆫ다.

공동묘지 가시자왈서 본 해골이 생각나멍 허운데기가 주짝주짝 일어사는 거 닮다.

“어떵ᄒᆞ코….” 주제미제ᄒᆞ는디,

“거 누게꽈?”

기적 웃단 사름이 갑제기 울르는 소리에 금칠락ᄒᆞᆫ 일구는 홈마 좀무칠 뻔 ᄒᆞ엿다.

정신 출련 보거들랑,

히영ᄒᆞᆫ ᄀᆞ스락머리에 ᄒᆞ꼼 가들랑ᄒᆞᆫ 가래바지에 수구레미가 짚으고 둥글락ᄒᆞ게 생긴 나 든 하르방이 손토매ᄁᆞ지 찬 손에 큰 망치 ᄒᆞ나 들른 냥 여차ᄒᆞ민 휘둘름직이 일구를 실구는 게 아닌가.

“아고, 하르바지게. 저는 절대 나쁜 사름이 아니우다게. 질유언 뎅기단 이디ᄁᆞ지 와져신디 ᄒᆞ꼼 도웨주십서. 제주시내에 신 집더레 가살 건디 이디가 어디산디 몰르곡 ᄒᆞ연 영 젓엄수다게.”

일구는 하르방이 안심뒈게 손을 들런 흘글멍 그간이 ᄉᆞ정을 얼추 골아안넷다.

"아, 기우꽈? 고생ᄒᆞ여시쿠다. 난 혹시 건수작이라도 ᄒᆞ곡 밧공젱이 걸멍 까시걸젠 ᄒᆞ는 나쁜 이카부덴… 이런디 뎅기는 사름은 무신 큰 잘못이라도 ᄒᆞ여낭 도망뎅이는 사름덜이 하마씀."

고집다리 닮곡 걱세게 생긴 그 하르방은 ᄀᆞᆫ 뭘 먹어신디사 게트름 소릴 내어가멍 ᄂᆞᆺ도 헤풀어지고 목청도 펜안ᄒᆞ여진 소리로 일구신디 집 소곱으로 들어오렌 ᄒᆞ엿다.

집 안터레 들어간 얼른 보난,

들어오는 ᄇᆞ름에 꼼짝꼼짝ᄒᆞ는 불은 엿날 전기가 읏일 때 쓰단 각짓불이랏고 에염엔 큰 불곽광 곽살이 널어젼 싯고 바닥엔 ᄀᆞ레팡석광 ᄋᆢ라가지 골련곽덜이 꼴아젼 싯다.

배게는 낭토막 그차단 그 우이 수건을 덖은 것이랏다.

집 무뚱 안쪽 벡ᄇᆞ름엔 심진지 얼메 안 뒌 죽은 새끼노리가 항곱산 싯고, 그 하르방 살렴이 ᄒᆞᆫ눈에 알아질 것 ᄀᆞᆯ앗다.

"이제랑 걱정 맙서. 이디가 오시록ᄒᆞ여 뵈여도 시내광 경 멀지 안ᄒᆞᆫ 디우다. 요 뒤착으로 나강 십분만 가민 동네가 나오곡 차덜토 뎅길거난."

"게난, 하르바진 이디서 이영 혼차만 살암수과? 어떵ᄒᆞ연마씸?"

"허허, 시상살이가 궂곡 실펀 어떵흡네까. 죽어지지도 안ᄒᆞ고 ᄒᆞ난 이디 완 영 살암신디, 늙젱이라도 조용ᄒᆞ게 살아지난 막 좋아마씀. 누게 뭐셴 존다니도 안ᄒᆞ고…."

그 하르방은 그끄르헤부떠 그디 살암신디,

ᄒᆞᆫ ᄃᆞᆯ에 ᄒᆞᆫ 번쯤 시내에 나강 먹을커 ᄒᆞ꼼썩 상 오곡, 그디선 꿩이나 노리광 들개도 잡아먹는 생이랏다. 아까 그 짱덜이 그 페적이랏고 손에 들른 망치는 아메도 그것덜을 잡는디 쓰는 모냥이랏다.

일구는 그 하르방이 ᄀᆞᆮ는 말을 듣단 보난 나쁜 사름이 아닌 걸 알아지멍 ᄆᆞ음이 ᄒᆞ꼼 펜안ᄒᆞ여지고 몸도 ᄂᆞ릇헤졋다.

그때랏다.

둘이 말 ᄀᆞᆮ는 어이에 일구가 ᄂᆞ려오던 디서 사름덜 웅상거리는 소리가 나단 더 가차이 두려두려ᄒᆞ연게마는 ᄀᆞᆮ 경찰덜 싯이 ᄀᆞ쁘게 ᄂᆞ려오멍

"혹시 강일구 씨?"

"예 맞수다." ᄒᆞ멍,

일구는 반가운 주멍에 그 사름덜신더레 돌려 갓다.

"아, 이디서 ᄎᆞ아젓구나. 우린 112 대원덜이우다. 112에 신고가 들어오거니 ᄀᆞᆮ 휴대폰이 꺼져부난 급ᄒᆞ게 위치를 ᄎᆞᆽ안 출동ᄒᆞ고 그 공동묘지에서 눈에 이신 사름 발자곡을 ᄄᆞ란 이디ᄁᆞ지 왓수게. 게고제고 큰일 안 난 거 닮으난 ᄉᆞ망이우다. 옷에영 핏자국이 묻은 거 보난

하영 다친 생이우다. 글읍서. 우선 빙완더레 못아다 안네쿠다."

일구는 그제사 ᄆᆞ음이 탁 풀어지멍 오곰패기도 ᄇᆞ짝ᄒᆞ여 붸고 온 몸이 칭칭 알리멍 바직바직 아픈 것도 알아지고 그디 신 사름덜신디 ᄆᆞᆫ 솔ᄆᆞ슴ᄒᆞᆫ 셍각이 나멍 넘이 고마완,

"ᄎᆞᆷ말 고맙수다. ᄎᆞᆷ말 고맙수다덜!"

ᄋᆢ라번 수굿수굿 고박고박 인사를 ᄒᆞ고 경찰덜을 ᄄᆞ란 나삿다.

보통 사름 일구는 또시 일상으로 돌아왓다. 그간에 일덜은 ᄒᆞ나 둘 썩 ᄎᆞᄎᆞ 이ᄌᆞ불어져가고 ᄆᆞ음 펜ᄒᆞ게 살아가게 뒈엿다.

일구네는 집염이 부뜬 둘렝이 우영팟이 싯다.

엿날 개빈날에 당하르방이 뛰왓을 이견 멘든 밧이렌 ᄒᆞᆫ다. 대물림 ᄒᆞᆫ 밧인디, 조상전이라노난 일구도 아명 에려운 일이 셔도 안직ᄁᆞ지 떼기멍 지켜오는 ᄒᆞ꼴락ᄒᆞᆫ 텃밧이다.

엿날 모십 그대로 정주목에 정낭도 걸쳐두는 이 밧디는 게도 하간 먹을컷덜 싱거지곡 일구네가 살아가는디 크게 도움이 뒌다.

청대콩도 갈앗당 메주 솖앙 장도 돔그곡 밧염에 돋는 양애깐 톧아 당 양애깐지도 멘들아 먹곡, 헤차귀가 좋은 밧이라노난 무신 걸 싱거도 농시가 잘 뒈는 밧이다.

밧구석엔 쪼락진 ᄑᆞᆺ감낭광 단풍이 곱게 드는 단풍낭이 ᄒᆞᆫ 줴썩 싯다.

단풍낭은 일구가 번겡이도 잘 그차주곡 ᄒᆞ멍 붸림에 좋게 키와오

는 것이고 풋감도 타당 갈중이 멘드는 디 쓰곡 흔다.

어느 초ᄀᆞ슬 ᄒᆞ루. 아칙 인칙인 ᄋᆞ남찌고 ᄋᆞ남비도 ᄂᆞ리곡 ᄒᆞ연게 낮전 넘어가난 벳ᄀᆞ렝이도 나멍 웃날 들러지고 할락산 산봉오리도 환ᄒᆞ다.

"여보, ᄌᆞ배기나 ᄒᆞ여 안네카마씸?"

"응. 경ᄒᆞ여."

마당에 보기궂게시리 벋은 상낭을 두작두작 다듬고 듬상듬상 솟은 검질덜을 메단 일구가 각시 곧는 말에 어가라 대답을 흔다.

각시는 좀상도 ᄒᆞ고 ᄇᆞ지란ᄒᆞ다.

일구가 그간에 줘앗던 고생덜을 아는 각시는 일구를 울엉 하간 먹을커나 입을커 따우 정성이 여간 아니다.

각시가 ᄌᆞ배기 ᄒᆞ는 디 들어갈 ᄂᆞ물을 톤ᄋᆞ레 우영팟더레 가젱 출리는 걸 보멍 일구가 ᄌᆞ드는 소리를 흔다.

"양지에 복면포라도 썽 가. 두텁곡 ᄉᆞ메 진 옷으로 입곡. 어떵ᄒᆞ당 벌이라도 뎅길티사…."

"알앗수다."

각신, 대답ᄒᆞ멍도 무신 일이 시랴 ᄒᆞ는 가베운 ᄆᆞ음으로 옷만 ᄉᆞ메 진 걸로 입고 양지에 벌 예방으로 쓰는 복면포는 답답ᄒᆞ덴 안 쓴 냥 밧더레 갓다.

밧디 들어사난,

슬근슬근 썰엉 ᄏᆞᆨ박광 물박이나 멩글아 보카ᄒᆞ연 싱건 놔 둔 박이 안직은 선선ᄒᆞ다.

늦게 동멘 호박이 지도 목심이노렌 동그스름ᄒᆞ게 커가고 방울도마도덜이 동골동골 익어간다. 유잎은 미리셍이 안 톧아갓젠 부에난 듯 버닥진 얼굴덜이다.

강낭대죽덜이 부룩베연 욤아가고 비여분 쉐우리가 좀진좀진ᄒᆞ게 ᄑᆞ릇ᄑᆞ릇 또시 돋아나고 잇다.

밧이염 쪼꼴락ᄒᆞᆫ 베케를 쿰어안은 유으름이 무랑이 익어값고 머귀낭에 부떤 이신 재열봇이 살안 소릴 내는 거 ᄀᆞᇀ으다.

무신 ᄂᆞ물을 톧으코 ᄒᆞ멍 일구각시가 밧 주벤을 돌아보는 어이에 고개 자울엿단 밧구석 강낭꿰 고장이 날이 들러젼 해가 나와가난 고개 버짝 들르멍 해광 마주ᄒᆞᆫ다.

강낭꿰 고장이 요조금 ᄒᆞᆫ창 고울 때다.

가차이 가지 말 컬,

일구각시가 그 꼿 앒더레 갓다.

“부우웅– 부우웅–”

금착ᄒᆞ여진다. 큰큰ᄒᆞᆫ 소왕벌덜이다.

“아, 복면폴 썽 오컬게.”

벌이 주벤을 왓닥갓닥 놀아뎅긴다.

“아고 큰일 낫저이.”

보난,

강낭꿰 고장덜마다 소왕벌덜이 하영 부떤 싯다.

“여보! 이디 소왕벌덜 하영 나왓수다게. ᄃᆞᆯ려듦직 ᄒᆞ우다. 큰일 낫수다.”

웨울르는 각시 소리에 마당에 앚앗단 일구가 천추 안ᄒᆞ연 발딱 일어산 집더레 들어간게마는, 복면포를 확확 쓰고 손에 ᄑᆞ리체광 벌총을 들런 화륵기 우영팟더레 갓다.

각신 구석더레 간 손으로 양지를 막은 냥 엎더젼 싯고 그 주벤엔 소왕벌덜이 와앙왕 놀아뎅긴다.

이영 초ᄀᆞ슬 벳 좋은 날은 벌덜이 ᄆᆞᆫ덜 나왕 놀아뎅기기 마직ᄒᆞ다.

이 ᄀᆞ리엔 벌독도 더 쎄다. 그런 벌덜을 건드리민 안뒌다 위염ᄒᆞ다.

“나가 ᄉᆞᆯ피커메 뛰지 말앙 집더레 ᄉᆞᆯᄉᆞᆯ 가!”

일구가 웨우르듯 ᄀᆞᆯ아가거니 각시는 옹크린 ᄌᆞ세로 ᄎᆞᆫᄎᆞᆫ이 집더레 오몽ᄒᆞᆫ다.

그때 오꼿,

촘생이 떼가 놀아들언 강낭꿰 고장더레 파댁이멍 앚인다. 꼿에 앚앗단 벌덜이 공격을 받은 걸로 셍각ᄒᆞᆫ 생인고라 ᄆᆞᆫ 나산 놀아뎅긴다.

일구가 '훠이 훠이~' ᄒᆞ멍 생이덜은 쫏까불엇주마는 벌덜은 움직이는 사름신더레 뎀벼든다.

돌아나는 일구각시 등뗑이레 니 ᄆᆞ리가 부떳다.

일구가 ᄃᆞㄹ려간 등뗑이에 부뜬 벌 두 ᄆᆞ리를 ᄑᆞ리채로 탁탁 쳔 털어치운다.

벌덜이 일구신더레 ᄃᆞㄹ려든다. 일구는 에프킬라 식으로 퉨 벌총을 쏘앗다.

'쫘아악~'

소리광 ᄒᆞᆫ디 나간 불꼿에 맞인 벌이 거멍케 카멍 알더레 털어진다.

"ᄒᆞᆫ저 돌아나게!"

일구가 ᄃᆞㄹ려드는 벌덜을 손으로도 막곡 벌총으로도 쏘아가멍 급ᄒᆞ게 ᄀᆞᆮ거니,

"아이고 나 등뗑이여!"

일구각시가 벌에 쒜운 거랏다. 일구가 ᄃᆞㄹ려간 ᄑᆞ리채로 ᄄᆞ련 털어치우긴 ᄒᆞ여도 각신 ᄇᆞᆯ써 벌에 쒜와분 후제랏다.

"아이고 나도 쒜왓저."

이레화륵 저레화륵 오몽ᄒᆞ는 일구신더레 ᄂᆞᆯ아드는 벌덜을 일구는 벌총으로 ᄒᆞ나썩 털어치와 가는디도 ᄒᆞᆫ ᄆᆞ리가 일구 등뗑이를 와싹

쒜운 것이랏다.

일구사 십년벵바이러스를 ᄀᆞ진 벌에 쒜완 이미 십년벵에 들언 시난 ᄒᆞ여도 각시가 큰일이다. 천추 안ᄒᆞ연 구짝 벵완더레 ᄃᆞᆯ려가신디, 다행이도 그 벌은 십년벵바이러스가 읏인 벌이랏다.

십년벵에 걸린 사름이 또시 그 바이러스를 맞아도 심장기능이 질어지는 건 아니렌 발표뒛다. 십년벵 시간이 ᄆᆞᆫ 뒌 일구는 온몸에 심이 ᄎᆞ츰ᄎᆞ츰 읏어져 갓다.

일어사난 어틀락비틀락 몸도 휘지근ᄒᆞ다.

건전지 심이 ᄆᆞᆫ 읏어져가멍 ᄆᆞᆼ그작ᄆᆞᆼ그작 ᄒᆞ는 로봇추룩, 오몽ᄒᆞ는 심이 ᄒᆞ나토 읏다. 아멩 심을 내젠 ᄒᆞ여도 기신이 ᄒᆞ나도 안 나온다.

“밍이 다 뒌 생이로고. 어떵 ᄒᆞ여 볼 내기가 읏다. 어레산디 ᄀᆞᆮ 가 짐직ᄒᆞ다.”

중은중은ᄒᆞ멍 바깟 시상을 봣다.

퍼렁ᄒᆞᆫ 하늘더레 ᄑᆞᆯ을 들른 큰큰ᄒᆞᆫ 폭낭이 휘칙ᄒᆞ멍 오몽ᄒᆞ는 이녁신디 뭐셍 ᄀᆞᆮ고정ᄒᆞᆫ 듯 비룽이 보고 잇다. 일구가 입만 ᄃᆞᆯ싹ᄒᆞ멍 ᄀᆞᆯ은다.

“잘 이시라 폭낭아, 늘랑 오래오래 살라이?” 폭낭신더레 일구의 심장광 ᄆᆞ음이 ᄒᆞᆫ디 ᄀᆞᆮ는 것이다.

하늘 우티서 어머니영 준기삼춘이 폭낭 가젱이 트멍으로 보는 것 답다.

"아, 어머니, 나 이제 그레 가쿠다."

눈물이 흘른다.

진진ᄒᆞᆫ 눈물줄거리가 심장에서부떠 올라완 눈 알더레 찰찰 털어진다.

"ᄆᆞ음은 심장에 신 것. 아, 나 심장 소곱 ᄆᆞ음이 올라온다. 나가 ᄆᆞ음 ᄎᆞ분이 ᄀᆞ졍 심장광 ᄒᆞᆫ디 가사주…."

ᄆᆞ음은 경 먹어져도 입이서 파각파각 소리가 나오멍 숨을 쉬기가 에렵다.

"재깍 재깍 재깍재깍…."

벡시계가 일구 심장의 박동 숫ᄌᆞ를 세고 잇다.

구들에서 일어산 휘칙휘칙 ᄒᆞ단 누원, 이 시 저 시 ᄒᆞ는 걸 본 일구 각시가

"이디 사름 죽었수다게!" 울멍 웨멍 119레 전화를 ᄒᆞᆫ다.

어슬먹은 셔도 헤지근ᄒᆞ여지는 새벡.

시상 하간게 꾸물락꾸물락 몸질ᄒᆞ는 모냥을 붸와줄 시간이다.

할락산 아래 중산간에 주짝 산 '한라국제벵완'.

의사선싱이 ᄎᆞ분ᄒᆞᆫ 목소리로 ᄀᆞᆯ은다.

"묵은 심장은 보완ᄒᆞ여도 못 쓰곡 멈촤질 거난 '인공심장'으로 바꾸는 수술을 ᄒᆞ엿수다. ᄉᆞ망일이 수술이 잘 뒈연 올케로 박동이 뒈엿고 이제 환자도 깨어날 거우다. 축하드리쿠다. 환자가 깨어나도 우선은 ᄆᆞ음을 펜안ᄒᆞ게 ᄒᆞ는 게 질 중요ᄒᆞ우다예."

일구는 아까침이부떠 정신이 돌아완 이시멍 눈을 솔째기 뜨민 시상이 ᄆᆞᆫ 보이고 의사선싱이 ᄀᆞᆮ는 말도 다 들엄섯다.

"게난, 나 밍이 잇어졋덴 말이로구나. 게민, 지뻐그네 심장이 두근두근 튀어사 홀 건디 심장이 써넝ᄒᆞ여붸다. 죽은 생인고라 아무말도 안 ᄒᆞᆫ다. 나도 눈 턴 살아이신 게 지쁘질 안ᄒᆞ다. 이거 무산고?… 목심에 돌아젼 ᄇᆞ득상아려젼게마는… 이거 무사라? 꿈사리 어지렵단 눈 트난 구들 천장만 봐지듯 헤심상ᄒᆞ다."

눈을 ᄀᆞ만이 곰은 냥, 이녁이 살안 신 것도 알아지고 의사선싱 말 들으멍 그간이 셧던 일덜을 다 알아짐직ᄒᆞ다. 겐디 눈을 트고정 안ᄒᆞ다.

하간 생각덜이 튼난다.

고린ᄃᆞ리서 내에 끗어가단 살아난 생각, 어머니 생각, 각시를 체얌 만나던 날, 아꼽곡 착ᄒᆞᆫ 나 새끼덜, 죽금살금 입구입ᄒᆞ젠 뎅기던 회ᄉᆞ광 호렝이질로 ᄆᆞᆼᄆᆞᆼ 잘ᄒᆞ단 높은 어른, 그간이 저깟던 하간 사름덜광 일덜,

새집 상량날, '죽엉 가도 저 시상서 이 시상 다 보곡 술피멍 살아질

거라이?' ᄒᆞ멍 가당오당 고제웃인 소리에다 걸싹걸싹 건곡 트듬트듬 시를 읊으던 준기삼춘, 춘식이, 조도소의 총소리,

당구장에서 웃음벨탁ᄒᆞ던 벗덜, ᄆᆞᆫ 눈에 송송ᄒᆞ다. 경ᄒᆞᆫ디 ᄒᆞ나토 ᄄᆞᄄᆞᆺᄒᆞ질 안ᄒᆞ다. 가심 소곱이 저슬밤 무눈 맞인 동박고장 꼿섭추룩 써넝ᄒᆞ다.

"아부지!"

"여보!"

눈물 찰찰 흘치멍 지쁘게 불르는 소리에 눈을 곱시롱이 턴 봣다.

반가운 ᄆᆞ음이 안 난다. 죽을 건디 살아나시난 심장이 두근두근 튀어살 건디 그자 심상ᄒᆞ다. 게고, 눈을 트고정ᄒᆞ지 안ᄒᆞ다. 시상이 아명 분수박산 나도 난 관결치 아니ᄒᆞ다. 의사 선싱도, 하간 시상 일덜토 벨로 안 반갑다.

"아, 이거 무산고게. ᄄᆞᄄᆞᆺᄒᆞᆫ 나 심장! 어드레 가신고. 나 피도 써넝ᄒᆞ여붸다."

"ᄀᆞᆸᄀᆞᆸᄒᆞ다. 어드레 혼차 나가시믄 좋으켜. 아, 그냥 시상 아무것도 다 데껴두고 천 질 만 질 멀리 혼차 배낭여행이라도 가시민…."

일구가 빙완서 펜안ᄒᆞ게 치료받단 퇴원ᄒᆞᆫ 후제 ᄒᆞᆫ ᄃᆞᆯ쯤 지날 ᄀᆞ리.

나라에서는 십년벵 치료제 개발이 을목을 넘어삾덴 발표헷다.

십년벵에 걸린 사름덜토 지꺼젼 홀 ᄀᆞ리,

보리광 하간 낭가젱이덜이 질직질직 질어지고 돌아섬 ᄀᆞ득 육지서 온 관광객덜이 배낭을 지고 이디저디 하간 꼿덜광 풍광을 시시리 실피 보레 뎅이는 ᄯᆞᄯᆞᆺᄒᆞᆫ 봄날 아척.

두모악라디오방송 뉴스가 차 소곱에 나온다.

"어저끼밤 새날 ᄃᆞᆼ길 ᄀᆞ리에 예순은 넘은 듯ᄒᆞᆫ 남제 ᄒᆞ나가 배낭을 등에 진 냥 탑동바당더레 튀여드는 걸, 밤낚시 ᄒᆞ던 사름이 봐네 119에 신고를 ᄒᆞ여신디 경찰덜광 잠수부덜이 밤새낭 아멩 ᄎᆞᆽ아봐도 그자 펀펀, ᄎᆞᆽ질 못ᄒᆞ였젠 ᄒᆞ였수다."

최초의 제주어 장편소설(개정판)

목심

2025년 3월 1일 개정판 1쇄 발행

지은이 양전형
펴낸이 김영훈
편집장 김지희
디자인 김영훈
편집부 이은아, 부건영
펴낸곳 한그루
출판등록 제6510000251002008000003호
제주특별자치도 제주시 복지로1길 21
전화 064 723 7580 전송 064 753 7580
전자우편 onetreebook@daum.net 누리방 onetreebook.com

ISBN 979-11-6867-211-6 (03810)

값 15,000원